일본문학 컬렉션 03

비밀이
묻힌 곳

일본문학 컬렉션 03

비밀이 묻힌 곳

© 작가와비평, 2022

1판 1쇄 인쇄__2022년 08월 20일
1판 1쇄 발행__2022년 08월 30일

지은이__에도가와 란포·다니자키 준이치로·다자이 오사무
　　　　사카구치 안고·나쓰메 소세키
옮긴이__안영신·박은정·서홍
펴낸이__홍정표
펴낸곳__작가와비평
　　　　등록__제2018-000059호

공급처__(주)글로벌콘텐츠출판그룹
　　　　대표__홍정표　이사__김미미
　　　　편집__하선연 이정선 권군오 문방희　기획·마케팅__이종훈 홍민지
　　　　주소__서울특별시 강동구 풍성로 87-6
　　　　전화__02-488-3280　팩스__02-488-3281
　　　　홈페이지__http://www.gcbook.co.kr　메일__edit@gcbook.co.kr

값 14,000원
ISBN 979-11-5592-303-0　03830

일본문학 컬렉션 **03**

비밀이
묻힌 곳

에도가와 란포·다니자키 준이치로·다자이 오사무
사카구치 안고·나쓰메 소세키 지음

안영신·박은정·서홍 옮김

작가와비평

차례

에도가와 란포
D언덕의 살인 사건   7
심리 테스트   59

다니자키 준이치로
아내 죽이는 법   111
비밀   145

다자이 오사무
범인   179

사카구치 안고
벚꽃이 만발한 숲에서   201

나쓰메 소세키
불길한 소리   245

역자 후기   300

일본문학 컬렉션

03

D언덕의 살인 사건

에도가와 란포 지음
박은정 옮김

에도가와 란포(江戶川亂步 1894~1965)

본명은 히라이 타로. 일본 미에현 출신으로 와세다대학 시절 에드거 앨런 포의 「모르그가의 살인 사건」을 읽고 추리 소설에 빠졌다. '에도가와 란포'라는 필명은 에드거 앨런 포에서 따온 것이다. 1923년 단편 「2전짜리 동전」을 써서 잡지에 투고하여 소설가로 데뷔하였고, 1925년에는 '아케치 고고로'가 등장하는 「D언덕의 살인 사건」과 「심리 테스트」를 선보였다. 그 후 엽기, 그로테스크, 괴기, 환상, 서스펜스, 액션 등 다양한 장르의 소설을 썼으며, 소설가뿐만 아니라 평론가, 연구가, 편집자로서 활동하기도 했다. 에도가와 란포가 말하는 탐정 소설이란, 범죄에 관한 난해한 비밀을 논리적으로 풀어 가는 과정에 재미와 주안점을 둔 문학이다.

(상) 사실

9월 초순, 어느 무더운 밤이었다. 나는 D언덕 큰길가에 있는 단골 카페 하쿠바이켄에서 아이스커피를 마시고 있었다. 당시 학교를 졸업한 지 얼마 되지 않아 이렇다 할 직업도 없이 하숙집에서 빈둥거리며 책을 읽곤 했다. 그러다가 지루해지면 아무 생각 없이 산책하면서 싸구려 카페나 돌아다니는 게 하루의 일과였다. 하쿠바이켄은 하숙집에서 가깝기도 했지만 산책 나갈 때면 지나는 곳이라 자주 드나들게 되었다. 바람직하진 않지만 나는 일단 카페에 들어가면 꽤 오랜 시간 앉아 있곤 했다. 원래 식욕도 없는 편인 데다가 주머니 사정도 좋지 않아 요깃거리가 될 만한 건 주문하지 못하고 값싼 커피를 두세 잔 리필해 마시면서 한두 시간 자리를 차지하고 있었다. 그렇다고 특별히 여종업원에게 마음이 있어 장난을 친다든지 하는 것도 아니었다. 카페는 그저 하숙집보다 조금 사치스럽고 마음이 편한 공간이었다. 나는 그날 밤에도 평소와 다름없이 항상 앉는 자리에서 아이스커피 한 잔을 천천히 마시면서 멍하니 창밖을 내다보고 있었다.

하쿠바이켄이 있는 D언덕은 한때 국화꽃으로 만든 국화 인형의 명소였다. 도시 정비 사업으로 좁았던 길이 확장되어 큰길로 바뀐 지 얼마 되지 않은 때였다. 곳곳에 공터가 남아 있어 지금보다 주변이 훨씬 더 스산했다. 큰길을 사이에 두고 하쿠바이켄 바로 맞은편에 오래된 헌책방이 하나 있었다. 사실 나는 아까부터 그 가게 쪽을 바라보고 있었다. 변두리의 허름하고 오래된 책방이라 딱히 볼 만한 경치도 아니었는데 이상하게 끌렸다.

얼마 전 이곳에서 아케치 고고로라는 상당히 특이한 친구를 알게 되었다. 이야기를 나눠 보니 그는 아주 괴짜인 데다 머리도 비상했는데, 무엇보다 탐정 소설을 좋아한다는 점이 내 마음을 사로잡았다. 아까부터 헌책방을 쳐다보고 있는 건 그의 어릴 적 친구가 헌책방의 안주인이라는 말을 들었기 때문이다. 책을 사러 몇 번 간적이 있었는데 헌책방의 안주인은 상당한 미인이었다. 어디가 어떻다고 구체적으로 말할 순 없지만 뭔가 관능적이고 남자를 끄는 힘이 있었다. 밤에는 항상 그녀가 가게를 지키고 있었기 때문에 오늘 밤도 분명히 가게 안에 있을 거라고 생각했다. 가게라고 해봐야 겨우 두 칸 반 정도 되는 작은 가게였다. 그런데 아무리 찾아봐도 그녀가 보이지 않았다. 언젠가 나오겠지, 생각하며 한참 동안 가게 안을 지켜보며 기다리고 있었다.

하지만 안주인은 좀처럼 나오지 않았다. 슬슬 지겨워지기 시작해서 옆집 시계방으로 눈을 돌리려는 순간이었다. 갑자기 가게와 안쪽 방 사이에 닫혀 있던 미닫이문의 격자로 된 창이 탁 하고 닫히는 게 보였다. 전문가들은 그런 격자창이 달린 미닫이문을 보통 '무소'라고 부른다. 일반적으로 미닫이문의 중앙에는 종이를 바르는데, '무소 격자창'은 그 부분에 가는 세로의 격자가 이중으로 되어 있어 그 부분만 여닫을 수 있게 만든 것이다. 그런데 도무지 이해할 수 없는 일이 발생했다. 헌책방에는 몰래 책을 훔치는 사람들이 종종 있어서 보통 가게 안에서 사람이 지키고 있거나 안쪽 방 격자창 틈으로 지켜봐야만 한다. 그런데 그 격자창을 닫아 버린 것이다. 날씨가 추운 계절이라면 모르겠지만 9월에 접어든 이런 무더운 밤에 저 작은 격자창을 갑자기 닫았다는 게 굉장히 이상했다. 그렇게 이런저런 생각을 하다 보니 책방 안쪽에서 꼭 무슨 일이 일어날 것만 같아 좀처럼 눈을 뗄 수 없었다.

언젠가 카페 여종업원들이 책방 안주인에 대해 떠드는 걸 들은 적이 있다. 그건 동네목욕탕에서 가게 안주인이나 젊은 여자들이 모여서 떠드는 험담 같은 거였다.

"책방 부인 말이야, 얼굴이 예쁘긴 한데 벌거벗으면 온몸에 상처투성이더라고. 그게 꼭 누구한테 매 맞고 꼬집힌 자국 같아. 딱히 부부 사이가 나쁜 것 같지도 않은데 이상하지 않아?"

그러자 다른 여자가 그 말에 대꾸했다.

"어머, 책방 옆의 메밀국숫집 부인도 몸에 상처가 자주 난다고 하던데. 그럼 그 집도 얻어맞고 사나?"

당시 나는 이런 소문이 무엇을 의미하는지 전혀 신경

쓰지 않았고 주의 깊게 듣지도 않았다. 그저 남편이 난폭한 사람일지도 모른다고 생각했을 뿐이다.

그런데 독자 여러분, 사실은 그게 그렇지 않았던 겁니다. 사소해 보이지만 이번 이야기와 크게 관련되어 있다는 걸 나중에야 알게 되었습니다.

아무튼 나는 그렇게 30분 정도 같은 곳을 바라보고 있었다. 무슨 일이 일어날 것만 같은 예감이 들었다. 내가 잠시 한눈이라도 팔면 그사이에 뭔가 일어날 것만 같아 도저히 눈을 뗄 수가 없었다. 그때 조금 전에 잠깐 이름을 언급한 아케치 고고로가 창밖으로 지나가는 게 보였다. 늘 입고 다니던 굵은 세로 줄무늬의 유카타를 입고 어깨를 독특하게 흔들며 걷고 있었다. 그는 나를 알아보고 가볍게 인사한 뒤 안으로 들어왔다. 아이스커피를 주문하고 내가 있는 창가로 와서 옆자리에 앉았다. 그리고 내가 한 곳을 계속 주시한다는 걸 알아차리곤 내 시선을 따라 맞은편의 헌책방으로 눈을 돌렸다. 신기하게도 그 역시 뭔가 흥미를 느꼈는지 그쪽을 계속 쳐다봤다.

우리는 그렇게 약속이라도 한 듯 같은 곳을 바라보면서 실없는 이야기를 나눴다. 그때 무슨 이야기를 했는지 정확히 기억나진 않지만 이 사건과는 관련 없는 이야기라 여기서는 생략하겠다. 하지만 분명히 범죄나 탐정에 관한 이야기였을 것이다. 이를테면 다음과 같은 식이다.

"절대로 들키지 않는 범죄라는 게 존재할까요? 저는 충분히 가능성이 있다고 생각하거든요. 예를 들면 다니자키 준이치로의 「아내 죽이는 법」* 말인데요. 일단 그런 범죄는 들킬 일이 없잖아요. 물론 소설에서는 탐정이 밝혀냈지만 사실 그건 작가의 상상력이 훌륭한 거겠죠."

아케치가 이렇게 말하자 내가 대답했다.

"아뇨, 나는 그렇게 생각하지 않아요. 실제 사건이라면 모르겠지만, 이론적으로 탐정이 해결하지 못하는 범죄는 없을 겁니다. 그냥 지금의 경찰이 「아내 죽이는 법」에 나오는 그런 비범한 추리를 할 수 없었던 거겠죠."

대충 이런 대화를 나눴던 것 같다. 하지만 어느 순간 우리는 약속이라도 한 듯 입을 다물어 버렸다. 아까부터 이야기하면서도 눈을 떼지 않았던 맞은편 책방에서 재

---

* 원제 「도상(途上)」.

미있는 일이 벌어지고 있었기 때문이다.

"눈치채셨나요?"

내 말에 그는 즉시 답했다.

"책 도둑 말이죠? 아무리 생각해도 정말 이상하군요. 저희가 여기서 계속 지켜보고 있었잖아요. 벌써 네 명째예요."

"아케치 씨가 들어오고 나서 아직 30분도 지나지 않았는데 네 명이네요. 이건 정말 이상하군요. 나는 당신이 오기 전부터 저길 계속 지켜보고 있었거든요. 한 시간 전쯤인데, 저 격자창 보이시죠? 저기 창문처럼 되어 있는 격자문 말이에요. 그게 닫히는 걸 봤거든요. 그때부터 계속 지켜보고 있었습니다."

"집에 있던 사람이 밖에 나간 게 아닐까요?"

"근데 저 문이 한 번도 열리질 않았어요. 나갔다면 뒷문으로 나갔으려나....... 가게 안에 30분 동안이나 사람이 없다니 그건 이상하지 않나요? 한번 가볼까요?"

"아, 그렇군요. 가게 안에서 아무 일이 없더라도 밖에서 무슨 일이 일어났을 수도 있겠네요."

나는 이게 범죄 사건이라면 재미있을 거라 생각하면서 카페를 나왔다. 아케치도 아마 똑같은 생각을 하고 있었을 것이다. 그도 적잖이 흥분하고 있었다.

헌책방은 일반 가게처럼 바닥이 토방으로 되어 있었고, 정면과 좌우 천정까지 책장으로 가득 차 있었다. 그 중간 부분에 책을 진열하기 위한 선반이 놓여 있었다. 그리고 책을 진열하거나 쌓아 놓은 직사각형의 진열대가 중앙에 섬처럼 설치되어 있었다. 정면에 있는 책장 오른쪽으로 1미터 정도의 공간이 있었는데, 그곳을 통해 안쪽 방으로 들어갈 수 있도록 되어 있었다. 거기에 아까 말한 미닫이문이 있었고 그 미닫이문 앞에는 반 장짜리 다다미가 깔려 있었다. 평상시에는 주인이나 그 부인이 그곳에 앉아 가게를 지켰다.

아케치와 내가 다다미가 깔린 곳까지 가서 큰 소리로 불러 봤지만 아무런 대답이 없었다. 정말 아무도 없는 것 같았다. 미닫이문을 살짝 열면서 안쪽 방을 들여다봤다. 방 안은 전등이 꺼져 있어 깜깜했는데 누군가가 방 구석에 쓰러져 있는 것처럼 보였다. 미심쩍어 다시 한번 말을 걸어 봤지만 아무런 반응이 없었다.

"아무래도 들어가 봐야 하지 않을까요?"

우리 두 사람은 방 안으로 들어갔다. 아케치가 전등 스위치를 켜자 우리는 동시에 "으악!" 하고 소리를 질렀다. 방이 환해지면서 한쪽 구석에 쓰러져 있는 여자의 모습이 드러났다.

"가게 안주인이겠죠?"

겨우 내가 말을 꺼냈다.

"목이 졸린 것 같은데요?"

아케치는 시신 옆으로 다가가 살펴보더니 말했다.

"이미 숨이 끊어진 것 같군요. 경찰에 신고합시다. 제가 공중전화 있는 데까지 다녀오겠습니다. 가게 좀 부탁할게요. 이웃 사람들에게는 아직 알리지 않는 게 좋을 겁니다. 결정적인 단서가 사라지면 곤란하니까요."

그는 이렇게 명령하듯 말하고 50미터 정도 떨어진 공중전화 쪽으로 뛰어갔다.

나는 평소 범죄나 탐정에 관심이 많았지만, 말로만 수사를 했을 뿐 실제로 현장에서 사건을 목격하는 건 이번이 처음이었다. 어떻게 해야 할지 몰라 그저 물끄러미 방 안을 지켜보고 있는 수밖에 없었다.

여자가 쓰러져 있던 방은 다다미 여섯 장 크기였는데, 안쪽으로 더 들어가면 오른쪽으로 폭이 좁은 툇마루를 사이에 두고 두 평 정도의 마당과 화장실이 있었다. 마당 건너편은 판자로 만든 울타리가 보였다. 여름이라 문을 열어 놔서 전부 다 내려다보였다. 왼쪽은 여닫이문으로 그 안쪽에는 다다미 두 장 정도 되는 마루와 작은 부엌이 뒷문으로 연결되어 있었다. 허리 높이의 작은 문은 닫혀 있었다. 맞은편 오른쪽의 맹장지 네 장으로 된 문도 닫혀 있었는데 아마 2층으로 올라가는 계단과 창고인 것 같았다. 아주 흔한 공동 상가주택의 배치였다.

시신은 가게 쪽으로 머리를 둔 채 방의 왼편에 쓰러져 있었다. 나는 범행 현장을 훼손하지 않으려고 시체 쪽으로는 가까이 가지 않았다. 사실은 좀 무섭기도 했다. 하지만 방이 좁아서 보지 않으려고 애를 써도 자연스럽게 눈이 그쪽으로 쏠렸다. 여자는 중간 크기의 러프한 무늬가 들어간 유카타를 입고 위를 향한 채 반듯하게 누워 있었다. 기모노가 무릎 위까지 올라가 허벅지가 다 드러나 있었지만 딱히 저항한 흔적은 보이지 않았다. 목 부근에 시퍼런 흔적이 눈에 들어왔다. 확실하지는 않지만 아무래도 목이 졸린 것 같았다.

가게 앞 큰길가는 사람들의 왕래가 끊이지 않았다. 큰소리로 떠드는 사람, 달그락달그락 굽 낮은 나막신을 끄는 소리, 술에 취해 부르는 유행가 소리로 시끌벅적했다. 세상은 아무 일도 없었다는 듯 평화로웠다. 하지만 가게 문을 사이에 두고 한 여인이 끔찍하게 살해되어 쓰러져 있다. 이 얼마나 아이러니한 일인가? 나는 갑자기 감상적인 기분이 들어 우두커니 서 있었다.

"곧 온다고 하네요."

아케치가 숨을 헐떡이며 돌아왔다.

"아, 그래요?"

나는 말하기도 힘들었다. 우리 둘은 한참 동안 말 한 마디 없이 마주 서 있었다.

잠시 후, 정복 차림의 경관과 양복을 입은 남자가 나란히 가게 안으로 들어왔다. 나중에 알게 되었지만 정복을 입은 사람은 K경찰서의 사법 주임이었고, 다른 한 명은 가져온 소지품만 봐도 알 수 있듯 경찰서에 소속된 의사였다. 우리는 사법 주임에게 전체적인 사정을 대충 설명했다. 그리고 나는 이렇게 덧붙였다.

"아케치 씨가 카페에 들어왔을 때 저는 우연히 시계를 봤습니다. 마침 그때가 8시 반 정도였으니 이 격자창이 닫힌 건 아마 8시경이었을 거예요. 그때는 분명히 방 안에 불이 켜져 있었거든요. 그러니까 적어도 8시경에는 이 방에 살아 있는 누군가가 있었던 게 분명합니다."

사법 주임이 우리의 진술을 들으며 수첩에 적고 있는

동안 의사는 사체 검진을 마쳤다. 그리고 그는 우리의 대화가 끝나기를 기다렸다가 말했다.

"교살입니다. 손으로 한 짓이고요. 이걸 좀 보세요. 이 보라색 부분은 손가락 자국이에요. 그리고 출혈이 생긴 곳은 손톱이 닿은 부분이고요. 엄지손가락 흔적이 목 오른쪽에 있는 걸 보면 오른손으로 한 짓이겠군요. 아마 사망한 지 한 시간도 안 됐을 겁니다. 물론 이제 소생할 가능성은 없고요."

"위에서 누른 거네요."

사법 주임이 고심한 끝에 말했다.

"그런데 위에서 눌렀는데도 저항한 흔적이 없는데요? 아마 굉장히 다급하게 목을 조른 것 같습니다. 그것도 엄청난 힘으로."

그리고 그는 우리 쪽을 쳐다보며 이 집 주인이 어디 있는지 물었다. 물론 우리가 그걸 알고 있을 리가 없었다. 아케치가 재빠르게 옆집 시계방 주인을 데리고 왔다.

사법 주임과 시계방 주인의 대화는 대체로 다음과 같았다.

"이 집 주인은 매일 밤 야시장에서 책을 팔기 때문에 12시는 돼야 돌아옵니다."

"야시장은 어디죠?"

"자주 다니는 곳은 우에노의 히로코지인데, 오늘은 어디로 갔는지 돌아오기 전까지는 잘 모르겠습니다."

"혹시 한 시간 전쯤에 무슨 이상한 소리 못 들었나요?"

"무슨 소리요?"

"여자의 비명이라든지 싸우는 소리 같은……"

"딱히 이렇다 할 소리는 듣지 못한 것 같은데요."

어느덧 책방 앞은 소문을 듣고 몰려든 이웃 사람들과 구경꾼들로 가득했다. 그중에는 책방의 또 다른 옆집인 버선 가게 여주인도 있었는데, 시계방 주인과 마찬가지로 아무런 소리도 듣지 못했다고 진술했다. 그러는 동안 이웃 사람들이 책방 주인을 부르러 사람을 보내는 모양이었다.

그때 책방 앞에 자동차 한 대가 멈춰 섰다. 그 차에서 사람들이 우르르 내리더니 가게 안으로 들어왔다. 경찰로부터 소식을 듣고 달려온 재판소 사람들과 우연히 동시에 도착한 K경찰서 서장 그리고 당시 명탐정이라는 소문이 자자했던 고바야시 형사 일행이었다. 물론 이것도 다 나중에 알게 된 사실이다. 친구 중에 사법 담당 기자가 있었는데, 이 사건을 담당한 고바야시 형사와 굉장히 막역한 사이여서 그 친구로부터 여러 가지 자세한 이야기를 들을 수 있었다.

맨 먼저 도착한 사법 주임이 사람들 앞에서 지금까지의 상황을 정리해서 설명했다. 우리도 좀 전에 했던 진술을 다시 반복해야만 했다.

"일단 앞문은 닫읍시다."

검은 알파카 상의에 흰 바지를 입은 회사원처럼 생긴 남자가 갑자기 큰소리를 치며 서둘러 문을 닫았다. 고바야시 형사였다. 그는 구경꾼들을 쫓아낸 뒤 추리를 시작했다. 고바야시는 검사나 서장 따위 전혀 안중에도 없다는 듯 안하무인으로 행동했다. 그는 처음부터 끝까지 혼자서 움직였다. 다른 사람들은 그저 고바야시 형사의 행동을 방관하고 지켜보는 구경꾼 같았다. 그는 가장 먼저 사체를 조사했는데 특히 목 주변을 아주 조심스럽게 살폈다.

"이 손가락 흔적에는 별다른 특징이 없군요. 일반인이 오른손으로 눌렀다는 것 외에는 아무런 단서도 없습니다."

고바야시 형사는 검사를 쳐다보며 일단 사체의 옷을 벗겨 보자고 말했고, 그들은 무슨 의회의 비밀스러운 모습인 양 구경하던 우리를 방에서 쫓아냈다. 그들이 그사이 뭘 알아냈는지는 잘 모르겠지만, 유추해 보자면 분명히 사망자의 신체에 생긴 수많은 상처에 주목했을 것이다. 카페 종업원들이 말했던 바로 그 상처였다.

드디어 비밀회의가 끝났지만 아케치와 나는 방으로 들어가지 않고 가게와 방 사이에 있는 다다미 위에서 방 안을 들여다보고 있었다. 다행히 우리는 사건의 최초 발견자였고, 나중에 아케치의 지문을 채취해야 했기 때문에 마지막까지 쫓겨나지 않았다. 사실 억류되어 있었다고 하는 편이 맞을지도 모른다.

고바야시 형사는 안쪽 방뿐만 아니라 가게 안팎을 전부 수사하고 있었기 때문에 한곳에 가만히 있던 우리는 수사 진행 상황을 알 수가 없었다. 마침 검사가 안쪽 방에 진을 치고 앉아서 거의 움직이지 않았기 때문에 형사들이 들락날락하며 수사 결과를 일일이 보고했고, 서기는 그 보고에 근거하여 조서 내용을 꼼꼼하게 기록했다. 덕분에 우리는 그 내용을 빠짐없이 엿들을 수 있었다.

가장 먼저 시체가 있던 안쪽 방의 수색이 진행되었는데, 유품이나 발자국, 그 밖의 눈에 띄는 물건은 없었던 모양이다. 단 하나만 빼고.

"전등 스위치에 지문이 있군요."

검은색 스위치에 하얀 가루를 뿌리고 있던 형사가 말했다.

"전후 상황을 살펴보면 전등을 끈 사람이 범인이겠죠. 근데 당신들 중 누가 불을 켰나요?"

아케치는 자신이라고 대답했다.

"그렇습니까? 그럼 나중에 지문 좀 채취하겠습니다. 이 전등은 건드리지 말고 그대로 가지고 갑시다."

한동안 2층에 올라가 있던 고바야시 형사는 내려오자마자 골목을 조사한다며 밖으로 나갔다. 한 10분 정도 지났을까. 그는 불이 켜진 회중전등을 든 채 한 남자를 데리고 돌아왔다. 꾀죄죄한 크레이프 셔츠와 카키색 바지 차림의 40대 남자였다.

"발자국은 전혀 못 쓰겠어요."

고바야시 형사는 검사를 보며 말했다.

"이 뒷문 주변은 햇볕이 잘 들지 않아서 바닥이 심한 진창인데, 나막신 자국이 여기저기 찍혀 있어요. 누구의 발자국인지 전혀 알 수 없습니다. 그런데 이 사람 말인데요."

방금 데리고 온 남자를 가리키며 고바야시 형사가 말

했다.

"이자는 뒤편 골목 길모퉁이에 있는 아이스크림 가게 주인이에요. 만약 범인이 뒷문으로 도망쳤다면 골목에 출입구가 하나뿐이라서 반드시 이자의 눈에 띄었을 겁니다. 자, 아까 대답한 것처럼 다시 한번 말해 보게나."

다음은 아이스크림 가게 주인과 형사의 문답 내용이다.

"오늘 밤 8시 전후로 이 골목을 드나든 자는 없었나?"

"한 사람도 없었습니다. 해가 지면 이쪽은 고양이 한 마리 다니지 않아서요."

아이스크림 가게 주인은 상당히 능숙하게 대답했다.

"저는 오랫동안 여기서 가게를 하고 있는데요. 날이 어두워지면 상가에 세 들어 사는 안주인들도 그쪽으로 는 거의 가지 않아요. 길이 저 모양이고 깜깜하거든요."

"자네 가게 손님 중에 골목 안으로 들어간 사람은 없었는가?"

"없었습니다. 다들 가게 앞에서 아이스크림을 먹고 곧바로 돌아가거든요. 틀림없습니다."

만약 아이스크림 가게 주인의 증언이 사실이라면, 범인이 이 집 뒷문으로 도망쳤다고 해도 뒷문의 유일한 통로인 골목길로는 빠져나가지 않았다는 말이 된다. 하지만 그렇다고 앞쪽으로 나가지도 않았다. 우리가 계속 하쿠바이켄에서 지켜보고 있었으니까 그것도 틀림없는 사실이다. 그럼 도대체 범인은 어떻게 빠져나간 걸까? 고바야시 형사는 범인이 이 골목길을 둘러싼 상가 어딘가에 숨어 있거나 그렇지 않으면 세 들어 사는 사람 중의 한 명이 범인일 거라고 했다. 물론 2층에서 지붕을 타고 도망칠 수도 있겠지만, 조사해 보니 바깥쪽 창문은 격자문이 딱 들어맞아 움직인 흔적이 전혀 없었다. 또 더위 때문에 다들 창문을 열어 놓고 있고, 더러 베란다에서 바람을 쐬는 사람도 있어서 뒤쪽으로 도망치는 것도 어려울 것 같다고 했다.

현장을 검증하러 온 사람들은 수사 방법에 대해 다시 협의했다. 결국 근처의 가게들을 나눠서 다 같이 조사하기로 했다. 상가 안팎의 가게는 다 합해도 열한 군데밖에 되지 않아 그리 힘든 일은 아니었다. 그와 동시에 책방도 다시 툇마루 밑에서부터 천장 안까지 구석구석 다 조사했다. 하지만 아무런 소득이 없었고 오히려 상황은 더욱 어려워진 것처럼 보였다. 책방 옆은 시계방이고 그 옆집은 과자 가게인데, 과자 가게 주인은 해 질 무렵부터 바로 조금 전까지 옥상에서 퉁소를 불고 있었다. 다시 말해, 그는 처음부터 끝까지 책방의 2층 창문이 들여다보이는 곳에 앉아 있었던 것이다.

독자 여러분, 사건은 점점 더 재미있어졌습니다. 범인은 어디로 들어와서 어디로 도망친 걸까요? 뒷문도 아니고 2층 창문으로 나간 것도 아닙니다. 물론 앞문도 아니고요. 그렇다면 범인은 처음부터 존재하지 않았던 걸까요? 그게 아니라면 연기처럼 사라져 버린 걸까요? 이상한 점은 그것만이 아니었습니다. 고바야시 형사가 검사 앞으로 데리고 온 두 학생의 진술이 서로 엇갈렸기 때문입니다. 그들은 상가 뒤편에 방을 빌려서 살고 있던 공업학교 학생들이었습니다. 두 사람 모두 엉뚱한 말을 할 것 같지는 않았지만, 그들의 진술은 사건을 점점 더 미궁 속에 빠트렸습니다.

검사의 질문에 그들은 다음과 같이 답했다.

"아마 8시쯤이었을 거예요. 헌책방에서 진열대 위에 있는 잡지를 펼쳐 보고 있었어요. 그때 안쪽에서 무슨 소리가 난 것 같아 미닫이문 쪽을 쳐다봤습니다. 미닫이문은 닫혀 있었는데, 격자창이 조금 열려 있었고 그 틈으로 남자 한 명이 서 있는 게 보였어요. 제가 고개를 들자마자 창을 닫아 버려서 자세히는 보지 못했습니다만 매고 있던 오비*를 봐서는 남자가 분명합니다."

"남자였다는 사실 외에 뭔가 특이한 건 없었습니까? 키나 체격, 기모노의 무늬라든지?"

"허리 아래쪽만 보였기 때문에 키와 몸집은 잘 모르겠고 옷은 검은색이었습니다. 아마 가느다란 줄무늬나 비백무늬**였을지도 모르겠어요. 제 눈에는 검은색 바탕으로 보였거든요."

"저도 이 친구와 함께 책을 보고 있었어요."

다른 학생이 말했다.

"그리고 저도 그 소리를 듣고 격자창이 닫힌 걸 봤어요. 하지만 그 남자는 분명 흰색 기모노를 입고 있었어요. 줄무늬도 모양도 없는 새하얀 기모노였습니다."

"그거참 이상하군요. 둘 중 누군가가 잘못 본 게 아니라면."

"저는 잘못 보지 않았습니다."

---

* 기모노를 묶는 허리띠.

** 획을 나는 듯이 그어 그림처럼 쓴 서체.

"저도 거짓말이 아니에요."

두 학생의 이런 진술은 과연 무엇을 의미하는 걸까요? 민감한 독자라면 아마 무언가 깨달았을 것입니다. 실은 저도 알아차렸습니다. 하지만 재판소나 경찰들은 이 점에 대해 그리 깊이 생각하지 않는 듯했습니다.

이윽고 사망자의 남편인 책방 주인이 소식을 듣고 가게로 돌아왔다. 그는 헌책방 주인답지 않게 고상해 보이는 마른 체형의 젊은 남자였다. 소심해 보이는 책방 주인은 부인의 시체를 보자마자 소리 없이 눈물을 흘렸다. 고바야시 형사는 그가 진정되기를 기다렸다가 질문하기 시작했다. 검사도 이것저것 덧붙여 물었다. 하지만 남편이 범인에 대해 전혀 짐작 가는 데가 없다고 말하자 그들은 실망했다.

"아무리 생각해도 원한을 살 만한 일을 한 적은 없습니다."

남편은 그렇게 말하면서 눈물을 흘렸다. 그리고 이것저것 살펴보더니, 도둑맞은 물건도 없다는 사실을 확인해 주었다. 그리고 남편의 경력과 부인의 신상 등 여러

가지를 조사했지만, 딱히 의심스러운 점도 없었고 사건과 크게 관련도 없어서 여기서는 생략하기로 하겠다. 마지막으로 고바야시 형사는 죽은 부인의 몸에 난 상처에 대해 질문했다. 남편은 잠시 머뭇거리더니 자신이 낸 상처라고 대답했다. 그런데 그 이유에 대해서는 아무리 끈질기게 물어봐도 명확하게 대답하지 않았다. 그는 그날 밤 계속 야시장에 나가 있었기 때문에 설사 그게 학대로 인한 상처라 해도 살인 혐의로 볼 수는 없을 것이다. 형사도 그렇게 생각했는지 깊게 파고들지는 않았다.

그날 밤의 조사는 일단 그렇게 끝났다. 우리는 주소와 이름 등을 적었고, 아케치가 지문까지 찍고 집으로 돌아간 건 새벽 1시가 넘어서였다.

만약 경찰의 수사에 미비한 점이 없고 증인들도 거짓말을 한 게 아니라면 이건 매우 기이한 사건이다. 게다가 나중에 알게 된 사실이지만, 다음 날부터 고바야시 형사가 계속 조사를 했는데도 사건의 실마리를 찾지 못하고 있었다. 아무런 진척도 없었다. 증인들은 모두 신뢰할 만한 사람들이었고, 열한 채의 상가 주민들에게서도 의심스러운 점은 발견하지 못했다. 피해자의 출생지도 조사했지만, 여기서도 수상한 점은 찾지 못했다. 고바야시 형사가 전력을 다해 수색한 바에 의하면 이 사건은 도무지 이해할 수 없다는 결론을 낼 수밖에 없었다 (아까도 말했듯이 그는 명탐정으로 소문이 자자한 사람이었다). 이것도 나중에 들은 얘기지만, 고바야시 형사가 기대했던 유일한 증거품인 전등 스위치에서도 아케치의 지문 외에 다른 지문은 발견하지 못했다. 전등 스위치에는 수많은 지문이 찍혀 있었는데, 죄다 아케치의 지문이었다. 아마 불을 켜는 순간 당황해서 그런 것 같았다. 형사들은 아케치의 지문이 범인의 지문을 지워 버렸을 거라고 판단했다.

독자 여러분, 이 이야기를 듣고 에드거 앨런 포의 「모르그가의 살인 사건」이나 아서 코난 도일의 「얼룩 끈의 비밀」이 떠오르지 않습니까? 어쩌면 이번 살인 사건의 범인은 인간이 아니라, 오랑우탄이나 인도의 독사일지도 모른다고 상상하지는 않으셨는지요? 사실 저는 그렇게 생각했습니다. 하지만 도쿄의 D언덕 부근에 그런 동물이 있을 리는 만무하고, 일단 격자창 틈으로 남자의 모습을 봤다는 목격자도 있었습니다. 그뿐 아니라 원숭이 같은 동물이었다면 당연히 발자국이 남았을 테고, 사람들 눈에도 띄었을 겁니다. 그리고 사망자의 목에 생긴 손가락 자국도 분명 사람의 것이었습니다. 독사에게 당한 거라면 그런 흔적이 남을 리가 없었겠죠.

아무튼 아케치와 나는 그날 밤 집으로 돌아가는 길에 흥분해서 이런저런 이야기를 나눴다. 이를테면 다음과 같은 대화였다.

"에드거 앨런 포의 「모르그가의 살인 사건」이나 가스통 르루의 「노란 방의 비밀」 등의 소재가 되었던 파리의 로제 델라코트 사건 아시죠? 백 년이 지난 지금도 아직 수수께끼로 남아 있는 그 밀실 살인 사건 말입니다. 저는 그 사건이 떠올랐거든요. 범인이 흔적도 없이 사라졌다는 게 뭔가 그 사건과 비슷하지 않나요?"

아케치가 말했다.

"아, 그러네요. 정말 신기하군요. 일본에서는 외국 탐정 소설에 자주 나올 법한 심각한 범죄는 절대로 일어나지 않을 거라고 하던데 저는 그렇게 생각하지 않아요. 지금 이 사건만 해도 아주 심각하잖아요. 제가 할 수 있을진 모르겠지만 이 사건도 한번 추리해 보고 싶군요."

그렇게 우리는 골목에서 헤어졌다. 그때 어깨를 독특

하게 흔들며 걸어가는 아케치의 뒷모습이 눈에 들어왔다. 화려하고 굵은 세로 줄무늬의 유카타가 어둠 속에서 선명하게 드러났다.

(하) 추리

살인 사건이 일어나고 열흘 정도 지난 어느 날, 나는 아케치 고고로의 집을 찾아갔다. 아케치와 내가 지난 열흘 동안 이 사건을 어떻게 조사하고 무슨 생각을 했는지, 그리고 어떤 결론을 내렸는지, 이날 우리가 주고받은 대화를 들으면 독자들도 충분히 알 수 있을 것이다.

이전까지 아케치하고는 카페에서만 얼굴을 마주했었다. 내가 그의 집을 방문한 건 이번이 처음이었는데 미리 주소를 물어봤기 때문에 집을 찾는 게 어렵진 않았다. 그의 집 근처 담배 가게 앞에서 주인 여자한테 아케치가 집에 있는지 물어봤다.

"네, 지금 계실 거예요. 불러올 테니 잠시만 기다려 주세요."

그녀는 그렇게 말하고 가게 앞의 계단 입구까지 가서

큰 소리로 아케치를 불렀다. 그는 이 집 2층에 세 들어 살고 있었다.

"오!"

아케치는 삐거덕거리는 소리를 내면서 계단에서 내려오다 나를 발견하자 놀란 얼굴로 말했다.

"어이구, 들어오세요."

나는 그의 뒤를 따라 2층으로 올라갔다. 아무 생각 없이 그가 있는 방으로 따라 들어간 순간, 악 소리가 절로 나왔다. 방 상태가 너무 심각했기 때문이다. 그가 괴짜라는 걸 알고는 있었지만 이건 심해도 너무 심했다.

다다미 네 장 반의 작은 방은 책으로 가득했다. 빈곳이 보이지 않을 정도로 책이 산더미처럼 쌓여 있었다. 사방의 벽과 장지문을 따라 아래쪽에 책이 가득했고, 위로 갈수록 폭이 좁아져 천장까지 산처럼 쌓여 있었다. 다른 물건은 전혀 없었다. 도대체 이 방에서 어떻게 잠을 자는지 궁금할 정도였다. 우선 두 사람이 앉을 자리조차 없었다. 무심코 움직이다가 잘못 건드렸다간 책들이 와르르 쏟아져 내릴지도 모르는 일이었다.

"너무 좁아서 앉을 곳이 없군요. 방석도 없네요. 죄송하지만 부드러운 책 위에라도 앉으세요."

나는 책이 쌓여 있는 곳을 피해 겨우 자리에 앉았지만, 정신이 없어 잠시 멍하니 주위를 둘러보고 있었다.

이런 특이한 방에 사는 아케치 고고로라는 사람에 대해 여기서 잠깐 설명해 둘 필요가 있다. 하지만 그를 알게 된 지 얼마 되지 않았기 때문에 그가 어떤 경력을 갖고 있는지, 어떻게 의식주를 해결하는지, 무슨 생각으로 사는지 전혀 알지 못했다. 하지만 그가 이렇다 할 직업이 없는 한량인 것만은 분명했다. 굳이 말하자면 학자라고도 할 수 있을 것이다. 다만 학자치고는 상당히 특이한 편이었다. 언젠가 그는 다음과 같이 말한 적이 있었다.

"저는 인간을 연구하고 있어요."

그때는 그게 무슨 말인지 전혀 몰랐다. 내가 알고 있는 건 그가 범죄나 탐정 분야에 남다른 흥미와 놀라울 정도로 풍부한 지식을 가지고 있다는 사실뿐이었다.

나이는 나와 비슷하니까 스물다섯을 넘지는 않았을 것이다. 몸은 마른 편이고 앞서 말한 대로 걸을 때 어깨를 기묘하게 흔드는 버릇이 있었다. 그렇다고 호걸처럼 걷는 것도 아니었다. 예를 들자면 한쪽 팔이 불편한 야담가 간다 하쿠류와 비슷할 것이다. 아케치는 얼굴 생김새부터 목소리까지 그를 많이 닮았다. 하쿠류를 본 적이 없는 독자라면, 자신이 알고 있는 사람 중에서 미남은 아니지만 어딘가 모르게 친근하고 천재적인 사람을 떠올리면 될 것이다. 다른 점이라면 아케치의 머리가 길고 덥수룩하게 뒤엉켜 있다는 것뿐이다. 그리고 그는 대화를 하면서도 덥수룩한 머리를 더 엉클어뜨리려는 듯 자주 긁적였다. 옷차림에는 전혀 신경 쓰지 않는 건지, 항상 목면 기모노에 구깃구깃한 헤코오비*를 매고 있었다.

"잘 오셨어요. 한동안 못 만났는데, D언덕 살인 사건은 어떻게 되어 가고 있나요? 경찰 쪽에서는 전혀 범인을 짐작하지 못하고 있는 것 같던데."

아케치는 머리를 긁적거리면서 내 얼굴을 유심히 쳐다보며 말했다.

"실은 오늘 그 일 때문에 온 겁니다."

나는 어떻게 말을 꺼낼지 망설이다가 이야기를 시작했다.

"그동안 그 사건에 대해 쭉 생각해 봤어요. 생각만 한 게 아니라 탐정처럼 현장 조사도 했죠. 그리고 결론에 도달했습니다. 그래서 그 얘기를 하려고 왔습니다."

---

* 부드러운 천으로 된 허리띠.

"아, 그래요? 듣던 중 반가운 얘기네요. 좀 더 자세히 들어 보고 싶군요."

그의 눈에 '당신이 뭘 알겠어.' 하는 경멸과 안도의 빛이 떠오르는 걸 놓치지 않았다. 그리고 그게 망설이던 내 마음을 더 자극했다. 나는 단단히 벼르고 이야기하기 시작했다.

"제 친구 중에 신문 기자가 있는데요. 그 친구가 이번 사건의 담당자인 고바야시 형사하고 친하게 지내거든요. 그래서 그 기자를 통해 경찰의 상황에 대해 자세히 들을 수 있었어요. 근데 경찰은 아직도 수사 방침을 전혀 세우지 못한 것 같아요. 물론 이것저것 조사하고는 있지만, 이렇다 할 성과는 없었던 모양이에요. 그 전등 스위치 기억하시죠? 그것도 별다른 단서가 되지 못했나 봅니다. 그 스위치엔 당신 지문만 찍힌 것 같아요. 아마 당신의 지문이 범인의 지문을 덮어 버렸을 거라고 하더군요. 그런 이유로 경찰은 아주 곤경에 처해 있어요. 그래서 저는 더 열심히 조사했습니다. 과연 제가 어떤 결론에 도달했을 것 같나요? 그리고 경찰에 알리기 전에 당신을 먼저 찾아온 이유는 무엇일까요?

아무튼, 저는 그 사건이 일어난 날부터 뭔가 느낌이

왔거든요. 참, 기억나시죠? 학생 두 명이 범인으로 보이는 남자의 옷차림에 대해 전혀 다른 진술을 했던 거 말입니다. 한 명은 검은색, 다른 한 명은 흰색이라고 했잖아요. 아무리 인간의 눈이 정확하지 않다고 해도 검은색과 흰색이 정반대인데 잘못 보는 건 이상하지 않나요? 경찰에서는 그걸 어떻게 해석했는지 잘 모르겠지만 저는 두 사람의 진술이 잘못됐다고는 생각하지 않습니다. 왜 그런지 아시겠습니까? 그건 범인이 흰색과 검은색의 줄무늬 옷을 입었기 때문입니다. 그러니까 굵은 검은색 줄무늬의 유카타 같은 거겠죠. 여관 같은 곳에서 빌려주는 유카타 말이에요. 그렇다면 왜 그게 한 사람한테는 하얀색으로 보이고 다른 사람한테는 검은색으로 보였을까요? 그건 아마 이 격자창 틈으로 봤기 때문일 겁니다. 격자창은 세로로 된 가는 격자 모양이잖아요. 그래서 한 사람은 기모노의 흰색 부분이 격자창 틈과 딱 들어맞는 걸 본 거고, 다른 한 명은 검은 부분과 일치하는 걸 봤던 거죠. 굉장히 드문 우연의 일치인지도 모르겠지만 결코 불가능한 일은 아닙니다. 그들의 진술은 이렇게밖에 생각할 수 없지 않을까요?

그래서 범인이 줄무늬 기모노를 입었다는 사실을 알

게 됐지만, 수사 범위만 축소되었을 뿐 확실한 증거가 되지는 않을 겁니다. 두 번째는 전등 스위치의 지문인데요. 아까 말한 기자 친구의 도움으로 고바야시 형사한테 부탁해서 당신의 지문을 면밀하게 조사해 본 결과, 제 생각이 틀리지 않았다는 사실을 확인했습니다. 저, 혹시 벼루가 있다면 잠깐 빌려주실 수 있나요?"

나는 한 가지 실험을 해 보였다. 우선 벼루를 빌려 오른쪽 엄지손가락에 먹물을 묻힌 다음 주머니에서 꺼낸 흰 종이 위에 지문을 찍었다. 그리고 그 지문이 마르기를 기다렸다가 다시 한번 같은 손가락에 먹물을 묻혀 이번에는 손가락의 방향을 바꿔 앞의 지문 위에 꾹 눌렀다. 그러자 서로 뒤섞인 두 개의 지문이 선명하게 나타났다.

"경찰은 당신 지문이 범인의 지문 위에 겹쳐서 지워져 버린 거라고 하는데, 지금 해본 이 실험으로도 알 수 있듯이 그건 불가능합니다. 지문이 선으로 되어 있는 이상, 아무리 세게 눌러도 이전 지문의 흔적은 남아 있거든요. 만약 지문이 완전히 똑같고 누르는 방식까지 비슷하다면야 나중에 찍힌 지문이 이전 지문을 가려 버릴 수는 있겠지만 일단 그건 불가능합니다. 설사 가능하다고 해도 결론이 바뀌지는 않을 겁니다.

하지만 전등을 끈 사람이 범인이라고 한다면 그 스위치에 지문이 남아 있어야 하겠죠. 그래서 혹시 경찰이 당신 지문 아래 남아 있는 이전 지문의 흔적을 놓치지는 않았을까 싶어 직접 조사도 해봤습니다. 그런데 그런 흔적은 전혀 없었어요. 그러니까 스위치에 찍힌 지문이 죄다 당신 거라는 말이죠. 어째서 책방 사람들의 지문이 남아 있지 않았는지는 잘 모르겠습니다. 아마 그 방 불을 계속 켜놓은 채 한 번도 끈 적이 없었던 게 아닐까요?

이런 결과가 도대체 무엇을 의미하는 걸까요? 저는 이렇게 생각해 봤습니다. 굵은 줄무늬 옷을 입은 한 남자가 있는데, 그는 책방 주인이 야시장에서 장사를 한다는 사실을 알고 주인이 없는 동안 부인을 겁탈하려 했던 겁니다. 그자는 아마 죽은 여자의 어릴 적 친구이거나, 실연을 당했다거나, 뭐 그런 이유를 생각해 볼 수 있겠죠. 소리를 내거나 저항한 흔적이 없는 걸 봐서 여자는 그 남자를 잘 알고 있던 게 틀림없습니다. 감쪽같이 일을 치른 남자는 시체의 발견을 늦추기 위해 불을 꺼버린 겁니다. 하지만 여기서 일생일대의 실수를 했습니다. 격자문이 열려 있다는 걸 미처 몰랐던 거죠. 그래서 깜짝 놀라 그 문을 닫았는데, 그때 우연히 가게 앞에 있던 두 학생이 그 모습을 본 겁니다. 그러고 나서 남자는 일단 밖으로 나갔습니다. 그러다가 문득 전등을 끌 때 스위치를 만졌으니 지문이 남았을 거라는 생각이 들었겠죠. 아마 무슨 일이 있어도 지워야 한다고 생각했을 겁니다. 하지만 또다시 같은 방법으로 방에 몰래 들어가는 건 위험하겠죠. 그래서 그는 묘안을 생각해 냈습니다. 그건 자신이 직접 살인 사건의 발견자가 되는 거예요. 그렇게 하면 아주 자연스럽게 자신의 손으로 불을 켜고 이전에 찍힌 지문에 대한 의심도 없애 버릴 수 있다고 생각했을 겁니다. 그뿐만 아니라 설마 최초의 발견자가 범인일 거라고는 아무도 생각하지 못할 거고요. 일석이조겠죠. 그는 시치미 떼고 경찰이 하는 짓을 다 지켜보며 대담하게도 증언까지 했어요. 결국 그가 예상한 대로 완벽하게 들어맞았습니다. 닷새가 지나고 열흘이 지나도 그를 잡으러 온 사람이 없었으니까요."

아케치 고고로가 제 이야기를 어떤 표정으로 들었냐고요? 저는 그가 뭔가 이상한 표정을 짓는다거나 말하는 도중에 끼어들 거라고 예상했습니다. 그런데 놀랍게도 그의 얼굴에는 아무런 표정도 드러나지 않았습니다. 원래부터 그는 표정을 읽을 수 없는 사람이기는 했지만, 너무 흔들림이 없는 거예요. 그는 시종 덥수룩한 머리를 긁적거리며 아무 말도 하지 않았습니다. 저는 아주 뻔뻔스럽다고 생각하면서 이야기를 이어 갔습니다.

　"그럼 도대체 범인은 어디로 들어와서 어디로 도망친 거냐고 물어보시겠죠? 그 부분이 명확하지 않으면 다른 걸 알아내도 아무런 의미가 없으니까요. 하지만 유감스럽게도 그것도 제가 밝혀냈습니다. 그날 밤은 범인이 빠져나간 흔적을 전혀 찾을 수 없었습니다. 하지만 살인 사건이 있었던 만큼 범인이 출입하지 않았을 리가 없겠죠. 결국 수사에 허술한 점이 있었다고밖에 볼 수 없습니다. 경찰들도 그 부분에 대해 충분히 고심한 것 같긴 하지만, 불행하게도 저 같은 사람의 추리에도 미치지 못한 것 같습니다.

　뭐, 사실 저도 조금 허술합니다만 제 생각은 이렇습니다. 경찰 조사 결과, 일단 이 근처 사람들에게는 의심스러운 점이 없었습니다. 그렇다면 범인은 사람들 눈에 띄어도 범인이라고 생각할 수 없는 사람일 겁니다. 그래서 아주 자연스럽게 지나쳐 버린 거겠죠. 그리고 누군가가 그걸 목격했어도 전혀 문제가 되지 않았을 거예요. 우리의 시각이 착각을 일으켜 잘못 보는 것처럼 주의력에도 그런 게 있지 않을까요? 마술사가 관객들 앞에서 커다란 물건을 감쪽같이 사라지게 하듯이 자신을 숨긴 건지도 모르겠습니다. 그래서 제가 처음에 주목한 사람은 '아사히야'라는 메밀국숫집입니다."

헌책방의 오른쪽이 시계방이고 그 옆집이 과자 가게 그리고 왼쪽으로는 버선 가게와 메밀국숫집이 나란히 붙어 있었다.

"저는 메밀국숫집에 가서 사건 당일 저녁 8시경에 화장실에 다녀간 사람이 없는지 물어봤어요. 아시다시피 그 가게부터 책방 부엌의 쪽문까지 바닥이 쭉 이어져 있잖아요. 그 쪽문 옆이 바로 화장실이었는데 거기에 가는 척 뒷문으로 나가서 다시 들어올 리는 없을 겁니다. 그리고 아이스크림 가게는 골목 모퉁이에 있으니까 발각될 일도 없고요. 게다가 음식점에서 화장실에 가는 건 아주 자연스러운 일이잖아요. 그래서 물어봤더니 그날 밤 주인아주머니는 외출하셨고 주인장만 가게에 있었던 모양이에요. 안성맞춤인 셈이지요. 제 생각 꽤 그럴

듯하지 않습니까?

　그리고 예상대로 마침 그때 화장실에 간 손님이 있었다고 합니다. 하지만 아쉽게도 메밀국숫집 주인은 그 손님의 얼굴이나 옷차림에 대해서는 전혀 기억하지 못했어요. 저는 그 사실을 기자 친구를 통해 고바야시 형사에게도 알려 줬습니다. 형사도 메밀국숫집을 조사한 모양인데 단서가 될 만한 것은 알아내지 못한 것 같습니다."

　나는 잠시 말을 중단하고 아케치에게 발언 기회를 주었다. 지금쯤 그가 뭐라도 한마디 해야 한다고 생각했기 때문이다. 그런데 그는 여전히 머리를 긁적거리며 아무렇지도 않은 척하고 있었다. 이제까지는 나름 배려하는 마음으로 돌려서 말하고 있었지만 이렇게 된 이상 직설적으로 이야기해야만 했다.

　"아케치 씨, 내가 무슨 말을 하려는지 잘 알고 있겠죠? 모든 증거가 당신을 가리키고 있습니다. 솔직히 말하면 나는 아직도 당신이 범인이라고는 생각하고 싶지 않아요. 하지만 이런 식으로 증거가 나오면 어쩔 수 없지 않나요? ……혹시나 해서 그 상가 안에 굵은 줄무늬 유카타를 가진 사람이 있는지 열심히 찾아봤지만 한 명도 없더라고요. 그도 그럴 것이, 같은 줄무늬 유카타라고 해도 그 격자창의 격자 모양과 일치할 만큼 화려한 옷을 입는 사람은 그리 흔하지 않거든요. 아무튼, 지문도 그렇고 화장실에 간다는 트릭도 굉장히 교묘해서 당신 같은 범죄학자가 아니면 흉내도 낼 수 없는 대담한 행위인 거죠. 그리고 가장 이상한 건 죽은 부인과 어릴 적부터 아는 사이라고 했으면서 그날 밤 부인의 신원을 조사할 때 아무런 진술도 하지 않았다는 점이에요.

그리고 유일하게 기대할 만한 게 알리바이였는데요, 이것도 소용없었습니다. 기억하십니까? 그날 밤 집에 돌아가는 길에 제가 물어봤었죠? 하쿠바이켄에 오기 전에 어디에 있었냐고. 당신은 한 시간 정도 주변을 산책했다고 대답했고요. 가령 당신이 산책하는 모습을 본 사람이 있다고 해도 산책 도중에 메밀국숫집 화장실에 가지 말란 법은 없으니까요. 내 말이 틀렸습니까? 어떻게 생각하나요, 아케치 씨? 하실 말씀 없으신가요?"

독자 여러분, 제가 이렇게 다그쳤을 때 괴짜 아케치 고고로는 어떤 반응을 보였을까요? 면목이 없어서 고개를 떨궜을까요? 그럴 리가요. 그는 예상도 못 했던 방법으로 제 기세를 꺾어 버렸습니다. 갑자기 껄껄거리며 웃기 시작했죠.

"아이코, 이런. 실례. 웃을 생각은 아니었습니다. 근데 너무 진지하셔서."

아케치는 변명하듯이 말했다.

"아주 재미있어요. 당신 같은 친구를 알게 돼서 정말 기쁩니다. 하지만 안타깝게도 굉장히 즉물적인 추리군요. 너무 있는 그대로고요. 저와 그 여자가 어떤 사이였는지, 내면적 혹은 심리적으로 조사는 해봤나요? 이를테면 제가 예전에 그녀와 연인 관계였는지, 그녀한테 원한이 있는지 따위의 조사 말이에요. 거기까지는 짐작할 수 없었던 겁니까? 그날 밤 그 여자와 아는 사이라는 걸 왜 밝히지 않았냐고 하셨죠? 그 이유는 간단합니다. 참고가 될 만한 게 전혀 없어서 그랬습니다. 초등학교에 들어간 이후로 그녀를 본 적이 없었거든요. 최근에 우연히 만나게 돼서 두세 차례 이야기를 나눴을 뿐이었습니다."

"그렇다면 지문은 어떻게 생각해야 할까요?"

"제가 지금까지 아무것도 하지 않았을 거라고는 생각하지 않으시겠죠. 저도 이 사건에 대해 꽤 열심히 알아봤어요. D언덕을 매일 같이 서성거리고 다녔지요. 특히 책방에 자주 갔습니다. 그리고 주인을 붙잡고 이것저것 캐물었어요. 제가 부인과 아는 사이라는 걸 그때 털어놨는데 그게 오히려 유리하게 작용했어요. 당신이 신문 기자를 통해 경찰의 상황을 알아낸 것처럼, 저도 책방 주인으로부터 이런저런 정보를 들어서 알고 있었습니다. 그리고 곧 아시게 되겠지만, 지문에 대해서도 조사해 봤습니다. 하하하. 그게 참 웃기는 얘기예요. 전구의 선이 끊겨 있었던 거라네요. 아무도 불을 끄지 않았다고 하더군요. 제가 스위치를 켜서 불이 들어왔다는 건 잘못된 거죠. 당황해서 전등을 건드렸는데 그때 끊어진 전선이 우연히 연결된 거였어요. 그러니 스위치에 제 지문밖에 없는 게 당연하겠죠. 그날 밤 격자창 틈으로 전등이 켜져 있는 걸 봤다고 했었죠? 그렇다면 전구가 끊어진 건 아마 그다음일 겁니다. 낡은 전구는 저절로 끊어지곤 하니까요. 그리고 범인의 옷 색깔 말인데요. 이건 제가 설명하기보다……"

아케치는 그렇게 말하고 주변의 책 더미를 뒤적거리다 오래된 책 한 권을 꺼냈다.

"이 책 읽은 적 있나요? 휴고 뮌스터베르크의 『심리학과 범죄』라는 책이에요. 「착각」이라는 장의 앞부분 열

줄만 읽어 보세요.”

　나는 자신만만한 그의 말을 들으면서 점점 내 실수를 깨닫기 시작했다. 그가 시키는 대로 책을 펼쳐서 읽었다. 거기에는 대략 다음과 같이 쓰여 있었다.

　　오래전에 어떤 자동차 범죄 사건이 있었다. 법정에서 진실을 말하겠다고 선서한 증인 가운데 한 명이 문제의 도로가 너무 건조해서 먼지가 일었다고 주장했다. 그리고 다른 사람은 비가 내려 도로가 질퍽거렸다고 진술했다. 한 사람은 문제의 자동차가 서행했다고 말했고, 다른 사람은 그렇게 빨리 달리는 차는 본 적이 없다고 말했다. 또 전자는 당시 도로에는 두세 명밖에 없었다고 했는데, 후자는 남자와 여자, 아이까지 통행인이 많았다고 진술했다. 이 두 증인은 존경받을 만한 사람들이었고 사실을 왜곡할 이유도 없었다.

　다 읽을 때까지 기다린 아케치는 책장을 넘기면서 말했다.

　“이번에는 실제로 일어난 이야기인데, 거기 보면 「증인의 기억」이라는 장 있죠? 그 중간 부분에 미리 계획하고 실험한 이야기가 나옵니다. 마침 옷 색깔에 관한 이야기니까 귀찮겠지만 한번 읽어 보세요."

　다음과 같은 내용이었다.

　　(전략) 일례를 들자면 재작년(1911년 출판) 독일 괴팅겐에서 법률가, 심리학자 및 물리학자들이 참여한 학회가 열렸다. 그곳에 모인 사람들은 전부 사물을 세심하게 관찰하는 데 익숙한 사람들이었다. 마침 그 마을에서는 카니발 축제가 한창이었는데, 학회가 진행되는 도중 갑자기 문이 열리더니 요란한 옷차림의 광대가 미친 듯이 뛰어 들어왔다. 자세히 보니까 그 뒤를 따라 흑인이 총을 들고 쫓아오고 있었다. 그들은 홀 중앙에서 서로 고함을 지르며 싸우다 광대가 바닥에 털썩 쓰러지자 흑인이 그 위로 달려들었다. 그 순간, 갑자기 탕 하는 권총 소리가 울려 퍼졌다. 그러자 두 사람은 순식간에 밖으로 나가 버렸다. 불과 20초 동안 일어난 사건이었다. 회장 안의 사람들은 물론 굉장히 놀란 상태였다. 의장을 제외하고는 그 누구도 그게 연출된 상황인지 모르고 있었다. 그리고 그 모든 광경이 전부 사진으로 찍혔다는 사실 또한 아무도 알지 못했다. 의장은 이 사건을 언젠가 법정에서 처리

해야 한다며 회원들에게 정확하게 기록해 달라고 부탁했다. (중략, 그들의 기록이 얼마나 잘못되었는지는 퍼센트로 표기했다) 흑인이 모자를 쓰지 않은 것을 알아맞힌 사람은 마흔 명 가운데 단 네 명뿐이었다. 중산모를 썼다고 한 사람이 있는가 하면, 실크 모자였다고 말한 사람도 있었다. 옷차림에 대해서도 빨간색, 갈색, 커피색, 줄무늬 등 다양한 대답이 나왔다. 그런데 그 흑인은 사실 흰색 바지에 검은색 상의를 입었고 커다란 빨간색 넥타이를 매고 있었다. (후략)

"뮌스터베르크가 주장한 대로......"

아케치는 다시 말을 시작했다.

"인간의 관찰이나 기억이라는 건 사실 믿을 만한 게 못 됩니다. 좀 전에 언급한 학자들조차 옷 색깔을 구분하지 못했어요. 그러니 그날 밤 학생들이 옷 색깔을 잘못 봤다고 생각하는 게 과연 억지일까요? 그들이 누군가를 봤을지도 모른다는 건 사실일 겁니다. 하지만 범인은 줄무늬 옷 따위는 입지 않았을 겁니다. 물론 저도 아니고요. 격자창 틈으로 줄무늬의 유카타를 입었다고 생각하는 건 상당히 재미있는 발상이긴 했어요. 하지만 너무 짜 맞춘 느낌이 들어요. 아무래도 그런 우연의 일치를 믿기보다 제 결백을 믿는 편이 나을 것 같은데요. 마지막으로 메밀국숫집 화장실에 간 사람 말인데요. 이건 저도 같은 생각입니다. 아무리 생각해도 그 메밀국숫집 쪽 외에는 범인이 나갈 통로가 없어서 저도 직접 가서 조사해 봤는데, 유감스럽게도 당신과 정반대의 결론에 도달했습니다. 실제로 화장실을 사용한 사람은 아무도 없었다는 겁니다."

독자 여러분도 이미 눈치챘을 테지만 아케치는 이렇게 증인의 진술도 무시하고, 범인의 지문도 부정하고, 범인이 나간 통로까지 인정하지 않으며 자신의 무죄를 입증하려고 하고 있었습니다. 하지만 그와 동시에 범죄 그 자체를 부정하는 건 아닌지, 그가 도대체 무슨 생각을 하는지 전혀 알 수 없었습니다.

"그래서 범인이 누군지 알고 있다는 건가요?"
"네, 알 것 같아요."
그는 머리를 긁적거리면서 대답했다.
"제 방법은 조금 다릅니다. 눈에 보이는 증거는 어떻

게 해석하느냐에 따라 달라지는 법이지요. 가장 바람직한 추리는 심리적으로 사람의 마음속 깊은 곳을 간파하는 겁니다. 이건 추리하는 사람의 능력 문제이겠지만요. 아무튼 저는 이번 사건을 그런 쪽에 무게를 두고 추리해 봤습니다. 맨 처음 제 주의를 끈 건 책방 부인의 몸에 있는 상처였습니다. 그러고 나서 얼마 후 메밀국숫집 부인의 몸에도 비슷한 상처가 있다는 얘기를 들었습니다. 여기까지는 아시는 내용이죠? 하지만 남편들은 그리 폭력적인 사람으로 보이지 않았습니다. 책방 주인도 그렇고 메밀국숫집 주인도 얌전하고 이해심이 많은 사람이었으니까요. 그런데 저는 왠지 거기에 어떤 비밀이 숨겨져 있지는 않을까 하는 의심을 지울 수가 없었습니다. 그래서 일단 책방 주인한테 접근해서 그 비밀을 알아내려고 했어요. 제가 죽은 부인과 아는 사이였다고 하니까 책방 주인도 얼마간 경계심이 누그러져 비교적 일이 쉽게 풀렸어요. 그리고 생각지도 못한 사실을 알아낼 수 있었습니다. 그런데 메밀국숫집 주인 말인데요. 그 사람은 보기와는 달리 상당히 경계심이 많은 사람이어서 정보 캐내기가 굉장히 힘들었어요. 하지만 일단 성공은 했습니다.

심리학의 연상진단법이 범죄 수사에도 이용되기 시작한 건 알고 계시겠죠? 자극이 되는 간단한 단어를 던져 주고 그에 대한 혐의자의 생각과 연상의 속도를 재는 방법이에요. 물론 이건 반드시 심리학자들이 말하는 것처럼 '개'나 '집', '강'처럼 간단한 자극어만 한정하는 건 아닙니다. 그리고 크로노스코프*의 도움을 받을 필요도 없어요. 연상진단의 핵심을 이해하는 데는 그런 형식적인 게 전혀 필요하지 않다는 말이죠. 한 예로 예전에 명판관이나 명탐정이라고 불리던 사람들은 타고난 감각으로 판결을 내리곤 했습니다. 지금처럼 심리학이 발달하기 이전인데도 자신도 모르는 사이에 이런 심리학적인 방법을 사용하고 있었던 거죠. 오오카 에치젠**도 분명 그중 한 사람이에요.

소설로 말하자면 포의 「모르그가의 살인 사건」의 시작 부분인데, 주인공인 뒤팽이 친구의 몸짓 하나만 보고도 그가 무슨 생각을 하는지 파악하는 장면이 나옵니다. 코난 도일도 그걸 흉내 내서 「장기 입원 환자」에서 홈스

---

* 속도를 재기 위한 시간 측정 장치.
** 에도 시대 중기의 명판관.

처럼 추리하게 만든 거죠. 이런 방법들이 다 어떤 의미에서는 연상진단법이라고 할 수 있습니다. 심리학자들이 사용하는 기계적인 방법은 아마 타고난 통찰력을 가지지 못한 평범한 사람들을 위해 만들어진 겁니다. 이야기가 잠깐 옆길로 샜는데, 여하튼 저는 그런 의미에서 메밀국숫집 주인한테 연상진단법을 사용해 봤어요. 물론 처음에는 일상적인 이야기로 시작했지요. 그리고 그의 반응을 살펴봤습니다. 이건 굉장히 예민한 감정적인 문제이고 상당히 복잡하기도 하니 자세한 건 나중에 천천히 얘기하기로 할게요. 아무튼 결과적으로 저는 어떤 확신을 가지게 되었고 범인도 찾을 수 있었답니다.

하지만 눈에 보이는 증거가 없으니 경찰에 신고할 수도 없었습니다. 아마 제보를 해도 아무도 믿어 주지 않을 겁니다. 그리고 제가 범인을 알고 있으면서 그냥 팔짱 끼고 쳐다만 보는 또 다른 이유는 범인한테 전혀 악의가 없었다는 사실 때문이에요. 이상하게 들리겠지만 이 살인 사건은 범인과 피해자의 동의하에 이루어진 겁니다. 아니, 어쩌면 피해자가 더 원했을지도 모르죠.”

나는 아무리 상상해 봐도 도저히 그의 추리를 따라갈 수 없었다. 내 추리가 틀렸다는 부끄러운 사실도 잊어버리고 그저 그의 기괴한 추리에 귀를 기울이고 있었다.

　"결론적으로 제 생각을 말씀드리자면, 살인범은 메밀국숫집 주인입니다. 그는 범행 흔적을 감추기 위해 화장실에 간 사람에 대해 말을 꺼낸 거예요. 아니, 사실 그건 그가 생각해 낸 것도 아니었어요. 우리가 잘못한 거죠. 그런 사람이 있었냐고 물어봤으니까 어쩌면 우리가 그를 부추긴 건지도 모릅니다. 게다가 그는 우리를 형사라고 착각하고 있었거든요. 그럼 그가 왜 살인을 한 걸까요? ......이 사건은 겉으로는 지극히 평범해 보이지만 그 이면에는 생각지도 못한 어둡고 비참한 비밀이 숨겨져 있습니다. 악몽과 같은 세계에나 존재하는 그런 종류의 사건이었던 거예요.

　그 메밀국숫집 주인은 이른바 사디즘이라는 심각한 가학적 변태 성욕자였어요. 그런데 운명의 장난인지 바로 가까운 이웃에 마조히즘의 여자가 살고 있다는 사실을 알게 된 거죠. 그 책방 안주인도 그 남자 못지않은 피학대 성욕자였던 거죠. 그리고 그들은 그런 환자 특유의 습성에 따라, 아무한테도 들키지 않고 간통하고 있었던 겁니다. ......이제 제가 '합의하에 이루어진 살인 사건'이라고 한 말의 의미를 아시겠죠? 그들은 최근까지 자신의 배우자들한테서 그런 병적인 욕망을 간신히 채우고 있었을 겁니다. 책방 부인과 아사히야 부인에게 비슷한 상처가 있었다는 게 바로 그 증거입니다. 하지만 그들이 그 정도에 만족할 수 없었다는 건 말할 필요도 없겠죠. 그러니까 어느 날 아주 가까운 곳에서 자신들이 찾고 있던 대상을 발견했을 때, 굉장히 신속하게 어떤 합의가 이루어졌다는 건 상상하기 어렵지 않을 겁니다. 하지만 운명의 장난이 너무 지나쳤던 걸까요? 플러스와 마이너스가 만나는 것처럼, 그들의 미친 짓은 점점 정도를 넘어섰습니다. 그리고 결국 그날 밤, 본인들도 결코 원하지 않았던 사건이 발생해 버린 거죠."

아케치가 말한 놀라운 결론을 듣고 나도 모르게 소름이 끼쳤다.

'이건 정말 상상도 하지 못한 사건이다!'

그때, 아래층 담배 가게 아주머니가 석간을 들고 올라왔다. 아케치는 신문의 사회면을 읽다가 가만히 한숨을 내쉬며 말했다.

"아, 결국 참을 수 없었나 보군요. 자수했다고 하네요. 아주 기묘한 우연이네요. 마침 그 사건에 대해서 얘기하고 있었는데 이런 보도를 접하다니."

나는 그가 가리키는 곳을 쳐다봤다. 거기에는 작은 제목과 함께 메밀국숫집 주인이 자수했다는 내용의 짧은 기사가 실려 있었다.

일본문학 컬렉션
03

심리 테스트

에도가와 란포 지음
박은정 옮김

● ● ●

1

후키야 세이치로가 왜 그런 끔찍한 범죄를 저질렀는지 그 동기에 대해서 자세히 알 수는 없다. 설사 안다고 해도 이 이야기와 크게 관련이 있지는 않을 것이다. 그가 고학생으로 힘들게 대학에 다닌 걸 보면 어쩌면 학자금이 필요했을지도 모른다. 보기 드문 수재인 데다 공부도 굉장히 열심히 했던 그는 학자금 때문에 따분한 아르바이트를 해야만 했다. 그래서 자신이 좋아하는 독서나 사색할 시간이 항상 부족한 걸 아쉬워했던 것만은 분명했다. 하지만 고작 그 정도의 이유로 그런 큰 범죄를 저지를 수 있을까? 어쩌면 그는 타고난 악인이었을지도 모른다. 학자금 문제가 아닌 다른 어떤 욕망을 억누르지 못했을 가능성도 있다. 아무튼, 반년 전부터 그는 그 계획을 세우고 있었다. 그리고 고민을 거듭하고 생각하고 또 생각한 끝에 그는 마침내 일을 벌이기로 한 것이다.

그는 우연한 기회에 동급생인 사이토 이사무와 친분을 쌓게 되었다. 그게 사건의 발단이었다. 물론 처음에는 특별한 목적이 있었던 건 아니었다. 하지만 언제부턴가 사이토에게 접근할 때마다 마음속에 희미한 무언가가 자리 잡기 시작했다. 그리고 그와 가까워질수록 희미했던 그 무언가가 점점 더 구체적으로 바뀌었다.

사이토는 1년 전부터 야마노테의 한적한 고급 주택가에 세 들어 살고 있었다. 집주인은 관리였던 남편을 먼저 떠나보내고 혼자 사는 미망인으로 예순에 가까운 노파였다. 그리고 남편이 남기고 간 여러 채의 집에서 나오는 집세만으로도 충분히 생활할 수 있었다. 아이가 없던 그녀는 신용이 확실한 사람한테 돈을 빌려주거나 해서 조금씩 돈을 모으는 것을 삶의 낙으로 여기고 있었다.

"이제 내가 믿을 건 돈밖에 없어."

노파는 그렇게 말했다. 사이토에게 방을 빌려준 건 여자들만 사는 집이라 불안한 이유도 있었지만, 한편으로 월세를 매달 모을 수 있다는 점도 분명히 계산에 넣었을 것이다. 요즘은 자주 들을 수 없는 말이지만, 구두쇠의 심리는 동서고금을 막론하고 비슷해서 표면적으로 은행 예금 외에 막대한 현금을 자택 비밀 장소에 숨겨 놓는다고 한다. 그리고 노파도 마찬가지로 집 안에 현금을 숨겨 두었다는 소문이 있었다.

후키야는 그 돈을 노리고 있었다.

'저런 늙은이한테 큰돈이 있어 봤자 무슨 소용이 있겠어. 그보단 나처럼 장래가 촉망한 청년의 학자금으로 사용하는 게 훨씬 낫지.'

간단하게 말하자면 이게 그의 논리였다. 그래서 그는 사이토를 통해 노파에 대한 정보를 되도록 많이 얻고자 했다. 그리고 그 돈을 숨긴 장소를 알아내려고 했다. 하지만 사이토가 우연히 그 장소를 알아냈다고 말하기 전까지 사실 그는 딱히 행동에 옮길 생각은 없었다.

"그 노인 말이야. 정말 기가 막힌 생각을 했더군. 보통은 마루 밑이나 지붕 아래 같은 데다 돈을 숨기잖아? 근데 조금 의외의 장소를 선택한 것 같아. 그 집 안방 도코노마*에 커다란 단풍나무 화분이 하나 있거든. 그 화분 속에 돈을 숨긴 것 같아. 설마 화분 속에 돈을 숨겼을 거라고 누가 생각이나 하겠어? 노파는 알고 보면 천재야, 천재. 구두쇠 주제에."

사이토는 이렇게 말하며 재미있다는 듯이 웃었다.

후키야는 이때부터 조금씩 구체적인 계획을 세우기 시작했다. 노파의 돈을 자신의 학자금으로 만드는 계획을 세우면서 모든 가능성을 계산해 가장 안전한 방법을 찾기로 한 것이다. 생각보다 상당히 까다로운 작업이었다. 아무리 복잡한 수학 문제도 이보다는 쉬웠을 것이다. 그는 이 계획을 준비하는 데만 반년 가까이 허비했다.

가장 어려웠던 점은 두말할 필요도 없이 어떻게 하면 형벌을 면할 수 있을까 하는 거였다. 윤리적인 문제, 즉 양심의 가책이라는 건 그에게 그다지 중요하지 않았다. 그는 유능한 청년이 더 발전하고 성장하는 데 관에 한 발을 딛고 있는 거나 다름없는 노인을 희생양으로 삼는 게 뭐가 문제냐고 생각하고 있었다. 나폴레옹의 대규모

---

* 일본식 방의 위쪽 바닥을 조금 높게 만든 곳. 이곳에 족자를 걸고 꽃이나 장식물로 꾸민다.

살인을 죄악이라 보지 않고 오히려 찬미하는 것과 마찬가지라고 생각한 것이다.

노파는 거의 외출도 하지 않았고 온종일 조용히 안방에 웅크리고 앉아 있었다. 가끔 밖에 나가기도 했지만 집을 비울 때는 하녀가 집을 보고 있었다. 후키야는 빈틈을 노리려고 했지만 노파는 경계심을 조금도 풀지 않았다. 노파와 사이토가 집에 없는 날을 골라 하녀에게 심부름을 보낸 다음 그사이에 화분의 돈을 꺼내 오면 어떨까? 처음에는 그런 식으로 생각했다. 하지만 그건 굉장히 무모한 생각이었다. 만약 그 집에 잠시라도 혼자 있었다는 사실이 드러나면 혐의를 받을 게 뻔했다. 이렇게 말도 안 되는 방법을 생각하거나 또 다른 계획을 세웠다 그만두기를 반복하면서 그는 꼬박 한 달이라는 시간을 보냈다. 예를 들면 사이토나 하녀, 아니면 도둑이 훔친 것처럼 꾸미는 방법이다. 그게 아니라면 하녀가 혼자 있을 때 몰래 들어가 그녀의 눈에 띄지 않도록 훔치거나 한밤중 노파가 자고 있을 때 훔친다든지, 온갖 경우의 수를 다 생각해 봤다. 하지만 그 어떤 방법을 사용해도 발각될 가능성이 컸다.

'아무래도 그 노파를 해치우는 것 말고는 다른 방법이

없군.'

결국 그는 이런 끔찍한 결론에 도달하고 말았다. 노파가 얼마나 많은 돈을 갖고 있는지는 모르겠지만, 살인을 저지르면서까지 집착할 만큼 대단한 금액은 아닐 것이다. 돈 때문에 아무 죄도 없는 사람을 죽인다는 건 너무 잔인하다. 하지만 세상의 기준으로 본다면 대단한 금액은 아닐지라도 가난한 후키야에게는 충분히 만족할 만한 액수였다. 금액이 얼마인지는 중요하지 않았다. 중요한 건 범죄가 절대로 발각되지 않도록 하는 것이었다. 그러기 위해서 그는 어떠한 희생도 치를 각오가 되어 있었다.

살인이라는 게 언뜻 보면 단순한 절도보다 몇 배나 위험해 보이지만, 사실 그건 착각에 불과하다. 물론 발각된다고 가정한다면 살인이야말로 모든 범죄 중에서 가장 위험한 짓임이 틀림없다. 하지만 범죄의 경중보다 발각될 가능성을 생각한다면 오히려(예를 들면 후키야의 경우처럼) 절도 쪽이 훨씬 더 위험하다. 이에 반해 목격자를 없애 버리는 방법은 잔인하기는 해도 발각될 가능성이 낮은 편이다. 예전부터 위대한 악인들은 아무렇지도 않게 거침없이 사람을 죽이곤 했다. 그들이 붙잡히지 않았던 건 오히려 이런 대담한 살인 덕분이 아니었을까.

그렇다면 노파를 죽이면 과연 발각될 위험이 사라질까? 이 문제에 부딪히고 나서 후키야는 몇 개월이나 고심했다. 그 긴 시간 동안 그는 어떻게 생각을 키워 나갔을까? 자세한 건 이야기가 진행되면서 자연스럽게 알게 될 것이다. 어쨌든 그는 평범한 사람이라면 도저히 생각하지도 못할 아주 세세한 부분까지 정확하게 분석했다. 또 그 모든 걸 종합해서 티끌만큼의 실수도 용납되지 않을 만큼 안전한 방법을 생각해 냈다.

그리고 때가 오기만을 기다리고 있었다. 그 시기는 생각보다 빨리 찾아왔다. 사이토가 학교 일로 외출한 어느 날, 하녀도 마침 심부름을 나가 두 사람 다 저녁때까지 집에 들어오지 않는다는 사실을 알게 된 것이다. 마침 그날은 후키야가 마지막 준비 과정까지 다 마친 지 이틀째 되는 날이었다. 마지막 준비 과정이라는 건(이것만큼은 미리 설명해 둘 필요가 있다) 사이토에게 돈을 숨긴 장소를 전해 듣고 반년이 지난 지금, 그게 아직도 같은 장소에 그대로 있는지 확인하는 작업이다. 그날(즉 노파를 죽이기 이틀 전) 그는 사이토를 찾아간 김에 처음으로 노파의 방까지 들어가서 그녀와 이런저런 이야기를 나눴다. 일상적인 대화를 나누다가 슬며시 어떤 한 방향으로 이야기를 몰아가기 시작했다. 그녀의 재산에 대한 이야기로 화제를 돌리고 돈을 어디에 숨겨 놨는지 소문이 돌고 있다는 얘기를 꺼냈다. 그리고 '숨긴다'는 단어가 나올 때마다 넌지시 노파를 주시했다. 예상했던 대로 그녀의 시선은 그 단어가 나올 때마다 도코노마의 화분(그때는 단풍이 아니라 소나무로 바뀌었다) 쪽으로 향했다. 그런 과정을 몇 차례 반복한 후키야는 더 이상 의심의 여지가 없다고 판단했다.

2

드디어 사건 당일, 그는 대학교 교복에 교모를 쓰고 학생 망토를 두른 후 평범한 장갑을 낀 다음 목적지로 향했다. 고심한 끝에 변장은 하지 않기로 했다. 변장하려면 재료를 사야 하고 옷을 갈아입을 장소도 찾아야 한다. 그건 범죄가 발각될 만한 이런저런 단서를 남길 수 있는 일이다. 일만 복잡하게 만들 뿐 아무런 이득도 없었다. 이번 일은 발각될 위험이 없는 범위 안에서 가능한 한 단순하고 확실하게 처리해야 한다는 게 그가 세운

원칙이었다. 요컨대 노파의 집에 들어가는 장면을 들키지만 않으면 되는 것이다. 가령 그가 그 집 앞을 지나갔다는 사실은 알려져도 그건 큰 문제가 되지 않았다. 그 주변을 자주 산책하기 때문에 그날도 거길 지나갔을 뿐이라고 발뺌할 수 있었다. 또 노파 집에 가는 도중 아는 사람을 만났을 경우도 생각해 봐야 한다(이건 계산에 넣어야만 했다). 변장을 하느냐 아니면 평소처럼 교복과 교모 차림을 하느냐인데, 이것 역시 생각해 볼 필요도 없었다. 그리고 시간을 언제로 할 것인지도 정해야 했다. 조금 기다리면 일을 벌이기에 훨씬 수월한 밤이 된다. 그런 밤에 일을 벌이면 되는데 왜 굳이 위험한 낮 시간을 선택한 것일까? 후키야는 사이토나 하녀가 밤에 집을 비울 때가 있다는 걸 알고 있었지만, 이것도 복장의 경우와 마찬가지로 굳이 불필요하게 비밀스러울 필요가 없다는 결론을 내렸다.

하지만 막상 그 집 문 앞에 도착하자 그 역시 여느 도둑처럼, 아니 그 이상으로 움찔거리며 주위를 둘러봤다. 이웃집과 울타리로 경계를 지은 노파의 집 맞은편에는 호화로운 저택의 높은 콘크리트 담이 100미터 정도 이어져 있었다. 한적한 고급 주택가라 낮에도 인적이 드물었다. 후키야가 그곳에 도착했을 때도 주변에 강아지 한 마리 보이질 않았다. 그날은 문을 열 때도 날카로운 금속성 소리가 나지 않도록 조심스럽게 여닫았다. 그리고 현관에서 아주 낮은 소리로(이웃 사람들에게 들리지 않도록) 말했다.

"아무도 안 계시나요?"

노파가 나오자 그는 사이토에 대해 조용히 할 말이 있다며 안방으로 들어갔다.

"지금 집에 하녀가 없어서......"

노파는 그렇게 말하며 후키야가 자리에 앉자 차를 준비하러 나가려 했다. 후키야는 초조하게 그 순간을 노리고 있었다. 노파가 방문을 열려고 몸을 조금 구부린 순간 재빠르게 뒤에서 노파를 꽉 잡았다. 그리고 두 팔로 있는 힘껏 목을 졸랐다(장갑을 끼고 있었지만 가급적 손가락 자국은 남기지 않으려 했다). 노파는 목구멍 어디선가에서 끅끅하는 소리만 낼 뿐 크게 저항도 하지 못했다. 다만 고통스러운 나머지 허공에서 허우적거리다가 손가락 끝이 병풍을 스치면서 흠집을 남기고 말았다. 방에 있던 두 장짜리 오래된 금병풍에는 극채색으로 된 육가선[*]의 모습이 그려져 있었는데, 그중 오노노 고마치[**]의 얼굴 부분이 약간 찢어졌다.

노파의 숨이 끊어진 걸 확인한 후키야는, 흠집 난 병풍이 신경 쓰였는지 시체를 눕히고 그쪽을 쳐다봤다. 하지만 잘 살펴보니 그리 걱정할 정도는 아니었다. 그런 게 단서가 될 리 없다고 생각한 그는 돈이 숨겨져 있는 도코노마 쪽으로 갔다. 흙과 함께 소나무 뿌리를 화분에서 뽑았더니 예상대로 그 밑에는 기름종이로 싼 꾸러미가 들어있었다. 침착하게 꾸러미를 펼친 다음 오른쪽 주머니에서 새로 산 커다란 지갑을 꺼냈다. 꾸러미 속 지폐의 절반가량(오천 엔 이상)을 지갑에 채운 다음 다시 주머니에 집어넣었다. 그리고 남은 지폐는 기름종이에 싸서 원래대로 화분 속에 숨겼다. 물론 이건 돈을 훔쳤다는 사실을 숨기기 위해서다. 숨겨 놓은 돈의 액수는 노파 본인만 알고 있었기 때문에 그게 반으로 줄어들어도 아무도 눈치채지 못할 것이다.

그리고 그는 방석을 둥글게 말아 노파의 가슴에 대고 (피가 튀지 않도록) 왼쪽 주머니에서 잭나이프를 꺼냈다.

---

* 『고금와카집(古今和歌集)』의 서문에 기록된 6명의 대표적인 와카의 명인.
** 일본 헤이안 시대의 여류 가인.

그걸로 심장을 푹 찌르고 한 번 비튼 다음 빼냈다. 그리고 칼에 묻은 피를 방석으로 깨끗하게 닦아 낸 다음 다시 주머니에 집어넣었다. 목을 조르는 것만으로는 다시 살아날 수도 있다고 생각한 것이다. 완전히 숨통을 끊었다. 그러면 왜 처음부터 칼을 사용하지 않았을까? 그건 자신의 옷에 피가 튈 수도 있다고 판단했기 때문이다.

여기서 잠시, 지폐를 넣은 지갑과 잭나이프에 대해 설명할 필요가 있다. 이날을 위해 그는 잿날*에 노점까지 가서 필요한 물건들을 구매했다. 잿날 가장 붐비는 시간을 철저하게 알아본 후 손님이 가장 많은 가게를 골랐다. 정가 그대로 계산하자마자 물건을 들고 나왔다. 상인은 물론 손님들도 그의 얼굴을 기억할 수 없도록 재빨리 빠져나왔다. 그리고 그 물건들은 아주 흔한 거여서 아무런 상표도 붙어 있지 않았다.

후키야는 주변을 다시 살펴보고 어떤 단서도 남기지 않았다는 걸 확인한 다음, 문을 닫고 천천히 현관으로 빠져나왔다. 구두끈을 묶으면서 발자국에 대해서도 생각해 봤지만 걱정할 필요가 없었다. 현관 바닥이 회반죽

---

* 신불을 공양하고 재를 올리는 날.

으로 되어 있었는데, 건조한 날씨가 계속되어 바닥은 단단하게 굳어 있었다. 이제 격자문을 열고 밖으로 나가는 일만 남았다. 여기서 실수라도 하게 되면 모든 게 물거품이 되어 버린다. 그는 집 밖의 큰길에서 들리는 발소리에 가만히 귀를 기울였다. ...... 쥐 죽은 듯이 조용했고 아무런 기척도 없었다. 거문고 소리만 어디선가 더없이 느긋하게 들려올 뿐이었다. 그는 마음을 단단히 먹고 조용히 격자문을 열었다. 그리고 작별 인사를 나누는 손님인 척 태연하게 큰길로 나왔다. 예상대로 사람 그림자 하나 없이 조용했다.

그 일대는 사방을 둘러봐도 한산하기만 한 주택가였다. 노파의 집에서 4~500미터 떨어진 곳에 신사의 낡은 돌담이 큰길을 따라 쭉 이어져 있었다. 후키야는 아무도 없는 걸 확인한 다음, 그 돌담 틈 사이에 잭나이프와 피묻은 장갑을 떨어뜨렸다. 그리고 산책할 때면 항상 들리는 근처의 작은 공원으로 어슬렁어슬렁 걸어갔다. 그는 한동안 공원 벤치에 앉아 아이들이 그네를 타며 노는 모습을 느긋하게 바라보았다.

돌아오는 길에 그는 경찰서에 들렀다. 지갑을 내밀며 말했다.

"좀 전에 제가 이 지갑을 주웠거든요. 돈이 꽤 많이 들어있는 것 같아서 신고하려고요."

그는 순경의 질문에 대답하고 지갑을 주운 장소와 시간(물론 대충 꾸며서 말했다), 자신의 주소와 이름까지(이건 진짜) 알려 줬다. 그리고 인쇄된 종이에 그의 이름과 금액 등이 적힌 수취증 같은 걸 받았다. 물론 이건 굉장히 우회적인 방법임이 틀림없었지만 안전하다는 점에서는 최고였다. 노파의 돈은(반으로 줄어든 건 아무도 모른다) 원래 자리에 그대로 있었기 때문에 이 지갑의 주인이 나타날 리는 없을 것이다. 1년이 지나면 지갑은 분명히 후키야의 손에 저절로 떨어질 것이다. 그러면 아무 거리낌 없이 당당하게 사용할 수 있다. 그는 고심 끝에 이 방법을 선택했다. 만약 이 돈을 어딘가에 숨겨 둔다면 누군가 가로챌 수도 있다. 그렇다고 자신이 돈을 가지고 있으면 그게 과연 안전할까? 그건 말할 필요도 없다. 게다가 이 방법은 설사 노파가 지폐 번호를 적어 두었다고 해도 전혀 걱정할 필요가 없었다(하지만 이 점도 미리 알아 봤기 때문에 어느 정도 안심하고 있었다).

'설마 자신이 훔친 물건을 경찰에 신고하는 놈이 있겠어? 그건 아마 부처님도 상상 못 할걸.'

그는 웃음이 나오는 걸 참으면서 마음속으로 중얼거렸다.

다음 날, 평소와 다름없이 하숙집에서 푹 자고 일어난 후키야는 하품을 하면서 조간을 펼쳐 들고 사회면을 훑어봤다. 신문에서 의외의 기사를 발견해 조금 놀랐지만, 오히려 자신에게 유리하게 작용할 수 있는 일이었다. 바로 사이토가 용의자로 지목되었다는 내용이었다. 그가 혐의를 받은 건 학생 신분에 걸맞지 않게 거금을 소지하고 있었기 때문이다.

'그래, 내가 사이토하고 가장 친하니까 이쯤에서 경찰에 출두해 이것저것 물어보는 게 자연스러워 보이겠지.'

후키야는 서둘러 옷을 갈아입고 경찰서에 갔다. 어제 그가 지갑을 가져간 경찰서와 같은 곳이다. 왜 같은 관할 경찰서였을까? 다른 곳으로 가져가야 하지 않았을까? 이것도 역시 후키야가 계획한 '무기교주의', 즉 꾸미지 않기로 한 전략에 따라 일부러 그렇게 한 것이다. 그는 적당히 걱정하는 표정으로 사이토를 만나게 해달라고 부탁했다. 하지만 예상대로 만날 수 없었다. 그는 사이토가 무슨 혐의로 잡혔는지 물어보며 전후 사정을 어느 정도 파악할 수 있었다.

후키야는 다음과 같이 생각했다.

어제 사이토는 하녀보다 먼저 집으로 돌아갔을 것이다. 후키야가 범행을 저지르고 떠난 지 얼마 되지 않은 시각이었다. 당연히 노파의 시체를 발견했을 것이다. 하지만 경찰에 신고하기 전 그는 뭔가를 떠올렸다. 바로 화분이었다.

'만약 도둑이 든 거라면, 화분 속의 돈이 그대로 남아 있지 않을까?'

아마 사이토도 처음에는 단순한 호기심에서 그곳을 파헤쳐 봤을 게 분명하다. 그런데 뜻밖에도 돈 꾸러미가 그 자리에 그대로 있는 게 아닌가. 그걸 본 사이토가 나쁜 마음을 품은 건 어리석은 짓이었다. 아니, 어쩌면 당연하다. 돈을 숨긴 장소를 아무도 모른다는 사실 그리고 사람들은 노파를 죽인 범인이 돈을 훔쳤다고 생각할 거라는 것. 아마 그런 상황에서 떨쳐 버리기 어려운 유혹이었을 것이다. 그리고 무슨 생각이었는지 훔친 돈을 복대 안에 그대로 넣어 둔 채 아무렇지 않은 척 시치미를 떼고 경찰에 신고를 했다. 너무 멍청한 짓이었다. 설마 그 자리에서 몸수색을 당하리라고는 생각도 못 했던 것 같다.

'잠깐, 사이토가 뭐라고 말했을까? 상황에 따라 위험

해질 수도 있겠군……'

후키야는 곰곰이 생각해 봤다.

아마 처음에 돈을 숨긴 게 발각됐을 때 사이토는 '자신의 돈'이라고 대답했을지도 모른다. 사람들은 노파가 가진 돈의 액수나 숨긴 장소에 대해서는 전혀 알지 못한다. 그래서 일단 그렇게 변명해도 전혀 이상하지 않았을 것이다. 하지만 그러기에는 액수가 너무 많았다. 그래서 결국 그는 실토했을 게 분명하다. 과연 법원이 그걸 받아들였을까? 다른 용의자가 나오면 모르겠지만 어쨌든 그가 무죄를 선고받을 일은 없을 것이다. 잘만하면 살인죄까지 뒤집어쓸지도 모를 일이다. 그렇게만 된다면야, 나한테는 더할 나위 없겠지만…… 재판관이 그를 추궁하면 결국 여러 가지 사실이 밝혀질 것이다. 예를 들면 그 돈이 숨겨진 장소를 나한테 말했다는 사실이나 사건 이틀 전 내가 노파의 방에 들어가 그녀와 이야기했다는 것 그리고 내가 가난해서 학자금 마련에 어려움을 겪고 있다는 사실까지 전부.

하지만 이러한 가정은 이미 계획을 세울 때부터 후키야가 미리 계산에 넣어 둔 것들이었다. 그리고 아무리 생각해 봐도 사이토의 입에서 그 이상으로 자신에게 불리한 진술이 나올 것 같지는 않았다.

경찰서에서 돌아온 후키야는 늦은 아침을 먹고(마침 식사를 가져온 하녀에게 그 사건에 대한 이야기를 자세하게 들려 줬다) 여느 때처럼 학교에 갔다. 학교에서는 이미 사이토 의 소문이 돌고 있었다. 그는 신이 난 상태로 그 소문의 중심이 되어 지껄였다.

3

탐정 소설에 정통한 여러분이라면 이 이야기가 절대 이대로 끝나지 않을 거라는 걸 눈치채셨을 겁니다. 그렇 고말고요. 사실 여기까지는 이 이야기의 서론에 불과합 니다. 작가는 여러분이 앞으로 전개되는 뒷부분을 읽어 주길 바랄 겁니다. 이런 계획을 꾸민 후키야의 범죄가 어떻게 발각됐는지 말이죠. 다시 말해, 사건의 해결 과 정 말입니다.

이 사건은 '가사모리'라는 유명한 예심 판사가 담당하 게 되었다. 그는 흔히 말하는 명판사이면서 다소 독특한

취미를 가진 것으로도 유명했다. 일종의 아마추어 심리학자라고 할 수 있다. 도저히 판결하기 어려운 사건도 풍부한 심리학적 지식으로 해결했기 때문이다. 그는 경력도 짧고 젊었지만, 지방 재판소의 예심 판사로 있기에는 그 재능이 아까울 정도로 머리가 비상했다. 다들 이번 노파 살인 사건도 가사모리 판사가 담당하면 수월하게 해결될 수 있을 거라고 생각했다. 가사모리 본인 역시 그렇게 생각하고 있었다. 여느 때처럼 이 사건도 예심 법정에서 완벽하게 조사한 다음, 공판에 가서는 일말의 의심도 남기지 않도록 처리하려고 했다.

하지만 취조를 진행하면서 그는 사건 해결이 쉽지 않다는 걸 깨달았다. 경찰은 단순하게 사이토 이사무의 유죄를 주장하고 있었다. 가사모리 판사도 그 주장에 일리가 있다는 사실을 인정하지 않을 수 없었다.

왜냐하면 생전에 노파의 집에 자주 드나든 사람이라면 그게 채무자이건 세입자이건 아니면 단순한 친분 관계이건 간에 빠짐없이 소환해서 면밀하게 취조를 했는데도 불구하고 의심할 만한 사람이 없었기 때문이다. 후키야 세이치로도 물론 그중의 한 명이었다. 그래서 다른 용의자가 나타나지 않는 이상, 가장 의심스러운 사이토 이사무를 범인으로 판단할 수밖에 없었다. 그뿐만 아니라 사이토는 소심한 성격 탓에 법정에서 잔뜩 주눅이 들어 심문받을 때 선뜻 답변하지 못해 굉장히 불리해졌다. 또한 몹시 흥분해서 종종 진술을 번복하거나 알고 있던 사실도 잊어버리고, 말해서는 안 되는 불리한 진술까지 모조리 말해 버렸다. 초조해하면 할수록 점점 더 혐의가 짙어질 뿐이었다. 그도 그럴 것이 그에게는 노파의 돈을 훔쳤다는 약점이 있었기 때문이다. 그것만 없었다면 사이토는 상당히 머리가 좋았기 때문에 아무리 소심한 성격이라도 그런 어리석은 행동을 취하지는 않았을 것이다. 그의 처지는 사실 동정을 살 만했다. 그렇다고 사이토가 살인범이냐고 묻는다면? 아무리 생각해 봐도 확신이 서질 않았다. 그저 혐의만 있을 뿐이었다. 물론 본인도 자백하지 않았고 이렇다 할 증거도 없었다.

그렇게 사건이 발생한 지 한 달이 지났고 예심은 아직 종결되지 않은 상태였다. 판사는 초조해지기 시작했다. 마침 그때 노파 살인 사건을 담당하는 관할 경찰서장으로부터 귀가 솔깃해지는 보고를 받았다. 사건 당일 5,200엔이 조금 넘게 들어있는 지갑을 노파의 집에서 그리 멀지 않은 ○○마을에서 습득했다는 것이다. 그리고 그 신고자는 용의자 사이토의 친구인 후키야 세이치로였다. 담당자가 실수하는 바람에 지금까지 알려지지 않았지만, 그 큰돈을 잃어버린 사람이 한 달이 지나도록 나타나지 않은 걸 보고 뭔가 이상해서 보고했다는 것이다.

사건을 해결하지 못하고 있던 가사모리 판사에게 이 보고는 한 줄기 빛과 같았다. 곧바로 후키야 세이치로의 소환 절차가 진행되었다. 그런데 후키야를 심문하고도 판사가 기대했던 만큼의 성과는 얻어 내지 못했다. 사건 발생 당시 그런 거금을 습득한 사실을 왜 숨겼냐는 질문에, 그는 살인 사건과 관련이 있을 거라고는 생각도 못 했기 때문이라고 했다. 그의 말은 일리가 있었다. 노파의 돈뭉치가 사이토의 복대 안에서 이미 발견되었으니, 길에서 주운 돈이 노파의 돈이라고 누가 상상이나 했겠는가.

하지만 이게 정말 우연이었을까? 사건 당일 현장에서 그리 멀지 않은 곳에서 그것도 첫 번째 용의자의 친구(사이토가 말하기를 그 친구도 화분에 돈이 있다는 사실을 알고 있었다고 한다)가 이 큰돈을 습득했다는 게 과연 우연일까? 판사는 그 부분을 깊이 파고들었다. 판사는 노파가 지폐 번호를 기록해 두지 않았다는 사실이 무척 아쉬웠다. 그것만 있었으면 이 수상한 돈이 사건과 관련되어 있는지 곧바로 판명이 날 텐데.

'뭔가 확실한 단서 하나만 잡으면 되는데...... 아주 사소한 거라도.'

판사는 모든 가능성을 열어 두었다. 하지만 현장 조사도 여러 차례 반복하고 노파의 친족 관계에 대해서도 충분히 조사했는데도 어떠한 실마리도 찾을 수 없었다. 그렇게 아무런 소득도 없이 또 보름이라는 시간이 흘러갔다.

고민 끝에 판사는 한 가지 가설을 세웠다. 후키야가 노파의 거금을 절반만 훔치고 나머지를 원래대로 숨겨 놓은 뒤, 훔친 돈을 지갑에 넣어 길에서 주운 것처럼 꾸몄다면? 하지만 그건 너무 어처구니없는 짓이었다. 물론 그 지갑에 대해서도 조사해 봤지만 이렇다 할 단서는 발견되지 않았다. 게다가 후키야는 사건 당일 아무 일도 없었다는 듯 산책하면서 노파의 집 앞을 지나갔다고 하지 않았던가? 범인이 이렇게 대담할 수 있단 말인가. 그리고 가장 중요한 흉기도 행방이 묘연했다. 후키야의 하숙집을 수색했지만 아무것도 찾지 못했다. 하지만 흉기에 대해서는 사이토 역시 같은 입장이었다. 그럼 도대체 누구를 의심해야 한단 말인가?

확증이라고 할 만한 게 하나도 없었다. 경찰서장의 말처럼 사이토를 의심하면 사이토가 범인인 것 같기도 했다. 하지만 그렇다고 후키야를 의심하지 않을 수도 없는 노릇이었다. 다만 한 가지 확실한 사실은 지난 한 달 반 동안 수사한 결과, 이 두 사람 외에는 다른 용의자가 없다는 것이다. 온갖 방법을 다 동원하고도 사건을 해결하지 못한 가사모리 판사는 드디어 비장의 카드를 꺼내 들었다. 그는 두 용의자에게 자신이 예전에 종종 사용해서 효과를 봤던 심리 테스트를 시도해 보기로 했다.

4

사건이 발생하고 첫 번째 소환이 있던 날, 후키야는 담당 예심 판사가 아마추어 심리학자로 유명한 가사모리라는 사실을 알게 되었다. 그는 이 마지막 경우의 수를 계산하며 적잖이 당황했다. 아무리 개인적인 취미라고는 해도 일본에서 심리 테스트 같은 게 실시되고 있다는 사실을 전혀 알지 못했다. 후키야는 심리 테스트에 관한 다양한 책을 읽으며 철저하게 준비했다.

태평하게 학교에 다닐 여유가 없어 그는 아프다는 핑계를 대고 하숙방에 틀어박혀 있었다. 그리고 오로지 이 난관을 어떻게 헤쳐 나갈지에 대해서만 고민했다. 살인을 계획할 때와 마찬가지로, 아니 그 이상으로 치밀하면서도 열정적으로 고민을 거듭했다.

가사모리 판사는 과연 어떤 식으로 심리 테스트를 진행할까? 아무리 고민해 봐도 도저히 예측할 수가 없었다. 그래서 후키야는 알고 있는 모든 지식을 동원해서 하나하나 대책을 마련했다. 하지만 애초에 심리 테스트는 진술이 허위라는 걸 밝히기 위해 만들어졌기 때문에 그걸 다시 속인다는 건 이론상으로 불가능할 것 같았다.

후키야가 생각하는 심리 테스트는 성격에 따라 크게 두 가지로 나눌 수 있었다. 하나는 순수한 생리적인 반응에 의한 것이고, 또 하나는 말을 통해 이루어지는 것이다. 전자는 범죄와 관련된 여러 가지 질문으로 피험자의 미세한 신체적인 반응을 측정하는 방법이다. 기계 장치를 사용하여 일반적인 심문으로는 도저히 파악할 수 없는 진실을 밝혀낼 수 있다. 거짓말을 하면 말이나 표정에서 신경의 흥분을 감출 수 없어 미세한 신체적인 반응이 나타난다는 이론에 근거하고 있다. 자동운동기록 장치 등으로 손의 미세한 떨림을 찾아내는 방법, 특수한 장치로 안구의 움직임을 파악하는 방법, 호흡운동기록기로 호흡의 깊이와 속도를 재는 방법, 맥파기록기로 맥박의 세기나 속도를 재는 방법, 체적변동기록계로 온몸의 혈류량을 재는 방법, 검류계로 손바닥의 미세한 땀을 측정하는 방법, 무릎 관절을 가볍게 쳐서 근육 수축의 정도를 살펴보는 방법 등 다양한 방법이 있다.

예컨대 갑자기 "당신이 노파를 죽였죠?"라는 질문을 받아도 후키야는 태연한 얼굴로 "무슨 근거로 그런 말씀을 하십니까?"라고 되받아칠 자신이 있었다. 하지만 그 순간 맥박이 높아지거나 호흡이 빨라질 것이다. 그걸 감추는 건 절대 불가능한 일일지도 모른다. 그는 여러 상황을 가정해서 마음속으로 실험해 보기도 했다. 그런데 신기하게도 스스로 심문을 해보면, 그게 아무리 위험하고 갑자기 떠오른 생각이라고 해도 육체적인 변화를 일으키지 않는 것 같았다. 물론 미세한 변화를 측정하는 도구가 없어서 정확하다고 할 수는 없겠지만, 신경의 흥분 자체를 느낄 수 없는 걸 보면 신체상의 변화도 일어나지 않을 게 분명했다.

그렇게 여러 가지 실험과 계산을 하는 동안, 후키야는 문득 그런 생각이 들었다. 연습하면 심리 테스트의 효과가 예상대로 나타나지 않을 수도 있지 않을까? 같은 질문이라도 한 번보다는 두 번, 두 번보다는 세 번 받을 경우, 신경 반응이 약해질 수 있다. 다시 말해 익숙해지는 것이다. 이건 다른 여러 가지 경우를 생각해 봐도 알 수 있듯이 상당히 가능성이 높았다. 자신이 직접 질문한 것에 대해 반응이 없었던 것도 결국 이와 같은 이치여서 질문을 받기도 전에 예측을 할 수 있었기 때문일 것이다.

그래서 그는 사전에 나오는 수만 개의 단어를 하나도 빠짐없이 뒤져 보고, 조금이라도 질문에 나올 만한 것들을 다 적어 보았다. 그리고 일주일 동안 매일 연습을 했다.

다음은 말로 테스트하는 방법이다. 이것도 너무 겁낼 필요는 없다. 아니, 오히려 말이라서 더 속이기 쉬웠다. 다양한 방법이 있지만 정신분석가가 환자를 진단할 때 사용하는 '연상진단'이라는 방법이 가장 일반적이다. 예를 들면 '장지문'이라든지 '책상', '잉크', '펜' 같은 아무 관련 없는 단어를 몇 개씩 차례로 들려주고 가능한 한 빨리, 생각할 틈을 주지 않고 연상되는 단어를 소리 내어 말하게 하는 것이다. 그러면 '장지문'에 대해서는 '창문'이나 '문턱', '종이'나 '문'과 같은 단어가 연상될 수 있는데 뭐든 상관없으니까 순간적으로 떠오르는 단어를 말하게 한다. 그리고 사건과 연관성이 없는 단어 사이에 '나이프'나 '피', '돈', '지갑' 같은 범죄와 관련된 단어를 슬쩍 섞어 놓고 그에 대한 연상을 시키는 것이다.

이 노파 살인 사건의 경우, 가장 멍청한 대답은 '화분'이라는 단어에 무심코 '돈'이라고 대답하는 것이다. 그건 화분 안에서 돈을 훔친다는 사실이 가장 인상 깊게 자리 잡고 있다는 걸 증명하는 셈이다. 그렇게 대답하는 순간 자신의 범죄 사실을 자백하는 꼴이 된다. 하지만 생각이 있는 사람이라면 '화분'에 대해 '돈'이라는 말이 떠올라도 그걸 억누르고 '도자기'라고 대답할 것이다.

이런 거짓말을 찾아내는 방법도 두 가지나 된다. 하나는 테스트한 다음 조금 시간이 경과한 후에 다시 한번 반복하는 것이다. 그러면 자연스럽게 대답하는 경우와 일부러 꾸며서 말하는 경우가 다르게 나타난다. 대부분은 처음과 같은 답변을 하는 데 반해, 답변을 준비한 경우에는 십중팔구 처음과 다르게 말한다. 예를 들면 '화분'이라는 말에 처음에는 '도자기'라고 대답하고 두 번째는 '흙'이라고 대답하는 식이다.

또 다른 방법은 질문을 받고 답을 말할 때까지 특수한 기계로 시간을 정확하게 기록하고 그 속도를 재는 것이다. 예를 들면 '장지문'에 대해서 '문'이라고 대답한 시간이 1초였는데 '화분'에 대해 '도자기'라고 대답한 시간이 3초나 걸렸다면(실제로 이렇게 단순하지는 않겠지만), 그건 분명히 '화분'에 대해 처음 떠오른 연상을 억누르느라 시간을 소모했다는 말이 된다. 그렇게 대답한 피험자는 의심을 받을 수 있다. 이렇게 시간을 끄는 것은 사건과 관련된 단어뿐만 아니라 그다음에 나오는 아무 관련 없는 단어에서도 나타난다.

또 범죄가 일어날 당시의 상황을 자세히 들려주고 그대로 따라서 말하게 하는 방법도 있다. 진짜 범인이라면 들려준 것과는 다른 말이 무심코 입 밖으로 나와 버린다(심리 테스트에 대해 잘 아는 독자라면 이렇게 번거롭게 설명하는 걸 사과드려야 하겠지만, 이런 설명을 생략하면 이야기 전체를 이해할 수 없기 때문에 어쩔 수 없다).

이런 종류의 테스트에 대해서 앞서 말한 대로 '연습'이 꼭 필요하다는 건 말할 필요도 없을 것이다. 하지만 그보다 더 중요한 건, 후키야의 표현을 빌리자면 있는 그대로 자연스럽게 말하는 것이다. 즉, 쓸데없는 기교를 부리지 말아야 한다.

어쩌면 '화분'에 대해 노골적으로 '돈' 혹은 '소나무'라고 답하는 게 더 안전한 방법일지도 모른다. 만일 후키야가 범인이 아니라고 해도 취조나 그 밖의 다른 경로를 통해서 범죄에 대한 정보를 어느 정도 듣게 되기 때문이다. 그리고 화분 바닥에 돈이 있다는 사실은 그로서는 최근 일어난 일 중 가장 인상적인 일이다. 그래서 연상이 그런 식으로 진행되는 건 지극히 당연한 일이다. (또한, 이 방법은 사건 현장에 대해서 말하도록 시킬 때도 안전할 것이다) 다만 문제는 시간이다. 그래서 역시 연습이 필요했다. '화분'이라고 하면 당황하지 말고 '돈' 또는 '소나무'라고 대답할 수 있도록 미리 연습해 둘 필요가 있었다. 이 연습을 위해서 그는 또 며칠을 소비했다. 그리고 모든 준비를 완벽하게 마쳤다.

그는 또 한 가지 유리한 상황을 계산에 넣고 있었다. 설사 예기치 못한 심문을 당하더라도, 아니 한발 더 나아가 예상했던 심문에 대해 불리한 반응을 보일지라도 전혀 두려워할 필요가 없었다. 왜냐하면 테스트를 받는 사람은 후키야 한 사람이 아니기 때문이다. 사이토가 아무리 자신은 모르는 일이라고 말해도 심문을 받으면서 예민해진 그가 과연 아무렇지도 않을 수 있을까? 적어도 사이토는 자신과 비슷한 반응을 보일 것이다.

후키야는 이렇게 생각하자 점차 마음이 편해졌다. 왠지 콧노래라도 부르고 싶은 기분이었다. 이제는 오히려 소환하는 날이 기다려졌다.

5

가사모리 판사의 심리 테스트는 과연 어떻게 진행됐을까? 게다가 몹시 불안정한 사이토는 과연 어떤 반응을 보였을까? 그리고 후키야는 또 얼마나 침착하게 테스트에 반응했을까? 장황한 설명은 생략하고 곧바로 그 결과에 대해서만 이야기하기로 하겠다.

심리 테스트를 치른 다음 날이었다. 가사모리 판사는 자신의 집 서재에서 테스트 결과가 적혀 있는 서류를 보며 고개를 갸웃거리고 있었다. 그때 아케치 고고로가 방문했다.

「D언덕의 살인 사건」을 읽은 사람이라면 아케치 고

고로가 어떤 사람인지 알고 있을 것이다. 그는 그 후 어려운 사건을 해결하는 데 탁월한 재능을 발휘했다. 전문가들은 물론 일반 대중들에게도 실력을 인정받고 있었는데, 어떤 사건을 계기로 가사모리 판사와도 가깝게 지내고 있었다.

아케치는 하녀의 안내를 받으며 밝은 표정으로 서재로 들어왔다. 이 이야기는 'D언덕의 살인 사건'이 해결되고 몇 년 뒤에 일어난 사건이기 때문에 아케치 고고로도 그 위상이 예전과는 많이 달라졌다.

"아주 열심이시네요."

아케치는 판사의 책상을 들여다보며 말했다.

"아니, 이게 참 난감해서요."

판사는 손님 쪽으로 몸을 돌리며 대답했다.

"노파 살인 사건 말이군요. 어떻게 됐습니까, 심리 테스트 결과는?"

아케치는 사건이 일어난 직후 가사모리 판사로부터 자세한 이야기를 들었다.

"그게 결과는 명백하거든요. 근데 도무지 이해할 수가 없어서요. 어제는 맥박 테스트와 연상진단까지 해봤는데, 후키야한테서는 거의 반응이 안 나타나는 겁니다.

맥박은 조금 의심스러운 부분이 있긴 했지만 사이토에 비하면 아무것도 아니었어요. 근데 이거 좀 보세요. 여기 질문 내용과 맥박 기록이 있죠. 사이토는 굉장히 눈에 띄는 반응을 보이고 있잖아요. 연상 테스트에서도 마찬가지고. 이 '화분'이라는 자극어에 대한 반응 시간만 봐도 알 수 있어요. 후키야의 경우, 자극어에 대한 반응이 아무 관련 없는 말보다 빠른 데 반해, 사이토는 6초나 걸린 거예요."

판사가 보여 준 연상진단 기록은 다음과 같았다.

〈연상진단 기록표〉

자극어	후키야 세이치로		사이토 이사무	
	반응어	소요 시간(초)	반응어	소요 시간(초)
머리	머리카락	0.9	꼬리	1.2
녹색	파랑	0.7	파랑	1.1
물	더운물	0.9	물고기	1.3
노래하다	창가(唱歌)	1.1	여자	1.5
길다	짧다	1.0	끈	1.2
○ 죽이다	나이프	0.8	범죄	3.1
배	강	0.9	물	2.2
창문	집	0.8	유리	1.5
요리	양식	1.0	회	1.3

○	돈	지폐	0.7	쇠	3.5
	차갑다	물	1.1	겨울	2.3
	병	감기	1.6	폐병	1.6
	바늘	실	1.0	실	1.2
○	소나무	화분	0.8	나무	2.3
	산	높다	0.9	강	1.4
○	피	흐르다	1.0	빨갛다	3.9
	새롭다	오래되다	0.8	기모노	2.1
	싫어하다	거미	1.2	병	1.1
○	화분	소나무	0.6	꽃	6.2
	새	날다	0.9	카나리아	3.6
	책	마루젠	1.0	마루젠	1.3
○	기름종이	숨기다	0.8	소포	4.0
	친구	사이토	1.1	말하다	1.8
	순수	이성	1.2	언어	1.7
	상자	책장	1.0	인형	1.2
○	범죄	살인	0.7	경찰	3.7
	만족	완성	0.8	가정	2.0
	여자	정치	1.0	여동생	1.3
	그림	병풍	0.9	경치	1.3
○	훔치다	돈	0.7	말(馬)	4.1

* ○ 표시는 범죄와 관련된 단어. 실제로는 100개 정도 사용했고 그것을 두세 번 연속으로 테스트했다. 위 표는 알기 쉽게 간단히 정리한 것이다.

"이것 좀 보세요. 결과가 아주 분명하죠?"

판사는 아케치가 기록을 훑어보는 걸 기다리며 말했다.

"이걸 보면 사이토가 일부러 머리를 쓰고 있다는 걸 금방 알 수 있죠. 특히 눈에 띄는 게 반응 시간이 느리다는 건데, 그게 문제의 단어뿐만 아니라 그다음에 바로 나오는 단어나 그다음 단어에까지 영향을 미치고 있는 겁니다. 그리고 또 '돈'에 대해서 '쇠'라고 대답하거나 '훔치다'에 대해서는 '말(馬)'이라고 대답했는데, 이건 상당히 과장된 연상입니다. '화분'이라는 단어가 가장 오래 걸렸는데, 그건 아마 '돈'과 '소나무'라는 두 단어의 연상을 억누르는 데 신경을 쓴 탓이겠죠. 이에 반해, 후키야 쪽은 굉장히 자연스럽습니다. '화분'에는 '소나무', '기름종이'에 '숨기다', '범죄'라는 말에는 '살인'. 만약 그가 범인이라면 대답하면 안 되는 연상도 아무렇지 않게 말했죠. 게다가 반응 속도도 아주 짧았어요. 진범인데 이런 반응을 보인다면 그는 아주 멍청한 사람일 겁니다. 하지만 대학생이고 상당한 수재란 말이죠."

"그렇군요."

아케치는 무언가 골똘히 생각하더니 말했다. 하지만 판사는 그의 의미심장한 표정을 전혀 눈치채지 못한 채

이야기를 계속했다.

"그런데 말이죠. 이걸 보면 더 이상 후키야를 의심할 수가 없긴 한데, 그렇다고 사이토가 진범이라고 하기엔...... 이렇게 테스트 결과가 확실한데도 저는 도무지 확신이 서질 않아요. 하긴 예심에서 유죄가 나와도 그게 최종 판결은 아니니까 뭐 이런 결론을 내려도 상관없겠지만, 아시다시피 제가 좀 지기 싫어하는 성격이라서요. 공판에서 제 판결이 뒤집힌다고 생각하면 기분이 썩 좋지 않을 것 같거든요. 그래서 사실 지금도 결론을 내리지 못하고 있는 상황입니다."

"이거 상당히 재미있네요."

아케치가 기록지를 들고 이야기하기 시작했다.

"후키야와 사이토 둘 다 상당히 공부를 잘한다고 들었습니다. 이 '책'이라는 단어에 대해 두 사람 모두 '마루젠*'이라고 대답한 걸 보면 잘 알 수 있죠. 더 재미있는 건 후키야의 대답이 어딘가 모르게 죄다 인위적이고 이지적인 데 반해, 사이토의 대답은 너무 쉬워 보이지 않나요? 심지어 서정적이기까지 하네요. '여자'나 '기모노',

---

* 일본의 대형 서점. 특히 양서나 전문 서적을 구비하고 있다.

'꽃', '인형', '경치', '여동생' 같은 대답들을 보면 사이토는 감성적이고 소심한 면이 있는 남성 같아 보이는군요. 그리고 어쩌면 병에 걸렸는지도 모르겠네요. '싫어하다'라는 말에 '병'이라고 대답하고 '병'에 대해서는 '폐병'이라고 대답했잖아요. 평소 폐병에 걸릴까 봐 두려워하고 있다는 증거예요."

"그렇게 생각할 수도 있겠군요. 연상진단의 결과라는 게 생각하면 할수록 아주 재미있네요."

"그래서 말인데요."

아케치의 말투가 조금 바뀌었다.

"판사님은 심리 테스트의 맹점에 대해 생각해 본 적 있으신가요? 데퀴로스는 심리 테스트의 선구자인 뮌스터베르크를 비판했습니다. 이 방법이 고문 대신에 고안된 거라고 하지만, 그 결과는 고문과 마찬가지로 무고한 사람을 죄에 빠뜨리고 진범을 놓칠 수도 있다고 말이죠. 그리고 뮌스터베르크 자신도 심리 테스트의 진정한 가치는 용의자가 특정 장소나 사람, 사물에 대해 알고 있는지 밝히는 데 있다고 했습니다. 그런 경우가 아니라면 위험하다는 걸 어딘가에서 읽었습니다. 판사님한테 이런 말을 하는 건 주제넘은 짓일지도 모르겠지만 이건 굉장히 중요한 포인트라고 생각합니다. 그렇지 않습니까?"

"부정적인 면을 생각하면 그야 그렇겠죠. 저도 그건 알고 있어요."

판사는 조금 불쾌한 표정을 지으며 대답했다.

"하지만 그 부정적인 면이 의외로 가까운 곳에 있을 수도 있다는 거죠. 이렇게 말하면 어떨까요? 예를 들어, 아주 신경이 과민하지만 무고한 사람이 어떤 범죄의 혐의를 받고 있다고 가정합시다. 그는 범죄 현장에서 체포되었고 범죄 사실도 잘 알고 있습니다. 이 경우 그는 과연 심리 테스트를 태연하게 받을 수 있을까요? '아, 이건 날 시험하는 거구나, 어떻게 대답해야 의심받지 않을까?' 이런 식으로 흥분하는 게 당연하지 않을까요? 그러니 그런 상황에서 이루어진 심리 테스트는 데퀴로스가 말한 것처럼 이른바 '무고한 사람을 죄에 빠뜨린다'는 거겠죠."

"사이토 이사무 얘기군요. 하긴, 저도 그렇게 느꼈습니다. 그래서 제가 아직 결론을 내리지 못하고 있는 겁니다."

판사는 점점 더 씁쓸한 표정을 지었다.

"그럼 사이토가 무죄라면(돈을 훔친 죄는 피할 수 없겠지만) 노파는 도대체 누가 죽였을까요.......”

판사는 아케치가 말하고 있는데도 흥분해서 물었다.

“그렇다면, 당신은 범인이 누군지 짐작할 수 있단 말인가요?”

“여기 있네요, 범인이.”

아케치가 싱글거리며 대답했다.

“이 연상 테스트 결과를 보면 후키야가 범인이네요. 근데 아직은 진범이라고 단정할 순 없어요. 후키야는 지금 집에 있나요? 조용히 여기로 다시 불러 주실 수 있을까요? 그러면 제가 진상을 밝혀낼 수 있을 것 같은데요.”

“뭐라고요? 무슨 확실한 증거라도 있습니까?”

판사는 적잖이 놀란 기색이었다.

아케치는 거들먹거리지도 않고 자신의 생각을 담담하게 말했다. 판사는 그의 얘기를 듣고 감탄할 수밖에 없었다.

아케치의 요청을 받아들여 판사는 후키야의 하숙집으로 사람을 보냈다.

　　사이토 씨가 결국 유죄 판결을 받을 것 같습니다. 그
　것과 관련해서 드릴 말씀이 있으니 수고스럽겠지만 제

사택으로 잠시 오셨으면 합니다.

호출 내용이었다. 후키야는 학교에서 돌아오자마자 그 말을 듣고 곧바로 판사의 사택으로 찾아왔다. 제아무리 배짱 좋은 후키야라고 해도 이 소식을 듣고서 흥분하지 않을 수 없었다. 너무 기쁜 나머지 거기에 무서운 함정이 숨어 있다는 사실조차 눈치채지 못했다.

6

가사모리 판사는 사이토를 유죄로 결정한 이유에 대해 대충 설명한 뒤 이렇게 덧붙였다.

"지금 생각하니 자네를 의심한 게 너무 미안해서 말이야. 그래서 사과도 할 겸 전후 사정도 이야기하려고 불렀다네."

그리고 홍차를 내오게 한 뒤 편안하게 잡담을 나누기 시작했다. 아케치도 대화에 가세했다. 판사는 아케치를 잘 아는 변호사로 노파의 상속인로부터 유산 문제를 의뢰받은 사람이라고 소개했다. 물론 거짓말이지만 친족

회의 결과 노파의 조카가 시골에서 올라와 유산을 상속받게 된 것은 사실이었다.

세 사람은 사이토에 대한 이야기를 비롯한 다양한 화제로 이야기를 나눴다. 완전히 마음을 놓은 후키야는 그들 중에서도 가장 말을 많이 했다.

그러다가 어느새 창밖이 어둑해지기 시작했다. 후키야는 창밖을 바라보다 돌아갈 채비를 하며 말했다.

"아, 이제 가야 할 것 같은데 다른 용건은 없으신가요?"

"이런, 깜박할 뻔했네요."

아케치가 쾌활하게 말했다.

"혹시나 해서 그러는데요....... 알고 계실지 모르겠지만 겸사겸사 궁금한 게 있어서요. 살인 사건이 있던 그 방에 두 쪽짜리 금병풍이 세워져 있었거든요. 근데 거기에 흠집이 조금 생겼나 봐요. 문제는 그게 할머니 소유가 아니라 저당 잡힌 물건이더라고요. 병풍 소유주는 살인이 일어날 때 생긴 흠집이 분명하다며 자꾸 변상하라고 해서 말이죠. 그런데 그 조카가 할머니를 닮아 엄청난 구두쇠거든요. 원래부터 있던 흠집일 거라고 우기는 겁니다. 별것도 아닌 문제로 제가 애를 먹고 있어요. 하기야 그 병풍이 제법 비싸 보이기는 하더라고요. 후키야

씨는 그 집에 자주 갔었죠? 혹시 그 병풍도 본 적이 있나요? 그때도 흠집이 있었는지 알고 싶어서요. 어땠나요? 병풍 같은 거엔 별로 신경 쓰지 않으셨겠죠? 사실 사이토 씨한테도 물어봤는데 지금 몹시 흥분한 상태라 잘 모르겠다고 하더라고요. 게다가 하녀는 고향으로 내려가 버려 편지로 물어봤는데 아직까지 답변이 없어서……"

병풍이 저당 잡힌 물건이라는 건 사실이었지만 다른 얘기는 물론 지어 낸 거였다. 후키야는 병풍이란 말에 그만 기겁했다. 그러나 가만히 들어 보니 별일 아닌 것 같아서 다시 마음을 놓았다.

'사건이 거의 다 수습됐으니 겁먹을 필요는 없겠군.'

그는 어떻게 대답할지, 잠시 고민하다가 자연스럽게 있는 그대로 말하는 게 가장 좋은 방법이라고 생각했다.

"판사님도 잘 아시겠지만 제가 그 방에 들어간 게 딱 한 번뿐이라서요. 그것도 사건이 일어나기 이틀 전이었죠."

그는 히죽히죽 웃으며 말했다. 그렇게 말하면서도 신이 나서 견딜 수 없었다.

"하지만 병풍이라면 기억하고 있습니다. 제가 기억하기로는 분명히 흠집 같은 건 없었어요."

"그래요? 틀림없겠죠? 그 오노노 고마치 얼굴에 아주

조그맣게 흠집이 나 있던데."

"아, 맞다. 생각났어요."

후키야는 지금 막 생각이 났다는 듯이 말했다.

"육가선의 그림 아니었나요? 오노노 고마치도 기억납니다. 근데 거기에 흠집이 있었다면 제가 놓쳤을 리 없겠죠. 극채색의 고마치 얼굴에 흠집이 있었다면 금방 눈에 띄었을 테니까요."

"그럼 번거롭겠지만 증언을 부탁드려도 될까요? 병풍 주인이 아주 욕심이 많은 놈이라서 계속 결론이 나질 않아서요."

"네, 그러죠. 언제든지 말씀하세요."

후키야는 약간 우쭐거리며 변호사라는 자의 부탁을 받아들였다.

"고마워요."

아케치는 덥수룩한 머리를 손가락으로 긁적이며 기분 좋게 말했다. 이건 그가 흥분했을 때 나오는 버릇이었다.

"사실 전 처음부터 후키야 씨가 병풍에 대해 알고 있을 거라고 생각했습니다. 왜냐하면 어젯밤 심리 테스트에서 '그림'이라는 질문에 '병풍'이라고 대답했거든요.

굉장히 특이한 답변 아닌가요? 보통 하숙집에는 그런 병풍이 없거든요. 그리고 후키야 씨는 사이토 말고는 친한 친구도 없다고 들어서요. 그러니 노파 방에 있는 병풍이 어떤 이유에서든 기억에 남아 있을 거라고 생각했습니다."

후키야는 조금 놀랐다. 분명 변호사가 말한 대로였다. 그는 어제 왜 병풍이라고 말했던 것일까. 신기하게도 지금까지 그 사실을 전혀 깨닫지 못하고 있었다.

'이건 좀 위험하지 않나? 아니, 근데 뭐가 위험한 거지?'

사건 당시 그는 그 흠집을 살펴보고 아무런 문제가 없을 거라 확신했다.

'에이, 뭐야. 별거 아니잖아.'

그는 다시 마음을 놓았다. 그런데 그는 너무 큰 실수를 저질렀다는 걸 전혀 깨닫지 못하고 있었다.

"그렇군요. 저는 생각지도 못했지만 분명히 말씀하신 대로입니다. 관찰력이 상당히 예리하시군요."

후키야는 어디까지나 '무기교주의'를 잊지 않고 태연하게 대답했다.

"아, 우연히 알게 되었습니다."

아케치는 변호사인 척 겸손하게 말했다.

"하지만 알아차린 것 중에 또 한 가지가 더 있네요. 아, 걱정할 만한 일은 아닐 겁니다. 어제 연상 테스트에 여덟 개의 위험한 단어가 포함되어 있었는데 그걸 정말 완벽하게 통과하셨더군요. 사실 지나치게 완벽하다고 할 수 있을 정도였습니다. 조금이라도 찔리는 데가 있으면 그렇게 할 수 없거든요. 그 여덟 개의 단어에는 동그라미 표시가 있습니다. 이거예요."

　아케치는 테스트 결과지를 보여 줬다.

　"그런데 특이한 점은, 아주 조금씩이긴 하지만 위험한 단어에 대한 반응 시간이 다른 단어보다 빨라지고 있다는 겁니다. 예를 들면 '화분'에 대해 '소나무'라고 대답하는 데 불과 0.6초밖에 걸리지 않았어요. 이건 아주 빠르게 반응했다고 볼 수 있죠. 서른 개의 단어 중에서 가장 연상하기 쉬운 게 '녹색'인데 당신은 '파랑'이라고 대답했고 그 대답이 0.7초나 걸렸거든요."

　후키야는 불안해지기 시작했다.

　'이 변호사는 도대체 왜 이런 말을 지껄이고 있는 거지? 나한테 호의적인 건가? 아니면 악의적인 의도로? 뭔가 속셈이 있는 걸까?'

　그는 온 신경을 집중해서 그 의미를 파악하려고 했다.

"'화분'이나 '기름종이', '범죄'와 같은 여덟 개의 단어가 '머리'나 '녹색' 같은 평범한 단어보다 결코 연상하기 쉽진 않았을 겁니다. 그럼에도 불구하고 당신은 그 어려운 단어를 더 빨리 대답했습니다. 이게 과연 무엇을 의미하는 걸까요? 제가 이상하다고 생각한 건 바로 이 점입니다. 제가 지금부터 당신이 뭘 생각했는지 알아맞혀 볼까요? 그냥 재미로 하는 거니 괜찮으시겠죠? 혹시 잘못된 게 있더라도 용서해 주십시오."

후키야는 부르르 몸을 떨었다. 하지만 무엇 때문에 몸이 떨렸는지 자신도 알 수 없었다.

"당신은 심리 테스트의 약점을 잘 알고 미리 준비한 것 같더군요. 범죄와 관련이 있는 단어에 대해 어떻게 대답할지 미리 준비했던 겁니다. 아, 여기서 한 가지 말씀드릴 게 있는데요. 전 결코 당신의 방식을 비난하려는 게 아닙니다. 사실 심리 테스트라는 게 경우에 따라서는 굉장히 위험한 거니까요. 진범이 빠져나가고 무고한 자에게 죄를 뒤집어씌우는 경우가 없다고 단언할 수도 없으니까요. 근데 문제는 준비가 너무 빈틈이 없었다는 거죠. 물론 그럴 생각은 아니었겠지만, 미리 준비했던 단어만 빨리 대답해 버린 겁니다. 이건 분명 엄청난 실수지요. 대답이 늦을까 봐 그것만 너무 신경을 쓰다 보니, 빨리 대답하는 것 또한 위험하다는 사실을 깨닫지 못했던 겁니다. 하지만 그 시간의 차이는 아주 미세해서 주의 깊게 관찰하지 않으면 모르고 넘어갈 수도 있어요. 일을 꾸미다 보면 어딘가에서 문제가 생기기 마련이죠."

아케치가 후키야를 의심한 건 이거 하나였다.

"그런데 왜 당신이 '돈'이나 '살인', '숨기다'와 같은 의심 받기 쉬운 말들만 골라서 대답했을까요? 아마 그건 당신이 생각하는 계산된 자연스러움 때문이 아닐까요? 만약 당신이 범인이라면 '기름종이'라는 질문에 '숨기다'라고 대답할 수 있었을까요? 그런 위험한 말들을 아무렇지도 않게 내뱉을 수 있다는 건 조금도 꺼림칙한 데가 없다는 걸 증명하기 위해서겠죠. 그렇지 않습니까? 제 말이 맞죠?"

후키야는 상대방의 눈을 뚫어지게 쳐다봤다. 어찌 된 영문인지 눈을 뗄 수조차 없었다. 그리고 입가부터 코에 걸친 근육이 경직되어 웃지도 울지도 못하고 놀랄 수조차 없었다. 물론 말도 제대로 나오지 않았다. 억지로 입을 열면 그건 곧바로 공포의 외마디가 되어 터져 나올 것만 같았다.

"이렇게 자연스러운 척하는 것, 그러니까 잔꾀를 부리지 않은 점이 아주 특이했습니다. 그래서 저는 그런 질문을 했던 겁니다. 아시겠습니까? 아 참, 그리고 아까 말한 병풍 말인데요. 솔직히 저는 당신이 그렇게 순진하게 사실 그대로 대답할 줄 몰랐습니다. 한편으로 그렇게 말할 거라고 확신하고 있기도 했지만요. 자, 그럼 가사모리 씨에게 묻겠습니다. 문제의 병풍은 언제 그 노파의 집에 반입됐나요?"

　아케치는 시치미를 떼고 판사에게 물었다.

　"사건 발생 바로 전날입니다. 그러니까 지난달 4일에요."

　"아, 전날이라고요? 그게 정말입니까? 이상하군요. 지금 후키야 군은 사건 발생 이틀 전인 3일에 그 병풍을 봤다고 했습니다. 어떻게 된 거죠? 둘 중 한 사람이 잘못 알고 있는 겁니까?"

　"후키야 군이 뭔가 착각하고 있었겠죠."

　판사가 히죽히죽 웃으며 말했다.

　"4일 저녁까지는 그 병풍 주인이 갖고 있었던 게 분명합니다."

　아케치는 아주 흥미롭다는 듯이 후키야의 얼굴을 쳐다봤다. 후키야의 얼굴은 금방이라도 울 것 같은 표정으로 점점 일그러져 갔다.

이건 아케치가 파놓은 함정이었다. 그는 사건 이틀 전에는 노파의 집에 병풍이 없었다는 사실을 판사한테 들어서 이미 알고 있었던 것이다.

"이거 정말 곤란하군요."

아케치는 자못 곤란한 듯한 표정을 지으며 말했다.

"돌이킬 수 없는 실수를 하셨네요. 당신은 왜 보지도 않은 병풍을 봤다고 한 겁니까? 사건 발생 이틀 전에는 그 집에 가지도 않았잖아요? 하긴 그 육가선 그림을 기억하고 있다는 게 더 치명적이겠군요. 아마 있는 그대로 말하려다 무심코 거짓말을 한 거겠죠. 그렇지 않습니까? 사건이 일어나기 이틀 전, 그 방에 들어갔을 때 병풍에 대해서 신경이나 썼나요? 아마 눈여겨보지도 않았을 겁니다. 사실 그건 당신 계획과는 아무런 상관도 없었으니까요. 만약 병풍이 있었다고 해도 알다시피 오래되고 칙칙해서 딱히 눈에 띄지도 않았을 겁니다. 당신이 사건 당일 그곳에서 본 병풍이 바로 이틀 전에도 그 자리에 있었을 거라고 생각하는 건 지극히 자연스러운 현상입니다. 그래서 저도 그렇게 유도를 했던 거고요. 이건 일종의 착각이라고 할 수 있겠죠. 잘 생각해 보면 일상생

활에서도 흔히 있을 수 있는 일입니다. 하지만 만약 일반적인 범죄자였다면 결코 당신처럼 대담하지는 않았을 겁니다. 무조건 숨겨야 한다고 생각했을 테니까요. 제가 운이 좋았던 건 당신이 판사나 범죄자보다 열 배, 아니 스무 배는 더 뛰어난 사람이었다는 점입니다. 당신은 핵심을 건드리지 않고 가능한 한 솔직하게 말하는 편이 오히려 안전하다는 신념을 갖고 있었던 거 아닙니까? 허의 허를 찌르는 방식이겠죠. 그래서 저는 역으로 그 이면을 들여다본 겁니다. 설마 이 사건과는 아무런 상관도 없는 변호사가 함정을 파놓았을 거라곤 아마 상상도 못 했겠죠. 하하하하하."

새파랗게 질린 후키야의 이마에서 식은땀이 흘러내렸다. 그는 입을 다물고 가만히 있었다. 이 상황에서 변명을 하면 할수록 허점이 드러날 뿐이었다.

후키야는 머리가 좋은 만큼 자신의 실언이 얼마나 확실한 자백이 되는지 잘 알고 있었다. 기묘하게도 그의 머릿속에서는 어린 시절부터의 일들이 주마등처럼 스치고 지나갔다.

긴 침묵이 이어졌다.

"아 참, 들리시나요?"

잠시 후 아케치가 말했다.

"저쪽에서 무슨 소리 들리지 않나요? 사실 아까부터 옆방에서 우리의 대화 내용을 기록하고 있었습니다. ...... 자, 이제 끝났으니까 기록한 걸 갖다주겠나?"

그러자 장지문이 열리고 서기처럼 생긴 남자가 서류 다발을 들고 들어왔다.

"그걸 한번 읽어 보게나."

아케치가 시키는 대로 그 남자는 지금까지 말한 내용을 읽어 내려갔다.

"자, 후키야 군. 여기에 서명하시게. 지장을 찍어도 상관없고. 설마 싫다고 하지는 않겠지? 아까 병풍에 대해서 얼마든지 증언해 주겠다고 하지 않았나. 물론 이런 식의 증언이 될 거라곤 상상도 못 했겠지만."

후키야는 서명을 거부해 봤자 아무 소용이 없다는 사실을 잘 알고 있었다. 그는 아케치의 놀라운 추리까지 함께 승인한다는 의미로 서명했다. 그리고 완전히 체념한 사람처럼 고개를 떨궜다.

아케치는 마지막으로 설명하듯 말했다.

"판사님께 말씀드렸다시피 뮌스터베르크는 심리 테스트에 대해 이렇게 말한 바 있습니다. 심리 테스트는 용의자가 특정 장소나 사람, 사물에 대해 알고 있는지 시험하는 경우에만 의미가 있다고 말이죠. 이번 사건으로 말하자면, 후키야 군이 병풍을 봤는가 하는 문제가 해당되겠죠. 그거 외에는 아무리 심리 테스트를 해도 아마 소용이 없을 겁니다. 상대가 후키야 군처럼 모든 상황을 미리예상하고 철저하게 준비한다면 더욱 그렇겠죠. 그리고또 한 가지 말씀드리자면, 심리 테스트라는 건 책에 쓰여있는 대로 어떤 기계가 있어야만 가능한 건 아닙니다. 지금 제가 실험해 본 것처럼 일상적인 대화를 통해서도 충분히 가능합니다. 아마 알고 한 건 아니겠지만 오오카 에치젠 같은 과거 명판관도 이러한 심리학적인 방법을 적용하고 있었습니다."

아내 죽이는 법

다니자키 준이치로 지음
서홍 옮김

다니자키 준이치로(谷崎潤一郎 1886~1965)
일본의 대표적인 탐미주의 작가이다. 그의 작풍이나 소재, 문체, 표현 등은 생애에 걸쳐 다양하게 변모하였다. 한어와 속어, 방언 등을 자유로이 구사한 수려한 문장과 작품마다 문체가 달라진다는 점으로도 유명하다. 치정을 주제로 한 통속적인 작품과 문체 및 형식의 예술성을 높은 수준으로 융화시킨 순문학적 수작, 미스터리와 서스펜스의 선구적인 작품 등 다양한 작풍의 작품이 존재한다. '누구도 이룰 수 없었던 예술의 한 방면을 개척한 성공자'라는 평가를 받고 있으며, 대표작으로는 「바보의 사랑」, 「문신」, 「슌킨 이야기」, 「세설」 등이 있고 1949년 문화 훈장을 받았다.

●●●●

　12월이 끝나 가는 어느 날 저녁 5시경. 신바시 쪽으로 가는 가나스기교 전찻길을 따라 느긋하게 산책하는 남자가 있었다. 그는 도쿄 T.M 주식회사에 다니는 법대 출신의 유가와 쇼타로였다.

　"저기, 실례지만 혹시 유가와 씨 아니신가요?"

　그가 다리를 절반쯤 건넜을 무렵 뒤에서 말을 건 사람이 있었다. 뒤를 돌아보니 풍채 좋은 신사가 예의 바르게 중산모를 벗고 인사를 하면서 다가왔다. 처음 보는 사람이었다.

　"네, 제가 유가와입니다만......."

사람 좋아 보이는 유가와가 살짝 당황한 듯 작은 눈을 연신 깜빡거리며 대답했다. 그건 그가 자기 회사 중역들을 대할 때와 같은 조심스러운 모습이었다. 왜냐하면 신사의 태도가 회사 중역 못지않게 아주 당당했기 때문이다. 그자를 힐끗 쳐다본 순간, '길가에서 말을 거는 무례한 인간'이라는 순간적인 감정이 사라지고 자신도 모르는 사이에 월급쟁이 근성이 그대로 드러난 것이다. 신사는 해달 가죽 옷깃이 달리고 털이 북실북실한 검은 모직 외투를 걸치고 있었다. 외투 속에는 아마도 모닝코트를 입고 있을 거다. 그리고 줄무늬 바지를 입고 상아 손잡이가 달린 지팡이를 들고 있었다. 그는 40대로 보였는데 피부가 희고 살이 좀 찐 편이었다.

　"갑자기 말을 걸어 죄송합니다. 와타나베 씨가 친구 분 되시죠? 그분 소개를 받고 좀 전에 선생님 회사에 찾아갔었습니다."

　신사는 이렇게 말하며 명함 두 장을 건넸다. 유가와는 그걸 가로등 불빛에 비춰 보았다. 한 장은 그의 친구인 와타나베의 명함이었는데, 명함 위에 와타나베가 직접 쓴 이런 문구가 있었다.

안도 이치로라는 친구라네. 고향 사람인데 오래전부터 가깝게 지내는 사이야. 자네 회사에 근무하는 어떤 사람에 대해 조사할 게 있다고 하는데 만나서 좀 도와주면 고맙겠네.

또 다른 명함을 들여다보니 '사립 탐정 안도 이치로. 주소 니혼바시구 가키가라초 3-4번지. 전화 나니와구 5010번'이라고 쓰여 있었다.

"안도 씨군요?"

유가와는 다시 한번 신사를 유심히 뜯어보았다. 사립 탐정 사무소가 도쿄에도 대여섯 군데 생겼다는 건 알고 있었지만, 실제로 탐정을 만나는 건 오늘이 처음이었다. 어쨌든 일본 사립 탐정이 서양 탐정보다 멋져 보인다는 생각이 들었다. 유가와는 영화를 좋아해서 탐정이 나오는 서양 영화를 본 적이 있었다.

"네, 제가 안도입니다. 마침 인사과에 근무하신다는 얘기를 듣고 아까 거기 적힌 용건에 대해 조금 여쭤보고 싶어서요. 회사에도 면담을 요청하고 나오는 길이었습니다. 바쁘시겠지만, 시간 좀 내주실 수 없으신지요?"

신사는 그의 직업에 어울리게 힘 있는 목소리로 거침

없이 말했다.

"요즘은 좀 한가해서 언제든 괜찮습니다."

유가와는 상대가 탐정이라는 걸 알게 되자 '저'를 '나'로 바꾸어 말했다.

"내가 아는 거라면 뭐든지 말씀드리죠. 그런데 아주 급한 일인가요? 만약 긴급한 게 아니라면 내일은 어떨까요? 오늘도 안 될 건 없지만, 이렇게 길가에서 얘기하는 건 좀⋯⋯."

"지당하신 말씀입니다만, 내일부터 회사도 휴일일 텐데⋯⋯ 일부러 댁까지 찾아뵐 정도의 용건은 아니라서요. 조금 번거로우시겠지만 이 근처를 걸으면서 얘기를 들었으면 합니다. 게다가 선생님은 늘 이렇게 산책하시는 걸 좋아하시지 않습니까? 하하하."

신사는 가볍게 웃었다.

정치인들에게서나 볼 수 있는 호쾌한 웃음소리였다. 유가와는 곤란하다는 표정을 지었다. 지금 그의 주머니에 월급과 연말 상여금이 들어있기 때문이다. 결코 적지 않은 금액이어서 남몰래 행복감을 느끼고 있었다. 더구나 이제 막 얼마 전부터 아내가 사달라고 조르던 장갑과 솔을 사러 긴자에 가려던 참이었다.

‘구마코의 세련된 얼굴에 어울릴 만한 고급 가죽 장갑을 사야지. 아마 엄청 좋아할 거야.’

그런 생각을 하며 걷고 있었다. 그런데 갑자기 이 안도라는 알지도 못하는 사람 때문에 즐거운 상상이 깨지고, 모처럼의 행복에 금이 가버렸다. 그건 그렇다 치더라도 ‘내가 산책을 좋아한다는 걸 알고 회사에서부터 뒤쫓아 오다니, 아무리 탐정이라도 기분 나쁜 놈이다. 이 남자는 어떻게 내 얼굴을 알고 있었던 걸까.’ 하는 생각이 들자 불쾌해졌다. 게다가 그는 배도 고팠다.

“어떠신지요? 번거롭게 해드릴 생각은 없지만 잠깐만 시간 좀 내주시겠습니까? 개인의 신상에 관한 거라 회사에서 뵙는 것보다 사람이 많은 곳이 나을 것 같습니다만.”

“그런가요? 그럼 일단 저기까지 함께 가시죠.”

유가와는 어쩔 수 없이 신사와 나란히 다시 신바시 쪽으로 걷기 시작했다. 그의 말에도 일리가 있었다. 휴일에 집으로 찾아오는 것도 귀찮을 거 같다는 생각이 들었기 때문이다.

걷기 시작하자 탐정은 주머니에서 담배를 꺼내 피우기 시작하더니 100미터 정도 가는 동안 계속 담배만 피워 댔다. 유가와는 왠지 무시당하는 것 같아서 불쾌했다.

"그럼 용건이 뭔지 들어 보죠. 우리 회사 사원이라면 누구를 말씀하시는 건가요? 아는 건 뭐든지 말씀드리죠."

"물론 당신은 알고 계실 거라고 생각합니다."

신사는 다시 2~3분 정도 잠자코 담배를 피웠다.

"아마도 그 남자가 결혼을 앞두고 있어서 신원 조사를 하시는 거겠죠?"

"네 그렇습니다. 짐작하시는 대로입니다."

"내가 인사과에 있다 보니 그런 의뢰가 자주 옵니다. 대체 누굽니까, 그 남자가?"

유가와는 마지못해 관심을 보이는 척하며 말했다.

"자, 누군가 하면...... 말씀드리기 조금 어렵습니다만, 그 사람은...... 실은 당신입니다. 당신에 대한 조사를 의뢰받았습니다. 이런 건 다른 사람을 통해 간접적으로 듣는 것보다 본인에게 직접 듣는 편이 빠를 거 같아서요."

"저요? 모르시나 본데, 전 이미 결혼한 유부남입니다. 뭔가 착오가 있는 게 아닐까요?"

"아뇨. 그렇지 않습니다. 부인이 계시다는 건 저도 알고 있습니다. 하지만 아직 혼인 신고를 안 하셨더군요. 조만간 하실 생각이시고."

"아, 알고 계신가요? 그럼 처가 쪽에서 신원 조사를 의

뢰한 거겠군요."

"그건 직업상 말씀드리기 곤란합니다. 대략 짐작은 가실 테니 일단 그 부분은 넘어가 주시죠."

"네, 물론이죠. 그런 건 전혀 상관없습니다. 뭐든지 물어보시죠. 다른 사람한테 알아보는 것보다는 그게 나도 기분이 덜 나쁘니까요. 직접 와주셔서 감사하네요."

"하하, 그렇게 말씀해 주시니 다행입니다. 나는 항상 (신사도 '나'라는 말을 쓰기 시작했다) 결혼에 관한 신원 조사는 이런 방법으로 합니다. 지위가 있고 인격을 갖춘 사람은 직접 만나는 편이 오해가 안 생기거든요. 게다가 본인에게 묻지 않으면 절대로 알 수 없는 문제도 있으니까요."

"아, 네. 그렇겠네요."

유가와는 납득이 간다는 듯 고개를 끄덕였다. 그는 어느새 기분이 풀려 있었다.

"게다가 당신의 결혼 문제에 대해 안타깝다는 생각도 있고 해서요."

신사는 유가와의 표정이 풀린 걸 보고 웃으면서 말을 이어갔다.

"부인을 호적에 올리시려면 부인이 친정집과 하루라

도 빨리 화해하셔야 합니다. 안 그러면 부인이 스물다섯 살이 될 때까지 앞으로 3~4년은 더 기다려야 할 테니까요. 그런데 화해를 하시려면 먼저 유가와 씨가 처가로부터 인정을 받아야 하지 않을까요? 그게 가장 중요할 것 같습니다. 물론 나도 최선을 다하겠지만 그 점을 염두에 두시고 내 질문에 솔직하게 대답해 주십시오."

"잘 알겠습니다. 그러니까 그런 걱정은 안 하셔도 됩니다."

"그럼 먼저 이것부터 묻겠습니다. 와타나베 씨와 동기시라던데 대학을 졸업하신 해가 1913년이 맞죠?"

"네. 1913년 졸업입니다. 그리고 졸업하고 바로 지금의 T.M사에 입사했습니다."

"졸업하시고 바로 지금의 T.M사에 들어가셨다....... 그건 알고 있습니다만, 결혼을 하신 건 언제였나요? 입사 연도랑 같은 해였던 것 같은데......"

"네, 맞습니다. 회사에 들어온 건 9월이었고, 그다음 달인 10월에 결혼했습니다."

"1913년 10월이라, (그렇게 말하면서 신사는 손가락을 꼽으며 셌다) 그럼 만으로 딱 5년 반 정도 결혼 생활을 하신 게 되네요. 전 부인이 장티푸스로 돌아가신 건 1919년 4월이었으니까요."

"네."

대답을 하면서 유가와는 이상한 기분이 들었다.

'이 남자는 나를 간접적으로 조사하지 않겠다고 하면서 이미 여러 가지 조사를 했잖아?'

그는 다시 불쾌한 표정을 지었다.

"전 부인을 많이 사랑하셨다고 하더군요."

"네, 사랑했습니다. 하지만 그렇다고 해서 지금의 아내를 그만큼 사랑하지 않는 건 아닙니다. 그녀를 잃었을 당시에는 물론 미련도 있었지만, 지금의 아내 덕분에 상처를 치유할 수 있었죠. 그래서 난 반드시 구마코와 정식으로 결혼해야 한다는 의무감을 느끼고 있습니다. 아, 구마코는 지금 아내의 이름입니다. 물론 이미 아시겠지만."

"그야 지당하신 말씀이죠."

신사는 그가 열정적으로 하는 말을 가볍게 흘려들으면서 말을 이어갔다.

"나는 전 부인의 이름도 알고 있습니다. 후데코 씨였죠? 그리고 후데코 씨가 몸이 약해서 장티푸스로 돌아가시기 전에도 종종 아프셨다는 것도 알고 있습니다."

"정말 놀랍군요. 직업상 뭐든지 알고 계신 모양입니

다. 그렇게 잘 아신다면 새삼 조사할 것도 없을 것 같습니다만."

"아하하하, 그렇게 말씀하시니 민망하네요. 그야 이걸로 먹고사니까요. 기분 나쁘게 생각하지 마세요. 그런데 그 후데코 씨 말인데요, 그분은 장티푸스를 앓기 전에 파라티푸스에도 한 번 걸린 적이 있죠? 그러니까 그게 1917년 가을, 아마도 10월경이었죠. 파라티푸스가 상당히 위중해서 좀체 열이 안 떨어지는 바람에 크게 걱정하셨다는 얘길 들었습니다. 그리고 그다음 해인 1918년 정월에 감기에 걸려서 대엿새 정도 누워 계셨던 적이 있었죠?"

"아, 맞아요. 그런 일도 있었네요."

"그다음에는 또 7월에 한 번, 8월에 두 번. 흔한 설사였었죠. 이 세 번의 설사 중에서 두 번은 별로 심하지 않아서 누워 있을 정도는 아니었던 것 같지만, 한 번은 조금 심해져서 하루 이틀 누워 계셨고요. 가을에는 유행성 독감이 돌아서 두 번이나 독감에 걸렸었네요. 그러니까 10월에 가벼운 감기를 한 번 앓았고 두 번째 감기는 다음 해인 1919년 정월이었죠. 그때는 폐렴이 겹쳐서 위독한 상태였다고 들었습니다. 폐렴이 간신히 완쾌되고 채 두 달도 안 돼서 장티푸스로 돌아가신 거네요. 그렇죠? 내가 말한 것 중에 틀린 건 없죠?"

"예."

유가와는 고개를 숙이고 무언가 생각하기 시작했다. 두 사람은 이미 신바시를 지나 사이반 긴자 거리를 걷고 있었다.

"전 부인 일은 정말 안 됐습니다. 돌아가시기 직전까지 반년 정도는 죽을 뻔한 큰 병을 두 번이나 앓으신 데다, 그 와중에 간담이 서늘해질 만큼 위험한 사고도 심심찮게 겪으셨으니까요. 그 질식 사건이 있었던 건 언제쯤이었죠?"

유가와가 잠자코 있자 신사는 혼자 끄덕이면서 말을 계속 이어갔다.

"부인의 폐렴이 완쾌되고 이삼일 뒤에 퇴원하려고 할 때, 병실의 가스난로에 문제가 생겼었죠? 2월 말이었으니까 아주 추울 때였네요. 한밤중에 가스난로 잠금장치가 느슨해져서 조금만 늦었으면 질식할 뻔했죠. 큰일까지 안 가서 다행이지만, 퇴원이 이삼일 늦어진 건 사실이죠? 그리고 또 이런 일도 있지 않았습니까? 부인이 승합차로 신바시에서 스다초로 가는 도중에 그 자동차가 전차와 충돌하는 바람에 하마터면……"

"잠깐, 잠깐만요. 난 아까부터 당신의 탐정으로서의 능력에 굉장히 탄복하고 있습니다만, 대체 무슨 이유로 또 어떻게 그런 것까지 조사한 겁니까?"

"무슨 특별한 이유가 있었던 건 아닙니다. 다만, 아무래도 직업병이 조금 있다 보니 쓸데없는 것까지 조사해서 사람을 놀라게 하고 싶은 성미가 있거든요. 저도 나쁜 버릇이라는 건 알지만 잘 안 고쳐지네요. 금방 본론으로 들어갈 테니까 조금만 더 참고 들어 주시죠. 여하튼 그때 부인은 깨진 유리창 파편 때문에 이마를 다치셨죠?"

"그렇습니다. 하지만 후데코는 성격이 낙천적인 편이라 그렇게 놀라지도 않았습니다. 게다가 상처라고 해도 작은 찰과상에 불과했으니까요."

"그런데 그 충돌 사건은 당신에게도 다소 책임이 있다는 생각이 듭니다만."

"왜죠?"

"왜냐하면 부인이 승합차에 탄 건 당신이 승합차를 타라고 했기 때문이니까요."

"뭐, 그랬을지도 모르죠. 그렇게 세세한 부분까지 정확히 기억하지는 못하지만…… 그러고 보니 그렇게 말한 것 같기도 하군요. 아, 맞아요. 확실히 그렇게 말했어요. 그런데 그건 나름의 이유가 있어요. 당시에 사람이 많은 전차 안에서 감기가 잘 옮는다는 신문 기사가 났거든요. 그때 이미 후데코는 유행성 감기를 두 번이나 앓았을 때였고. 그래서 전차보다 승합차가 안전하겠다고 생각해서 전차는 절대로 타지 말라고 일러뒀던 거죠. 설마 후데코가 탄 자동차가 운 나쁘게 충돌 사고가 날 거라고는 생각 못 했으니까요. 그게 내 책임은 아니잖아요. 후데코 역시 그런 생각은 하지도 않았고 내가 충고한 걸 고마워했어요."

"물론 후데코 씨는 당신이 신경 써준 걸 항상 고마워했고, 돌아가시는 그 순간까지도 그랬습니다. 하지만 그 자동차 사건은 당신에게 책임이 있다고 생각합니다. 물론 부인의 병이 걱정돼서 그렇게 하라고 하셨겠죠. 그건 아마도 틀림없을 겁니다. 하지만 그래도 역시 당신에게 책임이 있다고 생각합니다."

"왜죠?"

"모르시겠다면 설명해 드리죠. 당신은 방금, 설마 그 자동차가 충돌할 거라고는 생각하지 않았다고 하셨습니다. 하지만 부인이 자동차를 탄 건 그날 하루가 아닙니다. 그때 부인은 중병을 앓고 난 뒤라 진료를 받으러 이틀에 한 번 시바구치의 댁에서 만세바시에 있는 병원까지 다니셨습니다. 한 달 정도 다녀야 한다는 건 처음부터 알고 있었고요. 그리고 그동안은 언제나 승합차를 타셨는데 바로 그 기간에 충돌 사고가 일어난 겁니다. 맞죠? 그런데 또 하나 주목해야 할 건, 그때는 승합차가 막 운행되기 시작한 때라 충돌 사고가 자주 일어났다는 점입니다. 조금 예민한 사람들은 충돌 사고가 일어날까 봐 걱정을 꽤 했거든요. 조금 실례일지 모르겠지만, 당신은 예민한 사람인 것 같습니다. 그런 당신이 가장 사랑하는 부인을 그렇게 자주 자동차에 태운 건 당신답지 않은 부주의한 행동이 아닐까요? 한 달 동안 이틀에 한 번 자동차로 왕복을 한다면 그 사람은 충돌 사고의 위험에 서른 번 노출된다는 얘기가 되거든요."

"아하하하, 거기까지 신경을 쓰시다니 당신도 나 못잖게 예민하시군요. 말씀을 듣다 보니 그때 일이 조금씩 기억이 나네요. 나도 그때 그런 생각을 전혀 안 했던 건 아닙니다. 하지만 이렇게 생각한 거죠. 자동차가 충돌할 위험과 전차에서 감기가 옮을 위험 중에서 어느 쪽 확률이 더 높을까. 그리고 또 만약 그 확률이 양쪽 다 똑같다면 어느 쪽이 더 사망의 위험이 클까? 이 문제를 생각해 보고 승합차 쪽이 안전하다고 판단한 겁니다. 당신이 말한 대로 한 달에 서른 번 왕복한다고 치고 만약 전차를 타면 그 서른 대의 전차 중 하나에는 반드시 감기 바이러스가 있었겠죠. 당시 감기가 유행했으니까 당연히 그랬을 겁니다. 그렇다면 거기서 감염되는 건 결코 우연이 아닌 거죠. 하지만 자동차 사고 쪽은 완전히 우연한 사고입니다. 물론 어떤 자동차라도 사고 가능성은 있지만, 처음부터 재난의 원인이 존재하는 것과는 전혀 다른 거죠. 또 이렇게도 말할 수 있겠네요. 후데코는 두 번이나 유행성 감기에 걸렸습니다. 이건 그녀가 보통 사람보다도 감기에 잘 걸리는 체질이라는 증거라고 할 수 있죠. 그래서 전차를 타면 그녀는 많은 승객 중에서도 특별히 더 위험에 노출될 가능성이 커지는 겁니다. 하지만 자동차라면 승객이 느끼는 위험은 동일합니다. 그뿐 아니라 나는 위험의 정도에 대해서도 생각했습니다. 그녀가 만약 세 번째로 유행성 감기를 앓게 된다면 반드시 다시 폐렴으로 번질 게 분명한데, 그럼 이번에야말로 회복하기 어려울 거다. 한 번 폐렴을 앓은 사람은 다시 폐렴에 걸리기 쉽다는 건 알려진 사실이었고, 더구나 그녀는 병에서 아직 충분히 회복되지 않았기 때문에 이 걱정은 기우가 아니었던 겁니다. 하지만 충돌 사고 쪽은 충돌했다고 반드시 죽는 건 아니니까요. 가장 불운한 경우가 아니라면 크게 다칠 리도 없고요. 그렇다면 큰 부상 때문에 목숨을 잃는 일은 웬만해서는 안 일어난다는 얘기가 되는 거죠. 그리고 내 생각은 역시 틀리지 않았습니다. 보세요. 후데코는 서른 번을 왕복하는 동안 단 한 번 충돌 사고를 당했는데 그것도 가벼운 찰과상으로 끝나지 않았습니까?"

"당신 말도 일리가 있네요. 어디 한 군데 흠잡을 데가 없을 것 같군요. 하지만 당신이 간과한 부분이 있습니다. 그건 바로 전차와 자동차의 위험 가능성에 대한 확률입니다. 당신 주장대로라면 자동차가 전차보다도 위험하지 않고, 또 사고가 나더라도 다칠 확률이 낮다는 거네요. 반면, 승객이 위험에 노출될 확률은 평등하다는 얘기고요. 하지만 내 생각엔 적어도 부인 같은 경우는 자동차를 타더라도 다른 사람보다 위험에 노출될 확률이 훨씬 높을 것 같은데요. 전차를 탈 때랑 마찬가지로 말이죠. 위험에 노출될 확률이 다른 승객과 결코 같다고 할 수 없습니다. 다시 말해서 자동차 충돌 사고가 날 경우, 당신 부인은 가장 먼저, 가장 많이 다칠 운명에 놓여 있었다는 거죠. 당신은 이 점을 간과한 겁니다."

"어째서 그렇죠? 난 잘 모르겠습니다만."

"허허, 모르시겠다? 그거야말로 이상하군요. 당신은 그때 후데코 씨에게 이런 말을 했죠? 승합차를 탈 때는 언제나 되도록 제일 앞에 타라고. 그게 가장 안전하니까."

"그렇습니다. 그 안전이라는 의미는……"

"아뇨, 잠깐만요. 당신이 말하는 안전의 의미는 이런 거였겠죠. 자동차 안에도 당연히 어느 정도 감기 바이러스는 있겠지만, 그걸 들이마시지 않으려면 되도록 바람이 들어오는 쪽에 앉는 게 좋다는…… 그렇죠? 그럼 결국 전차만큼 사람이 많지는 않지만, 승합차 역시 감기에 걸릴 위험이 전혀 없는 건 아니라는 얘기 아닌가요? 그런데 당신은 그 사실을 잊고 있었던 것 같더군요. 그리고 또 승합차는 앞쪽이 덜 흔들리니까 병을 앓고 난 지 얼마 안 된 부인이 앞쪽에 타는 게 좋겠다. 이 두 가지 이유를 들면서 부인에게 앞에 타도록 권했을 겁니다. 사실 뭐 권했다기보다는 거의 강요한 거나 마찬가지죠. 순진한 부인은 당신이 그렇게까지 권하니까 거절하기가 미안해서 시키는 대로 했던 거고요. 그래서 당신 계획은 당신 생각대로 순조롭게 진행된 거죠."

"……"

"아시겠습니까? 당신은 처음에는 승합차에서도 감기에 걸릴 위험이 있다는 사실을 계산에 넣지 않았습니다. 그랬으면서도 그걸 구실로 앞쪽에 타게 한 거죠. 이게 첫 번째 모순입니다. 그리고 또 하나의 모순은, 처음 계산에 넣었던 충돌 위험을 막상 그때는 완전히 무시해 버렸다는 겁니다. 만약에 충돌 사고가 일어난다면 승합차의 가장 앞에 타는 것보다 더 위험한 일은 없을 겁니다. 그리고 가장 앞에 앉은 사람이 가장 큰 위험에 노출된 바로 그 사람이 되는 거죠. 그러니까 보세요. 그때 다친 사람은 부인 한 명뿐이잖아요? 다른 승객들은 무사했는데 그런 작은 충돌에도 부인만 찰과상을 입었습니다. 만약 좀 더 심한 충돌이었다면 다른 승객들은 찰과상을 입고 부인은 중상을 입었겠죠. 그보다 더 심한 경우라면 다른 승객들은 중상을 입고 부인은 목숨을 잃었을 겁니다. 물론 충돌은 우연히 일어난 거지만요. 하지만 그 우연이 일어났을 때 부인은 필연적으로 다치게 됩니다. 부인에게는 우연이 아닌 필연인 거죠."

두 사람은 교바시를 건넜다. 신사도 유가와도 자신들

이 지금 어디를 걷고 있는지 완전히 잊은 듯, 한 명은 열심히 얘기를 하고 다른 한 명은 잠자코 귀를 기울이며 걸어갔다.

"그러니까 당신은 부인을 어떤 우연한 위험 속에 있게 해놓고, 그 우연한 위험 안에 있는 필연적인 위험 속으로 밀어 넣은 겁니다. 이건 그저 단순히 우연한 위험과는 의미가 다릅니다. 결국 승합차가 전차보다 안전하다고 할 수는 없는 거죠. 무엇보다도 그때 부인은 두 번째 걸린 유행성 감기에서 막 나았으니까 그 병에 대한 면역이 있다고 생각하는 게 당연하지 않을까요? 내 생각엔 그 당시 부인은 감기에 걸릴 가능성이 전혀 없었습니다. 만약 선택된 한 명이었다면 그건 안전한 쪽으로 선택된 한 명인 거죠. 한 번 폐렴에 걸린 사람이 다시 걸리기 쉽다는 건 일정한 기간이 지난 뒤의 이야기니까요."

"물론 그 면역이라는 걸 나도 몰랐던 건 아니지만, 10월에 한 번 앓고 다시 정월에 걸렸으니까 면역도 별로 도움이 안 된다고 생각했던 거죠."

"10월과 정월 사이에는 두 달의 기간이 있습니다. 그런데 그때 부인은 완전히 나은 상태가 아니라서 아직 기침을 하고 있었습니다. 누군가한테서 옮기보다는 오히려 남에게 옮기는 쪽이었던 겁니다."

"그리고 방금 얘기한 충돌의 위험 말인데요. 사실 충돌 그 자체가 아주 우연한 경우니까 그 범위 내에서의 필연이라고 해도 그야말로 아주 극히 드문 일이 아닐까요? 우연 속의 필연과 단순한 필연과는 역시 의미가 다르니까요. 더군다나 그 필연이라는 게 필연적으로 다친다는 의미일 뿐 필연적으로 목숨을 잃게 된다는 의미는 아니지 않습니까?"

"하지만 우연히 심한 충돌이 일어난다면 결국 필연적으로 목숨을 잃게 되겠죠."

"뭐, 그야 그럴지도 모르지만…… 아무튼 난 그런 식의 논리적 유희에는 별로 관심이 없습니다."

"아하하하, 논리적 유희라고요? 워낙 이런 걸 좋아하는지라 나도 모르게 너무 파고들었나 봅니다. 실례가 된 것 같군요. 이제 곧 본론으로 들어가겠습니다. 그런데 그러기 전에 그 논리적 유희 쪽을 좀 정리해 보죠. 관심 없는 척하지만 당신도 논리를 꽤 즐기는 것 같고, 이 분야에서는 나보다 선배일지도 모르니 흥미가 전혀 없지는 않을 것 같은데요. 방금 말한 우연과 필연에 대한 얘기입니다. 그걸 어떤 인간의 심리와 결부시키면 새로운 문제가 생깁니다. 논리가 더 이상 그저 논리로만 끝나지 않는다는 거, 혹시 눈치채셨나요?"

"글쎄요. 꽤 어려워졌네요."

"어렵고 말고 할 것도 없습니다. 어떤 인간의 심리라는 건 범죄 심리를 말하는 겁니다. 어떤 사람이 누군가를 간접적인 방법으로 아무도 모르게 죽이려고 한다. 죽인다는 말이 적절치 않다면 '죽음에 이르게 하려고 한다.'라고 하죠. 그리고 그러기 위해서 그 사람을 가능한 많은 위험에 노출시키는 겁니다. 자신의 의도를 상대가 알아차리지 못하게 하기 위해서나 또 상대가 모르는 사이에 그쪽으로 조금씩 몰아가기 위해서는 우연한 위험을 선택하는 게 최고의 방법일 겁니다. 만약 그 우연 속에 눈에 띄지 않는 약간의 어떤 필연이 들어있다면 그건 더더욱 안성맞춤일 테고요. 그래서 말인데, 당신이 부인을 승합차에 태운 건 공교롭게도 지금 말한 경우와 표면적인 면에서 일치하지 않습니까? 난 '표면적'이라고 했습니다. 너무 기분 나빠하지 마십시오. 물론 당신이 의도적이었다는 말은 아니지만, 어쨌든 인간의 그런 심리는 이해하시겠죠?"

"탐정이라 그런지 희한한 생각을 하시는군요. 표면적

으로 일치하는지 아닌지는 당신의 판단에 맡길 수밖에 없겠지만, 한 달 동안 자동차로 서른 번 왕복하게 하는 것만으로 누군가의 목숨을 뺏을 수 있다고 생각하는 인간이 있다면 그건 바보거나 정신병자겠죠. 아무 소용없는 그런 우연에 의지하려는 사람은 없을 겁니다."

"그야 그렇죠. 그저 서른 번 자동차를 태운 거라면 그 우연이 딱 맞아떨어질 기회는 적다고 할 수 있겠죠. 하지만 주변에 있을 만한 모든 위험을 찾아내서 그것들을 우연으로 가장해 그 사람에게 반복적으로 일어나게 한다면, 그 우연이 맞아떨어질 확률은 몇 배나 증가하게 됩니다. 수많은 우연한 위험이 모여서 하나의 초점으로 집약되면 그 초점 속으로 그 사람을 몰아넣는 겁니다. 그렇게 되면 이제 그 사람이 직면하게 될 위험은 우연이 아니라 필연이 되는 거죠."

"그런 논리라면 예를 들어 어떤 식을 말하는 건가요?"

"예를 들면 말이죠. 여기 한 남자가 자기 아내를 죽이려고 아니, 죽음에 이르게 하려고 한다고 가정해 봅시다. 그의 아내는 선천적으로 심장이 약한 사람이었습니다. 그런데 이 사실 속에는 이미 위험의 씨앗이 내포되어 있습니다. 남자는 그 위험을 증대시키기 위해 아내가 심장에 안 좋은 환경에 더 노출되게끔 했습니다. 예를 들면 아내에게 음주 습관을 들이려고 술을 권하는 거죠. 처음엔 잠자리에 들 때 포도주를 한 잔씩 마실 것을 권하다가 양을 점점 늘려서 결국엔 식후에 꼭 마시게끔 하는 겁니다. 그렇게 해서 아내는 점차 알코올의 맛을 알게 됐지만, 체질적으로 술이 잘 안 받았기 때문에 남편이 원하는 만큼 마시지는 않았습니다. 그러자 이번엔 담배를 권하는 겁니다. 여자도 그 정도 재미는 있어야지, 안 그럼 너무 따분할 거라면서 향이 좋은 외국산 담배를 사다 주며 피우게 했습니다. 이 계획은 멋지게 성공했습니다. 한 달 만에 그녀는 정말 애연가가 됐으니까요. 끊고 싶어도 끊을 수 없게 된 거죠. 이어서 남편은 아내에게 냉수 목욕을 하게 했습니다. 냉수 목욕은 심장이 안 좋은 사람에게는 매우 해롭죠. 남자는 아내에게 '당신은 감기에 걸리기 쉬운 체질이니까 매일 아침 거르지 말고 냉수로 목욕을 하는 게 좋아.'라고 다정하게 말한 겁니다. 진심으로 남편을 신뢰하고 있던 아내는 곧바로 냉수로 목욕을 하기 시작했죠. 그것 때문에 자신의 심장이 더 나빠지는 건 모르고 말이죠. 하지만 그것만으로는 자신이 계획한 만큼 충분한 효과를 볼 수 없자 급기야 남편은 약해진 아내의 심장에 직접적인 타격을 준 겁니다. 고열이 지속되는 장티푸스라든가 폐렴 같은 병에 걸리기 쉽게 만들어서 말이죠. 그 남자가 처음에 선택한 건 장티푸스였습니다. 장티푸스균이 있을 것 같은 음식을 아내에게 계속 먹게 했습니다. '미국인은 식사 때 수돗물을 그냥 마신대. 냉수야말로 최고의 음료수라 맛있다고 한다는군.'이라며 아내에게 냉수를 마시게 하고, 회를 먹게 합니다. 그리고 생굴과 한천에도 장티푸스균이 많다는 걸 알고 먹으라고 합니다. 물론 아내에게 권하기 위해서 본인도 먹어야 했지만, 자신은 전에 장티푸스를 앓은 적이 있어서 면역이 있었던 거죠. 이 계획 역시 그가 원하던 만큼의 결과까지는 아니지만, 거의 70퍼센트 정도는 성공했습니다. 아내가 장티푸스에 걸리지는 않았지만, 대신 파라티푸스에 걸렸으니까요. 아내는 일주일이나 고열에 시달렸습니다. 하지만 파라티푸스는 사망률이 10퍼센트밖에 안 돼서 다행인지 불행인지 아내는 살았습니다. 남편은 그 70퍼센트 정도의 성공에 고무되어 더욱 박차를 가했습니다. 그 후로도 계속 아내에게 날것을 먹게 했기 때문에 여름이 되자 아내는 자주 설사를 하게 되었습니다. 남편은 그때마다 두근거리면서 결과를 지켜보았지만, 공교롭게도 그가 바라는 장티푸스에는 좀체 걸리지 않았습니다. 그런데 드디어 남편에게 기회가 왔습니다. 전년도 가을부터 그해 겨울에 걸쳐 독감이 유행했는데, 남편은 이 시기에 어떻게든지 아내가 감기에 걸리도록 계획을 짠 거죠. 10월에 접어들자 마침내 아내는 감기에 걸렸습니다. 그건 그때 그녀의 목 상태가 나빴기 때문입니다. 남편은 감기를 예방해야 한다며 자신이 만든 농도가 진한 과산화수소수로 아내에게 가글을 하게 했습니다. 바로 그게 인후염을 일으켰던 겁니다. 그게 다가 아닙니다. 마침 그때 친척 아주머니가 감기에 걸리자 남편은 몇 차례나 아내를 거기로 병문안을 보냈습니다. 다섯 번째 병문안을 갔다 오자 아내는 바로 고열에 시달렸습니다. 하지만 다행히 나았죠. 그런데 정월이 되자 이번에는 더 무거운 병에 걸려 결국 폐렴으로 번진 겁니다."

이렇게 말하면서 탐정은 잠깐 이상한 행동을 했다. 들고 있던 궐련 재를 탁탁 두드려 떨어트리는 척하며 유가와의 손목 근처를 두세 번 친 것이다. 마치 무언가 주의라도 촉구하는 듯이. 거의 니혼바시 앞까지 왔을 때 탐정은 무라이 은행을 끼고 오른쪽으로 돌아 중앙 우체국 방향으로 걷기 시작했다. 물론 유가와도 그와 딱 붙어서 걸어가야 했다.

"두 번째 감기에도 역시 남편의 농간이 있었습니다."

탐정은 말을 이어갔다.

"그 무렵 처가 쪽 조카가 심한 감기에 걸려서 간다에 있는 S병원에 입원을 했습니다. 그러자 남편은 처가 쪽에서 부탁도 안 했는데 아내에게 그 아이의 간병을 하라고 한 겁니다. 이런 이유를 대면서 말이죠. '이번 감기는 옮기 쉬워서 간병은 아무나 못 하겠어. 당신은 감기에 걸렸다 나은 지 얼마 안 돼서 면역이 생겼으니까 당신이 도와주는 게 좋겠군.' 남편의 이 말에 수긍한 아내가 아이를 간호하다가 다시 감기에 걸린 겁니다. 아내의 폐렴은 상당히 심각해서 위험한 고비가 여러 번 있었습니다. 남편의 계략이 이번에야말로 충분한 효과를 발휘했던 거죠. 남편은 누워 있는 아내 곁에서 자신의 부주의로 인해 이렇게 되었다고 사죄했지만, 아내는 남편을 원망하지도 않고 그저 남편의 애정에 고마워하며 조용히 죽어 가는 것 같았습니다. 그런데 거의 다 죽어 가던 아내가 이번에도 살아난 겁니다. 남편 입장에선 그야말로 공든 탑이 무너진 셈인 거죠. 그래서 그는 다시 궁리를 했습니다. '이건 질병만으로는 안 되겠군. 질병 말고 다른 재난도 겪게 해야겠어.' 그렇게 마음먹고 먼저 아내의 병실에 있는 가스난로를 이용한 겁니다. 그 당시 아내는 상태가 많이 호전돼서 간병인이 같이 있을 필요가 없었습니다. 그런데 남편이 어느 날 우연히 다음과 같은 사실들을 알게 된 겁니다. 아내가 자기 전에 불조심을 하기 위해 난로를 끄고 잔다는 것과 가스난로의 잠금장치는 병실과 복도의 문지방 끝에 있다는 것. 또, 아내는 한밤중에 화장실에 가는 습관이 있고, 그때는 반드시 그 문지방을 넘는다는 것. 그리고 문지방을 지날 때 긴 잠옷을 끌며 걷기 때문에 그 밑자락이 다섯 번 중 세 번 정도는 반드시 가스난로의 잠금장치에 닿는다는 것. 만약 잠금장치가 조금 헐겁다면 옷자락이 스칠 때 풀릴 게 틀림없다는 것. 병실에는 창호지가 단단히 발라져 있어서 바람이 잘 통하지 않는다는 것. 우연히도 거기에는 이런 위험 요소들이 많았던 겁니다. 여기서 남편은 그 우연을 필연으로 만들기 위해 아주 작은 수고만 하면 된다는 걸 알아차렸습니다. 그건 가스난로의 잠금장치를 조금 더 헐겁게 해두는 거였습니다. 어느 날 낮잠을 자는 아내 몰래 그 잠금장치에 기름칠을 해서 미끄럽게 만들어 둔 겁니다. 이 행동은 아주 비밀리에 이루어졌지만, 불행하게도 지켜보는 사람이 있었습니다. 그건 다름 아닌 그때 그의 집에 고용됐던 하녀였습니다. 이 하녀는 부인이 시집올 때 고향에서 데려왔는데 부인을 끔찍이 아끼는 영리한 여자였습니다. 뭐 그거야 아무래도 좋습니다만."

탐정과 유가와는 중앙 우체국 앞에서 가부토 다리를 건너고 이어서 요로이 다리를 건넜다. 두 사람은 어느새 스이텐구 앞 전찻길을 걷고 있었다.

"그런데 이번에도 70퍼센트 정도는 성공하고 나머지 30퍼센트는 실패했습니다. 아내는 하마터면 가스 때문에 질식할 뻔했지만, 질식하기 직전에 잠이 깨서 한밤중에 큰 소동이 벌어졌죠. 가스 누출은 곧 아내의 부주의 때문이었다고 결론이 났습니다. 이어서 남편이 선택한 건 승합차입니다. 이건 아까도 말씀드렸듯이 아내가 병원에 다니는 걸 알고 벌인 일이니까, 그가 쓸 수 있는 모든 기회를 이용했다는 걸 알 수 있습니다. 자동차 건 역시 실패했을 때, 다시 새로운 기회가 생겼습니다. 그에게 그 기회를 준 건 바로 의사였습니다. 아내를 위해 공기 좋은 곳에서 한 달 정도 요양을 하라는 의사의 권유를 듣고 남편은 아내에게 이렇게 말했습니다. '당신은 계속 병을 앓고 있으니까 한두 달 요양을 떠나느니 차라리 우리가 공기 좋은 곳으로 이사를 가자. 그렇다고 너무 멀리 갈 수는 없으니까 오모리 부근이 어떨까? 거기라면 바다도 가깝고 내가 회사에 다니기도 좋잖아.' 이 의견에 아내는 바로 찬성했습니다. 아실지 모르겠지만, 오모리는 식수가 심히 안 좋다더군요. 그래서인지 전염병이 끊이지 않는 모양입니다. 특히 장티푸스가 말이죠. 남편은 재난 쪽이 실패로 끝나자 다시 질병을 노리기 시작한 겁니다. 그래서 오모리로 이사하고부터는 더욱 집요하게 냉수랑 날음식을 아내에게 줬습니다. 변함없이 냉수 목욕을 시키고 담배도 피우게 했죠. 그리고 정원에 많은 나무를 심고, 연못을 파서 물웅덩이를 만들고, 또 화장실 위치가 나쁘다며 화장실 방향을 서쪽으로 바꿨습니다. 이건 집 안에 모기랑 파리가 생기게 하려는 의도였습니다. 또 있습니다. 지인 중에 장티푸스 환자가 나오면 그는 자신이 면역이 있다면서 자주 병문안을 갔고, 아내도 가끔 가게 했습니다. 이렇게 하면서 그는 느긋하게 결과를 기다릴 생각이었던 거죠. 그런데 이 계략은 생각보다 효과가 빨랐습니다. 이사를 하고 채 한 달도 안 돼서 바로 효과가 나타난 겁니다. 어떤 은밀한 수

작을 부린 건지는 모르겠지만, 그가 장티푸스에 걸린 친구의 병문안을 다녀온 뒤 얼마 안 돼서 아내가 그 병에 걸린 겁니다. 그리고 마침내 그 병으로 목숨을 잃었습니다. 어떻습니까? 표면적으로 당신의 경우와 완전히 똑같지 않습니까?"

"아, 그, 그야 겉보기에는......"

"하하, 맞습니다. 지금까지는 '겉보기만'이죠. 그럼 지금까지의 얘기에 이 사실이 더해진다면 어떨까요? 당신은 전 부인을 사랑했다, 아무튼 겉보기에는 사랑하고 있었다. 그러나 그와 동시에 당신은 이미 2~3년 전부터 아내 몰래 지금의 부인을 사랑하고 있었다. 그것도 겉보기 이상으로 사랑하고 있었다. 아까 예로 든 누군가의 경우와 당신의 경우가 그저 겉보기만 일치하는 게 아니라는 얘기가 되는 겁니다."

두 사람은 스이텐구의 전찻길에서 오른쪽으로 꺾어진 좁은 골목길을 걷고 있었다. 골목 왼쪽에 '사립 탐정'이라는 큰 간판이 걸린 사무실 같은 집이 있었다. 유리문이 달린 2층과 1층에도 불이 환하게 밝혀져 있었다. 그 앞까지 오자 탐정은 큰 소리로 웃기 시작했다.

"하하하, 그만하시죠. 더 이상 숨기면 곤란합니다. 아까부터 떨고 계시지 않습니까. 전 부인의 아버지가 오늘 밤 우리 집에서 당신을 기다리고 있습니다. 뭐 그렇게 겁내실 거 없습니다. 잠깐 들어오시죠."

그는 갑자기 유가와의 손목을 잡았다. 그리고 어깨로 문을 밀어젖히면서 그를 밝은 집 안으로 끌고 들어갔다. 전등에 비친 유가와의 얼굴은 새파랗게 질려 있었다. 그는 넋이 나간 사람처럼 휘청거리면서 의자 위에 털썩 주저앉았다.

일본문학 컬렉션
03

비밀

다니자키 준이치로 지음
서홍 옮김

●●●

그 무렵 나는 무슨 변덕인지 내 주변의 왁자지껄한 분위기를 벗어나 다양한 관계를 맺고 있던 사람들로부터 몰래 도망칠 생각을 하고 있었다. 적당한 은신처를 찾아 여기저기 헤맨 끝에 아사쿠사 마쓰바초 근처에 있는 진언종 사찰의 방 한 칸을 빌렸다.

니보리천을 따라 기쿠야 다리에서 '히가시혼간지'라는 사찰 뒤뜰을 지나가면 12층짜리 건물이 나온다. 그 주변은 너저분하고 으슥한데 그곳에 절이 있었다. 쓰레기통을 뒤집어 놓은 것 같은 빈민굴 한편으로 길게 이어진 주황색 흙담이 엄숙하면서도 쓸쓸한 분위기를 자아내는 절이었다.

나는 처음부터 시부야나 오쿠보 같은 교외보다 시내 어딘가에 누구의 눈에도 띄지 않는 쓸쓸한 곳을 찾아 은둔하는 게 나을 거라고 생각했다. 물살이 빠른 골짜기에 군데군데 물웅덩이가 생기듯이 번화가의 혼잡한 거리 속에도 그런 곳이 존재한다. 아주 특수한 경우나 특이한 사람이 아니면 웬만해서는 지나다니지 않을 것 같은 그런 한적한 변두리 말이다.

또 이런 생각도 해봤다.

'여행을 좋아해서 교토, 센다이는 물론 홋카이도에서 규슈까지 안 가본 데가 없고, 도쿄 닌교초에서 태어나 20년 넘게 살고 있지만, 이 도쿄 한복판에는 아직 안 가본 데가 있을지도 몰라. 아니, 틀림없이 생각보다 훨씬 많겠지.'

벌집처럼 교차하는 대도시 번화가의 크고 작은 무수한 길 가운데 내가 지나간 적이 있는 곳과 없는 곳 중 과연 어느 쪽이 더 많을까?

열두 살 무렵, 아버지와 함께 도미오카하치만 신사에 갔을 때의 일이다.

아버지가 후유키고메이치의 명물인 메밀국수를 사주

겠다며 나를 사찰 안의 신전 뒤로 데리고 간 적이 있다. 거기에는 고아미나 고부네 동네 근방에 있는 수로의 분위기와는 전혀 다른, 폭이 좁고 둑이 낮은 수량이 풍부한 강이 있었다. 강변 양쪽으로 집들이 촘촘히 들어서 있었고, 그 집들 사이로 강물이 무겁게 흘러가고 있었다. 작은 나룻배는 강폭보다 길어 보이는 거룻배들 사이를 장대로 두세 번 바닥을 밀어내면서 지나다녔다.

종종 하치만 신사에 기도하러 가곤 했지만, 사찰의 뒤쪽이 어떻게 생겼는지는 궁금하지 않았다. 언제나 정면의 도리이* 쪽에서 신전을 향해 머리만 조아리고 말았기 때문에 사찰을 마치 앞만 있고 뒤쪽은 없는 평면의 파노라마 경치처럼 생각하고 있었던 것 같다. 그런데 바로 눈앞에 이렇게 강이며 나루터며, 그 너머로 넓은 땅이 끝도 없이 이어지는 수수께끼 같은 광경이 나타난 것이다. 도쿄가 교토나 오사카보다도 훨씬 더 낯설어졌고, 왠지 꿈속에서 가끔 봤던 세상인 것 같은 느낌이 들었다.

이어서 아사쿠사 대웅전의 뒤쪽 동네가 어떤 모습이었는지 떠올려 보려고 했다. 하지만 떠오르는 건 신사

---

* 신사 입구에 세워진 기둥 문.

안 상점가에서 바라본 거대한 주홍색 대웅전의 기와지붕뿐이었다.

나이가 들면서 지인의 집을 방문하고 구경도 다니며 도쿄라면 다 다녀 봤다고 생각했는데, 아직도 어릴 때 경험했던 것과 같은 낯선 별세계와 맞닥뜨리는 경우가 가끔 있다. 그런 별세계야말로 몸을 숨기기에는 그만일 거라는 생각을 하며 찾아다니면 다닐수록 한 번도 가본 적 없는 곳을 여기저기서 발견할 수 있었다.

아사쿠사 다리랑 아즈미 다리는 몇 번이나 건넜으면서 그 중간에 있는 사에몬 다리를 건넌 적은 없다. 전찻길에서 메밀국숫집 모퉁이를 오른쪽으로 돌면 니초마치의 이치무라 극장이 있다. 그런데 그 극장 앞을 똑바로 지나 류세이 극장 쪽으로 나가는 그 주변은 한 번도 가본 기억이 없다. 예전의 에이타이 다리 주변 강기슭이 어떻게 생겼었는지 도저히 떠오르지 않는다. 거기 말고도 핫초보리, 에치젠보리, 샤미센보리, 산야보리 근처에는 아직도 모르는 곳이 많이 있을 것 같다.

마쓰바초의 절 근방은 그중에서도 가장 기묘한 곳이었다. 화려한 도쿄 6구와 유흥가 요시와라를 코앞에 두고, 그저 골목 하나 돌아간 곳에 쓸쓸하고 쇠퇴한 구역을 이루고 있다는 게 아주 마음에 들었다. 지금까지 나에게 둘도 없는 친구였던 '화려하고 사치스러우면서 평범한 도쿄'를 버리고 그 소란스러움을 못 본 체하며 몸을 숨기고 있을 수 있다는 게 너무나도 좋았다.

은둔의 목적이 공부를 하기 위함은 아니었다. 그 무렵 내 신경은 날이 무뎌진 줄처럼 날카로운 부분이 모두 닳아서 웬만큼 강한 자극이 아니면 별로 감흥을 느끼지 못했다. 예민한 감수성이 필요한 일류 예술이나 일류 요리 같은 걸 음미하는 게 불가능했다. 고급 요릿집의 요리에서 도시의 멋을 느끼며 감탄하거나 니자에몬이나 간지로의 가부키 연기를 칭송하기에는 마음이 너무 황폐해져 있었다. 더 이상 도시의 넘쳐나는 환락을 받아들일 수 없는 상태였다. 타성에 젖어서 재미도 없는 나태한 생활을 반복하는 걸 견딜 수 없어서 낡은 습관을 벗어 버리고 호기심으로 가득한 삶의 방식을 찾고 싶어진 것이다.

내 신경은 이미 웬만한 자극에는 익숙해져 버렸다.

'둔해진 신경을 예민하게 해줄 만한 불가사의하고 기괴한 일은 없을까? 현실을 벗어난 야만적이고 허황되며 몽환적인 공기 속에서 살아갈 수는 없는 걸까?'

이런 생각을 하며 내 영혼은 멀리 바빌론이나 아시리아 같은 고대 전설의 세계를 떠돌거나 코난 도일과 구로이와 루이코*의 탐정 소설을 상상해 보았다. 태양이 타오르는 열대 지방의 검게 탄 흙과 푸른 들판을 동경하고, 개구쟁이 소년 시절의 장난질을 그리워하기도 했다.

소란스러운 세상에서 돌연 종적을 감추고 비밀리에 지내는 것만으로도 내 생활에 어떤 미스터리하고 로맨틱한 색채를 더할 수 있을 것 같았다. 나는 비밀스럽다는 것이 얼마나 재미있는지 어릴 때부터 충분히 맛보았다. 숨바꼭질, 보물찾기 같은 놀이를 한밤중에 어두컴컴한 창고나 벽장 앞에서 할 때 훨씬 더 재미있는 건 그 놀이 속에 비밀이라는 은밀한 감각이 감추어져 있기 때문일 거다.

나는 다시 한번 어릴 적 했던 숨바꼭질 같은 기분을 맛보고 싶어서 일부러 사람들이 눈치채지 못하는 도시의 애매한 곳에 몸을 숨겼다. 그 절이 비밀, 마술, 주술 같은 것과 인연이 깊은 진언종이라는 게 호기심을 자극했을 뿐 아니라 망상을 키워 가기에는 더할 나위 없다는

---

* 신문 기자이자 탐정 소설 작가.

생각이 들었다. 방은 새롭게 증축한 절의 일부로 다다미 여덟 장 크기였다. 햇볕에 그을려 살짝 갈색빛이 도는 다다미가 편안하고 따스한 느낌을 주었다. 한낮이 지나면 부드러운 가을 햇살이 창호지 문에 빨갛게 비쳐서 실내는 큰 등롱처럼 밝아졌다.

지금까지 가까이했던 철학이나 예술에 관한 책은 모두 벽장 속에 집어넣고 마술이나 최면술 관련 서적, 탐정 소설, 화학과 해부학 같은 기괴한 설화와 삽화가 가득 실려 있는 책을 방 안에 잔뜩 벌려 놓았다. 그리고 뒹굴뒹굴하면서 손에 닿는 대로 펼쳐서 탐독했다. 그중에는 코난 도일의 『네 개의 서명』과 토머스 드퀸시의 『예술 분과로서의 살인』, 『아라비안나이트』 같은 옛날이야기부터 프랑스의 섹스학 같은 책도 섞여 있었다.

절의 주지에게 <지옥극락도>를 비롯해 <수미산도>* 와 <열반상> 같은 오래된 불화를 막무가내로 빌려 달라고 한 후, 마치 학교 교무실에 걸려 있는 지도처럼 장소를 가리지 않고 방의 벽마다 걸어 보았다. 도코노마**에

---

* 불국토의 상징인 수미산을 그린 그림.
** 일본식 방 한쪽에 장식하기 위해 만들어 놓은 공간.

놓인 향로에서는 자주색 연기가 피어올라서 밝고 따뜻한 실내를 향기로 물들였다. 나는 가끔 기쿠야 다리 근처의 가게에 가서 백단이랑 침향을 사다가 피웠다.

맑은 날, 반짝거리는 한낮의 빛이 창호지 문으로 쏟아져 들어올 때 방 안은 그야말로 눈이 부실 정도로 장관이다. 화려한 색의 고화 속 부처들과 아라한,* 비구, 비구니, 우바새,** 우바이,*** 코끼리, 사자, 기린 등이 사방 벽에 걸린 족자에서 튀어나와 방 안의 넘쳐나는 빛 속에서 헤엄치기 시작한다. 다다미 위에 늘어놓은 수많은 책 속에 있던 참살, 마취, 마약, 요녀, 종교 등 온갖 잡다한 꼭두각시들이 향 연기에 녹아들어 몽롱하고 자욱한 연기로 피어오른다. 주홍빛 양탄자를 깐 방 안에서 흐리멍덩한 야만인 같은 눈동자를 하고 누워 매일 환각에 빠져들었다.

밤 9시쯤 절 사람 대부분이 잠들고 나면 고개를 젖히고 위스키를 단숨에 들이켰다. 술기운이 돌면 멋대로 툇마루 덧문을 벗겨 내고 묘지 울타리를 넘어 산책을 나갔

---

* 불교의 성자.
** 불교를 믿는 남자.
*** 불교를 믿는 여자.

다. 가능하면 사람들의 관심을 끌지 않도록 매일 밤 옷을 바꿔 입고 혼잡한 공원 한가운데를 가로지르거나 고물상과 헌책방 앞을 헤집고 다녔다. 수건으로 얼굴을 감싼 채 면직물로 된 짧은 겉옷을 걸쳤다. 매끈하게 다듬은 맨발에 발톱에는 붉은 칠을 하고 셋타*를 신은 적도 있었다. 금테 선글라스에 방한 외투 깃을 세우고 나가는 일도 있었다. 옷, 수염, 점, 멍 등 여러 가지로 모습을 바꾸는 게 재밌었다. 어느 날 밤 샤미센보리 근처의 헌 옷가게에서 남색 바탕에 크고 작은 물방울무늬가 있는 여성용 아와세**가 눈에 들어오고부터 갑자기 그걸 입어보고 싶어서 견딜 수가 없었다.

나는 옷감에 대해 색감이 좋다거나 무늬가 세련됐다거나 하는 정도가 아니라 훨씬 깊고 예리한 애착을 갖고 있었다. 여성용뿐만 아니라 어떤 것이든 아름다운 비단을 보거나 만질 때는 왠지 끌어안고 싶어졌다. 마치 연인의 피부색을 바라보고 있는 것처럼 쾌감이 극에 달하는 경우도 있었다. 특히 오메시치리멘***은 남들 눈을 신

---

* 조리의 한 종류.
** 안감이 든 기모노.
*** 표면이 오글쪼글한 비단.

경 쓰지 않고 그걸 마음껏 입을 수 있는 여자들에게 질투심을 느낄 정도로 좋아했다.

그 헌 옷 가게에 걸려 있는 치리멘 아와세의 촉촉하고 묵직하면서도 차가운 천이 몸에 감길 때의 기분을 생각하면 나도 모르게 소름이 돋았다.

'나도 이 옷을 입고 여자처럼 거리를 걸어 보고 싶다.'

이런 생각이 들자 망설임 없이 사버렸고, 결국 나가주반*이랑 검은 하오리**까지 갖추게 되었다.

몸집이 큰 여자가 입었던 옷인지 체구가 작은 나에게 치수가 딱 맞았다. 밤이 깊어지고 텅 빈 절 안이 조용해질 때쯤 거울 앞에 앉아 화장을 시작한다. 누르스름한 콧등에 크림으로 된 분을 덕지덕지 치대어 바르자 조금 그로테스크하게 보였다. 흰색의 진한 크림 분을 맨손으로 온 얼굴에 펴 바르니 생각보다 잘 먹었다. 달콤한 향이 나는 차가운 분이 모공으로 스며들 때 피부에 느껴지는 감촉은 특별했다. 붉은 안료로 입술을 바르고 숫돌 가루로 눈썹까지 그리자 석고처럼 그저 하얗기만 했던

---

*   기모노 안에 입는 속옷.
** 기모노 위에 걸쳐 입는 길이가 짧은 겉옷.

내 얼굴이 발랄하고 생기 있는 여자의 얼굴로 변해가는 재미가 있었다. 문인이나 화가의 예술보다 배우나 게이샤 또는 일반인 여자가 평소에 하는 화장 쪽이 훨씬 더 흥미롭다는 걸 알았다.

나가주반, 한에리,[*] 고시마키[**] 그리고 사각거리는 주홍색 비단 안감의 옷소매. 내 피부는 여자라면 누구나 느끼는 감각을 느끼게 되었다. 목덜미에서 손목까지 하얗게 칠한 뒤, 이초가에시[***] 가발 위에 두건을 둘러쓰고 대담하게 밤거리로 나서 보았다.

비가 오려는지 잔뜩 찌푸린 어두운 밤이었다. 센조쿠초, 기요스미초, 류센지초 등 주변에 수로가 많은 쓸쓸한 동네를 잠시 돌아다녀 보았지만, 순경도 통행인도 전혀 눈치채지 못하는 것 같았다. 얇은 껍질을 한 겹 덧바른 것처럼 바삭거리는 건조한 얼굴을 밤바람이 차갑게 쓰다듬으며 지나갔다. 입을 가린 두건이 숨 때문에 축축해졌고, 걸을 때마다 긴 치리멘 고시마키 자락이 장난치듯 다리를 감았다. 몸통을 묶고 있는 마루오비[****]와 골반

---

[*] 나가주반의 옷깃에 덧대는 깃.
[**] 기모노 안에 입는 하의 속옷.
[***] 일반 여성의 머리 형태로 은행잎을 닮아서 붙여진 명칭.

위를 감싼 시고키*를 세게 조일수록 내 몸에는 자연스럽게 여성의 피가 흐르기 시작하고 남성스러움은 점점 사라져 가는 것 같았다.

분 바른 손을 소매 밖으로 내밀어 보니 어둠 속에서 억센 느낌은 사라지고 하얗고 포근하면서 부드러운 느낌이 살아났다. 나는 아름다운 내 손에 넋을 잃었다. 여자들 손은 다 이렇게 아름다울 거라고 생각하니 부러웠다. 벤텐고조**처럼 이런 모습으로 범죄를 저지른다면 얼마나 재미있을까…… 탐정 소설과 범죄 소설에서 독자들을 설레게 하는 '비밀'과 '의혹'의 재미를 실감하면서 사람들이 많이 다니는 공원의 환락가 쪽으로 걸음을 옮겼다. 그리고 내가 마치 살인이나 강도 같은 나쁜 짓을 저지른 인간이라도 된 것 같은 상상을 했다. 12층짜리 건물 앞에 있는 연못을 지나 극장 오페라관의 사거리 쪽으로 나오자 장식용 조명등과 아크등 빛이 두껍게 화장한 내 얼굴에 반사되며 기모노의 색깔과 줄무늬가 똑똑히 보였다. 도키와 극장 앞에 왔을 때 막다른 길의 사

**** 겉으로 드러나는 예식용 오비.
* 키에 맞춰서 기모노를 올려주는 데 사용하는 오비.
** 가부키에 등장하는 여장 도둑.

진관 현관에 세워진 거울 속으로 내 모습이 비쳤다. 줄지어 지나가는 군중들 틈에 섞여 있는 모습이 영락없는 여자였다.

두껍게 펴 바른 분 아래로 '남자'라는 비밀을 감춘 채 눈매도 입매도 여자처럼 움직이고 여자처럼 웃으려고 했다. 달콤한 장뇌 향과 속삭이는 듯한 옷감 소리를 내며 스쳐 지나가는 여자들 모두 나를 자신들과 같은 부류라고 인정하며 의심하지 않았다. 그중에는 나의 우아한 얼굴과 고풍스러운 의상을 부러운 듯이 쳐다보는 여자도 있었다.

소란스러운 한밤중의 공원은 이미 익숙한 곳이었지만, '비밀'을 간직한 내 눈에는 모든 것이 새로웠다. 어디를 가든 무엇을 보든 전부 처음인 듯 마냥 신기하고 기묘했다. 남의 눈을 속이고 전등 불빛을 속이고 농염한 연지, 분, 치리멘 의상 속에 나 자신을 감춘 채 '비밀'의 장막을 한 겹 쓰고 바라보기 때문에 아마도 평범한 현실이 꿈같은 신비한 색채를 띠는 모양이다.

매일 밤 이렇게 변장을 하고 미야토 극장에서 입석으로 연극을 보거나 사람들 사이에 자연스럽게 섞여 들어 영화를 보기도 했다. 12시가 다 돼서야 절로 돌아왔다.

방에 들어가면 서둘러 램프를 켜고 지친 몸으로 옷도 벗지 않고 카펫 위에 축 늘어졌다. 못내 아쉬워서 기모노의 화려한 색깔을 바라보거나 소맷자락을 살랑살랑 흔들어 보기도 했다. 지워지기 시작한 분이 거칠고 늘어진 볼에 얼룩져 있는 걸 거울을 통해 바라보고 있으면, 퇴폐한 쾌감이 묵은 포도주의 취기처럼 영혼을 자극했다. <지옥극락도>를 배경으로 화려한 나가주반을 입은 채 게이샤처럼 흐느적거리며 이불 위로 기어 올라가서 그 기괴한 책들을 밤이 샐 때까지 펼쳐 본 적도 있었다. 갈수록 분장도 능숙해지고 대담해져서 더 재밌는 상상을 하기 위해 비수라든가 마취약 같은 걸 오비 사이에 꽂아 넣고 외출해 보기도 했다. 범죄를 저지르지 않으면서도 범죄에서 느껴지는 아름답고 로맨틱한 향기는 실컷 맡아 보고 싶었다.

그리고 일주일 정도 지난 어느 날 밤, 우연히 무슨 인연인지 더 기괴하고 호기심을 자극하는 신비한 사건과 맞닥뜨렸다.

그날 밤, 나는 평소보다도 훨씬 많은 위스키를 마시고 산유 영화관의 2층 귀빈석에 앉아 있었다. 이미 10시에 가까운 시간이었지만, 극장은 사람들로 붐볐다. 극장 안은 안개처럼 뿌연 공기와 무리를 지어 꿈틀거리는 군중들의 뜨뜻미지근한 열기로 가득 차서 얼굴에 바른 분이 썩어 버릴 것 같았다. 어둠 속에서 삐걱거리며 어지럽게 전개되는 화면의 빛이 눈동자를 찌를 때마다 머리가 깨질 듯이 아팠다. 가끔 영화 화면이 꺼지고 불이 켜지면 계곡 밑에서 피어오르는 구름처럼 계단 아래의 군중들 머리 위로 담배 연기가 떠다니고 있었다. 나는 그 담배 연기를 뚫고 깊게 눌러 쓴 두건 속에서 극장 안에 있는 사람들을 둘러보았다. 내 구식 두건 모양이 신기한 듯 힐끔거리는 남자랑 세련된 옷차림이 부럽다는 듯 훔쳐보고 있는 여자가 많았다. 내심 우쭐했다. 영화를 보는 사람 중에서 특이한 복장이나 요염한 분위기와 용모, 어느 것 하나 나보다 눈에 띄는 여자는 없어 보였다.

아무도 없던 귀빈석은 어느새 꽉 차 있었다. 두세 번 다시 전등이 켜졌을 때 내 왼쪽으로 여자와 남자가 앉아 있는 게 보였다.

여자는 스물두세 살로 보이지만 어쩌면 스물예닐곱일지도 모른다. 땋아 올린 머리에 온몸을 옥색 고급 망토로 감싼 채 싱그럽고 또렷한 이목구비를 보란 듯이 드러내고 있었다. 게이샤인지 어느 댁 따님인지 판단하기 어려웠지만, 동행한 신사의 태도로 짐작해 보아 결혼한 아내는 아닌 것 같았다.

"……Arrested at last……"

여자가 작은 소리로 화면 위에 쓰인 설명을 읽더니 터키 궐련 M.C.C.의 향이 짙은 연기를 내 얼굴 쪽으로 뱉었다. 손가락에 끼고 있는 보석 반지보다도 날카롭게 빛나는 큰 눈동자가 어둠 속에서 번뜩이며 내 쪽을 주시했다.

우아한 모습에 어울리지 않는 샤미센* 선생처럼 쉰 목소리…… 이 목소리는 분명 2, 3년 전에 상하이로 가던 배 안에서 우연히 만나 잠시 관계를 맺었던 T였다. 그때도 접대부인지 평범한 여성인지 구별하기 어려운 옷차림과 태도였던 걸로 기억한다. 배 안에서 함께 있던 남자와 오늘 밤 동행한 남자와는 풍채도 용모도 전혀 다르지만, 아마도 두 남자 사이를 연결하는 무수한 남자가 여자의 과거를 사슬처럼 이어 주고 있을 것이다. 아무튼 남자들 사이를 나비처럼 날아다니는 부류의 여자인 건 확실했다.

2년 전, 배에서 알게 되었을 때 어쩌다 보니 서로의 본

---

* 일본의 전통 현악기.

명이며 주소, 각자의 처지도 얘기하지 않았다. 상하이에 도착한 뒤, 나는 나에게 반해 있던 그 여자를 적당히 따돌리고 슬그머니 자취를 감춰 버렸다. 그 후로 태평양 위에서 만난 꿈속의 여자라고만 생각했던 그 사람을 이런 곳에서 마주친 것이다. 정말 생각도 못 한 일이었다. 조금 통통하게 살이 쪘었던 여자는 마르고 늘씬한 모습이었고, 엄숙해 보였다. 긴 속눈썹에 촉촉한 둥근 눈동자는 금방 닦아낸 듯이 맑았고, 남자를 남자로 보지 않는 듯 늠름한 권위마저 느껴졌다. 닿으면 주홍색 피가 배어 나올 것같이 생기 있는 입술과 귓불이 감춰질 정도로 길게 자란 귀밑머리는 예전 그대로였지만, 콧날은 전보다 더 높아 보이는 게 날카로울 정도였다.

여자는 나를 알아봤을까? 확실히 알 수가 없었다. 불이 켜지면 동행인 남자에게 소곤거리며 장난을 쳤다. 그 모습은 옆에 있는 나를 평범한 여자라고 생각해서 신경 쓰지 않는 것처럼 보였다. 그녀 옆에 있으니 지금까지 자신만만하던 내 모습이 천박하게 느껴졌다. 다양한 표정을 짓는 발랄한 요부의 매력에 압도당해서 기교를 부린 화장이며 옷차림이 추하고 한심한 요괴 같다는 생각이 들었다. 여자답다는 점에서나 아름다운 용모에서나 난 도저히 그녀의 경쟁자가 될 수 없었다. 마치 달 옆에 떠 있는 별처럼 끝없이 사그라드는 기분이었다.

뭉게뭉게 차오른 장내의 탁하고 더러운 공기 속에서도 윤곽이 또렷한 그녀의 얼굴은 도드라졌다. 망토 속에서 마치 물고기가 헤엄치듯 보일락 말락 나긋나긋하게 움직이는 손짓이 고급스럽게 보였다. 남자와 얘기하는 동안에도 가끔 꿈이라도 꾸는 듯 눈을 들어 천정을 바라보았다. 또 눈썹을 모으고 사람들을 내려다보거나 새하얗고 가지런한 이를 보이며 미소를 짓기도 했다. 그때마다 전혀 다른 느낌의 표정을 지었다. 무슨 의미든지 정확하게 표현할 수 있을 것 같은 검고 큰 눈동자는, 극장 아래층 구석에서도 보일 정도로 보석처럼 빛났다. 얼굴에 있는 모든 기관이 단지 사물을 보고 냄새를 맡고 소리를 듣고 말만 하기에는 아까울 정도로 풍부한 여운이 느껴졌다. 그건 인간의 얼굴이라기보다 남자의 마음을 유혹하는 달콤한 미끼 같았다.

극장 안의 시선은 더 이상 나에게 향하지 않았다. 나는 어리석게도 나의 인기를 빼앗아 간 그녀의 미모에 질투와 분노를 느끼기 시작했다. 자기가 데리고 놀다 버린 여자의 매력적인 외모 때문에 자신의 빛이 꺼지고 짓밟

히는 분한 기분이었다.

　'어쩌면 이 여자는 나를 알아보고 일부러 짓궂은 복수를 하고 있는 게 아닐까?'

　그녀의 미모를 부러워하는 질투의 감정이 점차 연모의 감정으로 변해 가는 것을 느꼈다. 여자로서의 경쟁에서 패배한 나는, 다시 남자로서 그녀를 정복해서 우쭐대고 싶어졌다. 이런 생각이 들자 억누르기 힘든 욕망에 휩싸여 여자의 낭창한 몸을 거칠게 부여잡고 흔들어 보고 싶어졌다.

　　당신은 내가 누군지 알 거요. 오늘 밤 오랜만에 당신을 보고 다시 사랑에 빠졌소. 내 손을 다시 잡아 주지 않겠소? 내일 밤에도 여기 와서 나를 기다려 주지 않으려오? 내 주소를 알려 줄 수는 없으니, 부디 내일 이맘때 여기서 만날 수 있기를 바라오.

　어둠 속에서 종이와 연필을 꺼내 이렇게 갈겨 쓴 쪽지를 몰래 그녀의 소매 속에 던져 넣었다. 그리고 가만히 상대의 모습을 살폈다.

　11시쯤 영화가 끝날 때까지 여자는 잠자코 영화를 보

고 있었다. 관객이 모두 일어서서 시끌벅적 밖으로 나가는 혼잡한 틈에 여자가 내 귓가에다 속삭였다.

"……Arrested at last……"

아까보다 자신 있어 보이는 대담한 시선으로 내 얼굴을 잠시 바라본 후, 이윽고 남자와 함께 인파 속으로 사라졌다.

"……Arrested at last……"

여자는 나를 알아본 거다. 등골이 오싹했다. 내일 밤 과연 순순히 와줄까. 옛날보다는 상대가 훨씬 성숙해졌을 거라는 걸 생각하지 못하고 그런 식으로 굴었으니 약점을 잡힌 건 아닐지…… 불안과 의구심을 안고 절로 돌아왔다.

평소처럼 겉옷을 벗고 나가주반만 걸쳤을 때 두건 안쪽에서 네모나게 접힌 작은 종잇조각이 툭 떨어졌다.

'Mr. S. K.'라고 쓴 잉크 흔적을 불빛에 비추니 글자가 비단처럼 빛나고 있었다. 그녀의 짓이 틀림없었다. 영화를 보다가 중간에 한두 번 화장실을 다녀온 것 같았는데 그사이 재빨리 답장을 써서 내 옷깃에 꽂아 넣은 모양이다.

생각지도 못한 곳에서 상상도 못한 모습의 당신을 봤습니다. 비록 변장을 하고 계셨지만 3년 동안 꿈에서도 잊지 못했는데 어떻게 몰라보겠어요. 여전히 호기심 많은 당신을 보니 이상한 기분이 드네요. 저에게 만나자고 하신 것도 아마 이 호기심 때문이겠지만, 그저 기쁜 마음으로 내일 밤 기다리겠습니다. 다만 저에게도 사정이 좀 있으니 9시에서 9시 반 사이에 가미나리문으로 나와 주세요. 제가 보낸 인력거꾼이 당신을 저희 집으로 안내할 거예요. 당신이 주소를 감추시는 것처럼 저에게도 집을 알려 드릴 수 없는 이유가 있습니다. 그래서 당신의 눈을 가리고 모셔 오도록 할 테니 부디 용서해 주세요. 만약 이해해 주실 수 없다면 저는 영원히 당신을 뵐 수가 없으니 이보다 더 큰 슬픔은 없을 겁니다.

편지를 읽는 동안 나는 어느새 탐정 소설 속 인물이 되어 있었다. 이상한 호기심과 공포가 머릿속에서 소용돌이쳤다. 나의 성향을 파악한 여자가 일부러 이런 짓을 하는 걸지도 모른다고 생각했다.

다음 날 밤엔 비가 억수같이 쏟아졌다. 나는 새로운 옷으로 갈아입고 같은 재질의 외투로 몸을 감싼 뒤, 우산을 쓴 채 폭포처럼 쏟아지는 빗속을 텀벙거리며 걸었다. 버선은 벗어서 품속에 넣었다. 니보리천이 길 전체로 흘러넘쳤다. 흠뻑 젖은 맨발이 주변의 불빛에 반사되어 반짝거리며 빛나고 있었다. 쏟아붓듯이 소란스럽게 내리는 폭우 속으로 모든 것이 사라졌다. 평소에는 북적거리는 대로변 가게들도 대부분 덧문을 걸어 잠갔다. 기모노 자락을 오비 사이에 끼워 넣은 두세 명의 남자가 패잔병처럼 달려간다. 전차가 가끔 선로 위에 고인 물을 튀기며 지나갔다. 보이는 거라곤 비가 내리는 부연 하늘을 희미하게 비추는 전봇대의 가로등과 광고판의 불빛뿐이었다.

외투는 물론이고, 손목에서 팔꿈치까지 흠뻑 젖은 채 가미나리문에 도착했다. 빗속에 청승맞게 선 채 아크등 불빛 아래에서 주변을 둘러보았지만, 인적이라고는 없었다. 누군가 어두운 구석에 숨어서 내 모습을 지켜보고 있을지 모른다. 잠시 후, 아즈마 다리 쪽 어둠 속에서 빨간 불빛 하나가 움직이기 시작했다. 돌길을 덜컹거리며 질주해 온 인력거가 내 앞에서 딱 멈췄다.

"나리, 타십시오."

삿갓을 깊게 눌러 쓰고 우비를 입은 인력거꾼의 목소

리가 장대비 소리에 사라지는가 싶더니 갑자기 내 뒤로 왔다. 남자는 내 눈에 얇은 비단 천을 빠르게 두 번 감은 뒤 관자놀이가 뒤틀릴 정도로 세게 묶었다.

"이제 타시죠."

이렇게 말하면서 남자의 거친 손이 나를 움켜잡아 서둘러 인력거 위에 앉혔다.

눅눅한 냄새가 나는 인력거 덮개 위로 비가 쏟아지고 있었다. 분명 내 옆에는 여자가 한 명 앉아 있다. 분 냄새와 따뜻한 체온이 인력거 안에 고여 있었다. 끌채를 올린 인력거는 방향을 숨기기 위해 한 곳을 빙글빙글 몇 바퀴 돌고 나서 달리기 시작했다. 오른쪽으로 돌고 왼쪽으로 꺾어지고 마치 미로 속을 헤매는 것 같았다. 가끔 전찻길로 나오거나 작은 다리를 건너기도 했다.

꽤 긴 시간을 그렇게 인력거 위에서 흔들렸다. 옆에 앉은 여자는 물론 T겠지만, 기척이 전혀 없다. 아마 내 눈이 제대로 가려져 있는지 감시하기 위해 같이 탔을 거다. 하지만 난 감시하지 않아도 결코 눈가리개를 풀 생각이 없었다. 바다 위에서 알게 된 꿈같은 여자, 큰비가 내리는 밤의 인력거 안, 한밤중 도시의 비밀, 맹목, 침묵, 모든 것이 뒤섞인 미스터리한 안개 속으로 나를 밀어 넣고 있었다.

잠시 후, 여자는 굳게 다문 내 입술을 벌려 궐련을 물리고 성냥불을 붙여 주었다.

한 시간 정도 지나자 마침내 인력거가 멈췄다. 다시 거칠거칠한 남자의 손에 이끌려 골목길을 4~5미터 가니, 부엌 쪽문 같은 것이 끼익 열리며 남자가 나를 집 안으로 데리고 들어갔다.

눈이 가려진 채 객실에 혼자 앉아 있었다. 곧이어 미닫이가 열리는 소리가 들렸다. 말없이 바싹 다가온 여자가 내 무릎 위에 상반신을 기대고 누워 내 목덜미를 감싸 안았다. 그리고 비단으로 된 눈가리개 매듭을 사르르 풀었다.

방은 네 평 정도 되어 보였다. 집의 구조며 장식도 제법 품위가 있고 건축재의 품질도 괜찮아 보였다. 하지만 이 여자의 신분을 알 수 없듯이 이곳 역시 요릿집인지, 첩의 집인지, 상류층의 건실한 살림집인지 짐작이 가지 않았다. 한쪽 툇마루 앞쪽에는 나무가 울창했고 그 맞은편에는 판자로 된 담이 있었다. 하지만 이것만으로는 여기가 도쿄의 어느 부근인지 짐작조차 할 수 없었다.

"잘 오셨습니다."

이렇게 말하면서 여자는 객실 중앙의 자단 책장에 몸을 기대고 하얀 두 팔을 탁자 위로 뻗었다. 팔은 마치 살아 있는 두 마리의 생물처럼 탁자 위로 축 늘어졌다. 동정이 달린 옅은 줄무늬 옷에 안감과 겉감이 다른 오비를 매고 머리를 올린 모습이 어젯밤의 분위기와 사뭇 달라서 놀랐다.

　"당신은 제가 이런 모습을 하고 있는 게 이상하게 느껴지시겠죠. 하지만 제 신분을 들키지 않으려면 이렇게 매일 옷차림을 바꾸는 수밖에는 달리 방법이 없어요."

　이렇게 말하며 여자는 탁자 위에 엎어 둔 컵을 세워 포도주를 따랐다. 생각했던 것보다 차분하고 풀이 죽은 모습이었다.

　"잊지 않으셨군요. 상하이에서 당신과 헤어지고 나서 많은 남자를 만났지만, 이상하게도 당신은 잊을 수가 없었어요. 다시는 저를 버리지 말아 주세요. 신분도 사연도 모르는, 그저 꿈속의 여자라고 생각하시고 함께해 주세요."

　여자의 말 한마디 한마디가 먼 나라의 슬픈 노래처럼 가슴속으로 울려 퍼졌다. 어젯밤 그렇게 화려하고 자신만만해 보였던 여자가 어떻게 이렇게 우울한 얼굴로 나에게 매달릴 수 있는 걸까. 모든 걸 다 버리고 내 앞에 영혼까지 내던지고 있는 것 같았다.

'꿈속의 여자', '비밀의 여자'. 현실인지 환상인지 구별이 안 되는 몽롱한 사랑의 모험에 빠져서 나는 매일 밤여자의 집에 드나들며 한밤중까지 놀았다. 그리고 다시눈이 가려진 채 가미나리문 앞으로 돌아왔다. 두 달 동안 서로의 집이 어디인지 이름이 무엇인지도 모른 채 만났다. 여자의 처지나 사는 곳을 알아내야겠다는 마음은조금도 없었다. 하지만 묘한 호기심이 생겼다. 인력거가도쿄의 어디로 나를 데려가는 건지, 내가 지금 눈을 가리고 지나는 곳이 아사쿠사의 어디쯤인지 그것만은 꼭알고 싶었다. 30분, 한 시간, 때로는 그 이상 덜컹거리며시내를 달린 뒤에 인력거 채를 내리는 여자의 집은 어쩌면 가미나리문 근처일지도 모른다. 나는 매일 밤 흔들리는 인력거 안에서 여기가 어디쯤일지 속으로 짐작하는수밖에 없었다.

어느 날 밤, 나는 결국 참지 못하고 인력거 위에서 여자에게 졸랐다.

"잠깐이라도 좋으니까 이 눈가리개 좀 풀어 줘."

"안 돼요. 그건 안 됩니다."

여자가 당황해서 내 양손을 꼭 누르고 그 위에 자기 얼굴을 가져다 댔다.

"제발 그런 말씀 말아 주세요. 이 길은 비밀이에요. 이 비밀이 드러나면 전 당신에게 버려질지 몰라요."

"어째서 내게 버림을 받는다는 거지?"

"그렇게 되면 전 '꿈속의 여자'일 수 없으니까요. 당신은 제가 아닌 꿈속의 여자를 사랑하고 계시는 거예요."

그녀가 애원했지만, 나는 받아들이지 않았다.

"어쩔 수 없군요. 그렇게 원하신다면 벗겨 드릴게요. 그 대신 아주 잠깐만이에요."

여자는 탄식하듯이 말하고 힘없이 눈가리개를 벗기면서 불안한 표정을 지었다.

"여기가 어딘지 아시겠어요?"

아름다운 밤하늘 가득히 별이 빛나고 있었고, 안개 같은 은하수가 이 끝에서 저 끝으로 흘러가고 있었다. 좁은 도로 양쪽으로 늘어선 가게의 불빛이 거리를 화려하게 비추고 있었다.

이상한 건 상당히 번화한 곳 같은데 어느 동네인지 전혀 짐작이 가지 않는다는 거였다. 그 거리를 달려가던 인력거가 드디어 막다른 골목에 다다랐다. 정면에 '쇼미도'라고 크게 쓰인 도장 가게 간판이 보였다.

간판 옆에 작게 쓰여 있는 주소를 보려고 인력거 밖으로 몸을 내밀자, 여자가 금방 눈치를 채고 "어머!" 하며 다시 내 눈을 가려 버렸다.

번화한 골목의 막다른 곳에 도장 가게 간판이 보이는 동네. 지금까지 와본 적이 없는 동네 중 하나일 거라는 생각이 들었다. 어릴 때 경험했던 수수께끼 같은 세계가 나를 다시 유혹했다.

"그 간판 주소 보셨어요?"

"아니, 못 봤어. 대체 여기가 어디인지 도통 모르겠군. 내가 당신에 대해 아는 건 3년 전 태평양 위에서의 일밖에 없어. 당신의 유혹에 넘어가서 먼바다 저편 환상의 나라로 끌려 온 것 같은 기분이야."

이렇게 대답하자 여자는 너무나 간절하게 슬픈 목소리로 말했다.

"다음 생까지 영원히 그렇게 생각해 주세요. 환상의 나라에 사는 꿈속의 여자라고. 오늘 밤 같은 요구는 다시는 하지 말아 주세요."

여자의 눈에서 눈물이 흐르는 것 같았다.

나는 그 후로도 한동안 그날 밤의 신비한 광경을 잊을수 없었다. 등불이 환하게 밝혀진 번화한 거리와 좁은골목 막다른 곳의 도장 가게 간판이 머릿속에 또렷이 새겨져 있었다. 어떻게든 그 동네를 찾아야겠다고 고심한끝에 드디어 방법이 떠올랐다.

　몇 달 동안 거의 매일 밤 인력거에 탄 채로 이리저리끌려다니면서 인력거가 가미나리문의 어떤 한 지점을빙글빙글 도는 횟수랑 오른쪽, 왼쪽으로 도는 횟수가 거의 일정하다는 사실을 알게 되었다. 그리고 어느새 그방법을 외웠다. 어느 날 아침 나는 가미나리문 모퉁이에서서 눈을 감고 두세 번 빙글빙글 돌다가 이쯤이다 싶을때 인력거와 비슷한 속도로 달려가 보았다. 적당히 시간을 재면서 이 골목, 저 골목으로 들어갔다 나왔다 하는수밖에 달리 방법은 없었다. 그런데 대충 이 근처 같다는 느낌이 드는 곳에 예상대로 다리와 전찻길이 보였다.여기가 틀림없다는 확신이 들었다.

　처음에 가미나리문에서 공원 외곽을 돌아 센조쿠초로 나가서 류센지초의 좁은 길을 따라 우에노 방향으로갔다. 구루마자카시타에서 왼쪽으로 꺾어져서 오카치마치의 거리를 7~800미터가량 가서 다시 왼쪽으로 돌았다. 그곳에서 이전에 잠깐 본 그 골목과 딱 마주쳤다.

역시나 정면에 도장 가게 간판이 보였다.

드디어 찾았다고 생각하면서 비밀이 숨어 있는 바위 동굴 안을 구석구석 살피듯이 거침없이 앞으로 나아갔다. 그런데 막다른 골목 쪽으로 나오니 매일 밤 야시장이 열리는 시타야타케초의 거리가 나타났다. 전혀 예상치 못한 일이었다. 언젠가 잔무늬의 치리멘을 샀던 헌옷 가게도 근처에 있었다. 신비하다고 생각한 골목은 샤미센보리와 오카치마치를 이어 주는 길이었는데 처음 와 보는 곳이었다. 나를 고민하게 만들었던 도장 가게 간판 앞에 잠시 우두커니 서 있었다. 찬란한 별빛 속에서 꿈처럼 신비한 분위기에 싸인 채 온통 빨간 등불만이 빛나던 그 밤의 정경과는 너무나도 달랐다. 쨍하게 내리쬐는 가을볕에 말라비틀어진 초라한 집들을 보자 단번에 흥이 깨져 버렸다.

개가 길 위의 냄새를 맡으며 자기 집으로 돌아가듯이, 억누를 수 없는 호기심에 이끌리며 거기서부터 어림짐작으로 달리기 시작했다.

다시 아사쿠사구로 이어지는 길을 따라 고지마초에서 오른쪽으로 나가 스가 다리 근처에서 전찻길을 지났다. 다이치가시를 야나기 다리 방향으로 돌자 드디어 료고쿠의 큰 길이 나왔다. 방향을 감추려고 얼마나 돌았을지 짐작이 갔다. 야겐보리, 히사마츠초, 하마초로 와서 가키하마 다리를 건너고 나니 더는 길을 알 수 없게 되었다.

아무래도 여자의 집은 이 근처인 것 같았다. 한 시간 정도 그 근처의 좁은 골목길을 헤매고 다녔다.

도료곤겐 절 맞은편에 빽빽하게 들어선 처마들 사이로 눈에 거의 띄지 않는 좁고 작은 골목을 발견했다. 직감적으로 여자의 집이 그 안쪽에 숨어 있다는 것을 알아차렸다. 안으로 들어가자 오른쪽 몇 번째인가 멋진 판자로 둘러싸인 집이 있었다. 2층 난간에서 창백한 얼굴을 한 여자가 소나무 가지 너머로 물끄러미 이쪽을 내려다보고 있었다.

나도 모르게 경멸하는 듯한 눈빛으로 2층을 올려다보았다. 여자는 모르는 척하며 무표정하게 나를 지켜보고 있었다. 그 모습은 다른 사람이라고 해도 이상하지 않을 만큼 밤에 본 느낌과는 완전히 달랐다. 남자의 요청을 거절하지 못하고 딱 한 번 풀어 준 눈가리개 때문에 결국 비밀이 탄로 나버렸다는 회한과 실망한 기색이 여자

의 얼굴에서 점점 드러났다. 이윽고 여자는 조용히 장지
문 뒤로 사라져 버렸다.

여자는 요시노라는 그 지역 유지의 미망인이었다. 도
장 가게의 간판과 함께 모든 수수께끼는 풀렸다. 나는
그길로 그 여자를 버렸다.

이삼일 후, 나는 서둘러 절을 나와 다바타로 옮겼다.
더 이상 미지근하고 뻔한 '비밀'에는 쾌감을 느끼지 못
하게 된 나는, 더욱더 색채가 짙은 핏빛 환락을 찾아 변
해 갔다.

일본문학 컬렉션
03

범인

다자이 오사무 지음
서홍 옮김

다자이 오사무(太宰治 1909~1948)

일본 아오모리현 기타쓰가루의 대지주 집안에서 출생하였으며, 본명은 쓰시마 슈지이다. 히로사키고등학교 재학 시절, 당시 유행하던 프롤레타리아 문학의 영향을 받았지만 신분과 사상 사이에서 좌절하고 약물 중독과 자살 미수를 반복하다가 39세에 애인과 함께 생을 마감하였다. 자기 파멸형의 사소설 작가로서 무뢰파 소설가로 분류된다. 심각한 내용부터 가볍고 유머러스한 내용까지 다양한 작풍의 작품을 썼고, 다자이 오사무의 작품들은 그의 삶의 궤적과 함께 일반적으로 3기로 나뉜다. 약물 중독, 자살 충동, 기성 문단과의 갈등 속에서 고민하던 작가의 고뇌를 드러낸 문체가 현대의 젊은이들에게 '마치 블로그 문체 같다.'라는 평가를 받으며 여전히 사랑받고 있다. 대표작으로 「사양」, 「뷔용의 아내」, 「인간실격」, 「앵두」 등의 작품이 있다.

••••

"당신을 사랑합니다."라고 부르민은 말했다.

"진정으로... 당신을... 사랑합니다."

마리야 가브릴로브나는 얼굴을 확 붉히며 점점 더 깊이 고개를 숙였다.

- 알렉산드르 푸시킨, 「눈보라」

너무나도 평범하다. 젊은 남녀의 사랑의 속삭임이란. 아니, 성숙한 어른의 사랑의 속삭임 역시 옆에서 듣고 있으면 진부하고 유치해서 닭살이 돋을 것 같다.

하지만 이건 웃고 넘길 수만은 없는 무서운 사건이었다.

같은 회사에 다니는 젊은 남녀가 있다. 남자는 스물여섯 살 쓰루타 게이스케, 여자는 스물한 살 고모리 히데. 동료들은 그들을 각각 '쓰루', '모리'라고 부른다. 쓰루와 모리는 서로 좋아하는 사이다.

늦가을 어느 일요일 오전 10시, 두 사람은 도쿄 교외의 이노가시라 공원에서 만났다. 시간이며 장소 모두 연인이 밀회를 즐기기에는 적당하지 않았지만, 두 사람은 돈이 없었다. 가시나무를 헤집고 공원 안쪽까지 들어가 보지만, 그들 바로 옆으로 다 안다는 듯한 표정을 지으며 한 무리의 가족이 지나간다. 단둘이 될 수 없다. 둘 다 속으로는 너무나도 둘만 있고 싶었지만 그걸 상대에게 들키는 건 부끄러웠다. 그래서 하늘은 푸르고 단풍은 덧없지만 그래도 아름답다는 둥, 혼란한 사회에서 결국 정직한 사람만 손해를 본다는 둥 그런 말만 건성으로 주고받으며 도시락을 나눠 먹었다. 시 말고는 아무것도 관심 없다는 듯 짐짓 순진한 표정을 지으며 늦가을의 한기를 참아 보기도 했다. 하지만 결국 오후 3시가 되자 남자는 침울한 얼굴로 그만 돌아가자고 한다.

"그래요."라고 대답하며 여자는 하지 말았어야 할 얘기를 한마디 덧붙였다.

"함께 돌아갈 수 있는 집이 있으면 행복할 텐데. 집에 가서 불을 피우고...... 그저 한 평짜리 단칸방이라도......"

웃으면 안 된다. 사랑의 대화는 언제나 이렇게 진부한 법이다. 그런데 이 한마디가 젊은 남자의 심장을 깊이 찔렀다.

집.

쓰루는 세타가야에 있는 회사 기숙사의 세 평짜리 방에서 동료 두 명과 함께 지내고 있었다. 고엔지의 숙모 집에서 신세를 지고 있는 모리는, 퇴근 후에는 하녀를 대신해 집안일을 했다.

쓰루의 누나는 미타카의 작은 정육점으로 시집을 갔다. 그 집의 2층은 방이 두 칸이었다.

바로 그날, 쓰루는 기치조지역에서 모리에게는 고엔지행 차표를 사주고, 자신은 미타카행 차표를 샀다. 혼잡한 플랫폼 인파 속에서 헤어지기 전에 모리의 손을 살짝 잡았다 놓았다. 방을 마련해 보겠다는 의미로 손을 잡았던 거였다.

"어서 오십쇼."

가게에서는 어린 점원이 고기 써는 칼을 갈고 있었다.

"형님은?"

"외출하셨어요."

"어디?"

"모임요."

"또 한잔하는 모양이군."

매형은 술고래다. 집에서 얌전히 일한 적이 거의 없다.

"누나는 있지?"

"네, 2층에 있을걸요?"

"올라갈게."

누나는 올봄에 태어난 딸아이에게 젖을 물린 채 누워 있었다.

"형님이 빌려준다고 했어."

"그렇게 말했을지도 모르지만, 그 사람 맘대로 결정할 수는 없어. 나한테도 사정이란 게 있으니까."

"무슨 사정?"

"그걸 너한테 말할 필요는 없잖아."

"다른 사람에게 빌려주려는 거지?"

"그래."

"누나, 나 이번에 결혼해. 그니까 제발 좀 도와줘."

"너 월급이 얼마니? 혼자 살기도 빠듯한 주제에. 지금 방세가 얼마인지 알고나 있어?"

"여자 쪽에서도 어느 정도 보탤 수 있어."

"거울 좀 봐라. 여자가 돈 댈 만한 얼굴인지."

"뭐? 됐어. 다시는 부탁 안 해."

아래층으로 내려왔지만, 도저히 포기가 안 됐다. 걷잡을 수 없는 분노가 치밀어서 욱하는 심정으로 가게에 있던 고기 칼 한 자루를 집어 들었다.

"누나가 필요하대. 가져갈게."

내뱉듯이 외치고는 2층으로 올라가 일을 저질렀다.

누나는 비명 한번 못 지르고 쓰러졌다. 쓰루는 얼굴로 튄 피를 방구석에 있던 아이의 기저귀로 훔쳐 낸 뒤, 거친 숨을 내쉬며 아랫방으로 갔다.

가게 매상이 든 문갑에서 수천 엔을 집어 점퍼 주머니에 아무렇게나 쑤셔 넣었다. 마침 그때 손님 두세 명이 한꺼번에 들어오는 바람에 바빠진 점원 아이가 건성으로 말을 건넨다.

"가세요?"

"응, 형님께 안부 전해 줘."

밖으로 나갔다. 날이 저물면서 안개가 피어올랐다. 퇴근 시간의 혼잡한 거리를 지나서 역으로 가 도쿄행 차표를 샀다. 플랫폼에서 상행 열차를 기다리는 시간이 길게 느껴졌다. 발작이 나서 "으악!" 하고 소리를 지를 뻔했다. 오한이 나고 소변이 마려웠다. 자신이 처한 상황이 믿어지지 않았다. 다른 사람들은 모두 한가하고 평화로워 보였다. 어둑한 플랫폼에 혼자 떨어져 선 채 거친 숨을 몰아쉬고 있었다.

기껏해야 4~5분 기다렸을 뿐인데 이미 30분은 기다린 것 같은 기분이었다. 전차가 왔다. 붐빈다. 탔다. 승객들의 체온 때문에 전차 안은 후덥지근했고, 속도는 너무 느렸다. 전차에서 뛰어내려 달리고 싶은 심정이었다.

기치조지, 니시오키쿠보…… 느리다, 너무 느려. 차창에 간 금을 손가락으로 짚어 가며 쓰다듬다 자신도 모르게 슬프고 무거운 한숨을 내쉬었다.

고엔지. 갑자기 현기증이 났다. 모리를 잠깐이라도 보고 싶다는 생각이 들자 초조해졌다. 누나를 죽인 기억은 이미 사라지고 없었다. 지금은 그저 방을 빌리지 못했다는 아쉬운 감정만이 쓰루의 가슴을 옥죄었다. 둘이 함께 회사에서 돌아와 불을 피우고 웃으며 저녁을 먹고 라디오를 들으며 잘 수 있는 그런 방을 빌리지 못했다는 허망함. 사람을 죽였다는 공포 따윈 그 허망함에 비하면 아무것도 아닌 것처럼 느껴졌다. 어쩌면 그건 사랑에 빠진 젊은이에게는 당연한 걸지도 모른다.

'내릴까.'

심하게 갈등하며 전차 문을 향해 한 발자국 내디뎠을 때 스르륵 문이 닫히고 전차가 출발했다.

점퍼 주머니에 손을 넣자 수많은 종잇조각이 손끝에 닿았다. 뭐지? 퍼뜩 정신이 들었다. 돈이었다. 조금이나마 위로가 된다.

'그래. 놀자.'

도쿄역에서 내렸다. 올봄 이웃 회사와의 야구 시합에서 이겼을 때 상사를 따라 니혼바시의 사쿠라라는 요릿집에 간 적이 있다. 거기서 쓰루보다 두세 살 연상인 스즈메라는 게이샤가 쓰루에게 관심을 보였었다. 그 후로 음식점 폐쇄 명령이 내려지기 직전에 한 번 더 상사와 함께 사쿠라에 가서 스즈메를 만났었다.

"가게 문을 닫게 되더라도 여기 오셔서 저를 부르시면 언제든지 만날 수 있어요."

그 말을 떠올린 쓰루는 니혼바시에 있는 사쿠라로 갔다. 오후 7시 사쿠라 현관에 서서 침착하게 자기 회사 이름을 대고 얼굴을 살짝 붉히며 스즈메를 찾았다. 누구 하나 수상하게 여기는 기색 없이 2층 안쪽 방으로 그를 안내해 주었다. 서둘러 잠옷으로 갈아입으면서 목욕탕이 어딘지 물었다.

　"혼자 사는 게 쉽지가 않군. 목욕하는 김에 빨래도 좀 해야겠어."

　핏자국이 묻어 있는 와이셔츠를 끌어안고 일어서며 겸연쩍은 표정으로 중얼거렸다.

　"어머, 제가 해드릴게요."

　하녀가 거든다.

　"아뇨, 늘 하던 거라 괜찮아요."

　자연스럽게 거절한다.

　핏자국은 좀체 지워지지 않았다. 세탁을 끝낸 뒤 수염을 깎고 말끔해져서 방으로 돌아왔다. 세탁물을 횟대에 건 다음 다른 옷을 꼼꼼히 살피면서 피가 묻어 있지 않은지 확인했다. 차를 연달아 세 잔이나 마시고 벌렁 드러누워 눈을 감았지만 잠에 들 수 없었다. 벌떡 일어나 앉자 여염집 여자처럼 차려입은 스즈메가 들어왔다.

　"어머, 오랜만에 오셨네요."

　"술을 살 수 있을까?"

　"그럼요. 위스키라도 괜찮으세요?"

　"상관없으니까 사 와."

점퍼 주머니에서 백 엔짜리 지폐 한 주먹을 꺼내 던졌다.

"이렇게 많이는 필요 없어요."

"필요한 만큼 가져가면 되잖아."

"그럼 가져갈게요."

"담배도 좀 사 와."

"어떤 걸로요?"

"가벼운 걸로. 궐련은 말고."

스즈메가 방에서 나가자마자 정전이 되었다. 캄캄한 어둠 속에서 쓰루는 갑자기 두려워졌다. 어디선가 소곤 거리는 소리가 들린다. 그러나 그건 헛들은 거였다. 복도에서 숨죽인 발소리가 들린다. 그러나 그것도 헛들은 거였다. 쓰루는 숨 쉬는 게 힘들어 차라리 소리를 지르며 울고 싶었지만, 눈물은 한 방울도 나오지 않았다. 그저 심장의 고동만이 이상하리만큼 가빠지고 다리가 빠질 것처럼 나른했다. 쓰루는 드러누운 채 오른쪽 팔로 양쪽 눈을 세게 누르며 우는 시늉을 했다. 그리고 작은 소리로 속삭였다.

"모리짱, 미안."

"안녕하세요, 게이스케 씨."

쓰루의 이름은 게이스케다. 틀림없이 모깃소리같이 가느다란 여자 목소리가 들렸다. 머리털이 쭈뼛 섰다. 미친 듯이 벌떡 일어나 방문을 열고 복도로 뛰쳐나갔다. 복도는 칠흑같이 어두웠고 멀리서 전차 소리가 희미하게 들렸다.

계단 아래가 어슴푸레 밝아지며 작은 석유등을 든 스즈메가 나타났다. 쓰루를 보고 놀라서 묻는다.

"어머, 뭐 하고 계시는 거예요?"

석유등 빛에 드러난 스즈메의 얼굴은 추했다. 모리가 그립다.

"혼자라 무서웠어."

"암거래꾼이 어둠에 놀라네요."

스즈메가 자신이 암거래로 돈을 벌었다고 짐작하는 것 같아서 쓰루는 마음이 조금 가벼워졌다. 그래서 살짝 기분을 내고 싶어졌다.

"술은?"

"하녀에게 부탁했어요. 곧 가져올 거예요. 요즘 이상하게 너무 까다로워져서 정말 귀찮다니까요."

위스키, 안주, 담배. 하녀가 도둑처럼 발소리를 죽이며 들고 들어왔다.

"조용히 드세요."

"알고 있어."

쓰루는 진짜 암거래상이라도 된 듯 태연하게 대꾸하고 웃었다.

> 아래로는 감청색을 뛰어넘는 파란 흐름
>
> 위로는 황금빛을 이룬 햇빛
>
> 하지만
>
> 휴식을 모르는 돛은
>
> 폭풍 속에만 평안이 있기라도 하다는 듯
>
> 사나운 파도만을 간절히 원한다.

안쓰럽다. 폭풍 속에만 휴식이 있다니. 쓰루는 소위 말하는 문학청년은 아니다. 만사태평한 운동선수 같은 타입이다. 하지만 연인인 모리는 항상 핸드백 속에 문학 책 한두 권을 넣고 다닌다. 오늘 아침 이노가시라 공원에서 만났을 때도 스물여덟 살에 결투로 쓰러진 레르몬또프라는 러시아 천재 시인의 시를 쓰루에게 들려주었다. 시라곤 전혀 흥미가 없었던 쓰루도 그 시집 속의 시는 다 마음에 들었다. 특히 '돛'이라는 제목의 생기 넘치고 거친 시는 사랑에 빠진 자신의 현재 심정과 가장 잘 맞는다며 모리에게 몇 번이나 낭독하게 했다.

'폭풍 속에만 평안이...... 폭풍 속에서야 비로소......'

쓰루는 스즈메를 상대로 작은 석유등 아래서 위스키를 마시고 점차 흥겹게 취했다. 오후 10시가 다 되어 방의 전등이 들어왔지만, 그때는 이미 전등 빛도 석유등의 희미한 빛조차도 쓰루에게는 필요하지 않았다.

동틀 무렵.

그즈음의 분위기를 느껴 본 적이 있는 사람은 알 거다. 일출 전, 그 동틀 무렵의 느낌은 결코 상쾌하지 않다는 것을. 신들의 소름 끼치는 분노의 북소리가 들려오고 아침 햇빛과 전혀 다른, 끈적거리는 팥죽색 빛이 나뭇가지를 피비린내로 물들인다. 음산하고 슬픈 느낌이다.

화장실 창으로 가을 새벽녘의 경이로운 광경을 바라보던 쓰루는 가슴이 찢어질 것 같았다. 유령처럼 핏기 없는 얼굴로 비틀거리며 방으로 돌아왔다. 입을 벌린 채 자고 있는 스즈메의 머리맡에 주저앉아 어젯밤에 마시다 남은 위스키를 연거푸 들이켰다.

'돈은 아직 있다.'

취기가 돌자 이불 속으로 파고 들어가 스즈메를 안는

다. 자다 말고 다시 위스키를 들이붓는다. 선잠을 잔다. 눈이 떠진다. 이러지도 저러지도 못하는 자신의 지금의 처지가 너무도 또렷하게 느껴져서 이마에서 진땀이 배어 나왔다. 괴로워 몸부림치며 스즈메에게 위스키를 한 병 더 사 오게 했다. 마신다. 안는다. 선잠을 잔다. 잠이 깨면 다시 마신다.

저녁이 되자 위스키를 한 모금만 더 마셔도 토할 것 같았다.

"그만 갈게."

괴로운 숨을 내쉬며 간신히 한마디 했다. 농담이라도 건네 볼까 생각했지만 그런 생각이 들자 바로 구토가 나올 것 같았다. 거의 기다시피 하며 옷을 두르고 스즈메의 도움으로 나갈 채비를 했다. 구토를 간신히 참고 비틀거리며 요릿집에서 나왔다.

밖은 늦가을 황혼 무렵이었다. 그 일이 있고 나서 하루가 지났다. 다리 근처에서 석간을 사는 사람들 속에 섞여 세 종류의 석간을 사서 구석구석 살폈다. 없다. 아무 기사도 없는 게 도리어 불안했다. 기사를 막고 비밀리에 범인을 추적하는 게 틀림없다.

이러고 있을 수 없다. 돈이 떨어질 때까지 도망 다니

다가 마지막에 자살하는 거다.

만약 붙잡힌다면 친척들이나 회사 사람들은 욕을 하거나 안타까워할 것이다. 아니, 섬뜩해하며 저주와 원망을 퍼부을 게 뻔하다. 그걸 생각하니 너무 끔찍하고 무서워서 견딜 수가 없었다.

그러나 지쳤다.

아직 신문에는 안 실렸다.

쓰루는 마음을 단단히 먹고 세타야에 있는 회사 기숙사로 향했다. 자기 방에서 하룻밤 푹 자고 싶었다. 기숙사에서는 세 평짜리 방 한 칸에서 동료들과 셋이서 생활을 한다. 다들 시내로 놀러 나갔는지 방은 비어 있었다. 이 근처는 어떤 전선을 이용하는지 모르겠지만 아무튼 전등은 켜졌다. 쓰루의 책상 위에는 컵에 꽂힌 국화가 꽃잎이 조금 시든 채 주인이 돌아오는 걸 기다리고 있었다.

잠자코 이불을 깐 뒤 전등을 끄고 누웠다. 하지만 곧바로 다시 일어나 전등을 켜고 누웠다. 한 손으로 얼굴을 감싸고 작은 소리로 신음을 하다 마침내 죽은 듯이 깊이 잠들었다.

아침에 동료 한 명이 흔들어 깨웠다.

"이봐, 쓰루. 대체 어디를 싸돌아다닌 거야. 미타카의 형님한테서 전화가 하도 많이 와서 얼마나 곤란했는지 알아? 당장 미타카로 오래. 무슨 사고라도 난 거 아냐? 전화는 계속 오는데 넌 결근에다 기숙사에도 안 와서 모리 씨한테 연락해 봤는데 모른다고 하고...... 아무튼 오늘은 미타카에 가봐. 형님 말투가 무슨 큰일이 난 것 같았어.”

쓰루는 온몸에서 소름이 돋았다.

“그냥 오라고만 했어? 다른 말은?”

이미 일어나서 바지를 입고 있었다.

“없었어. 무척 급한 일인 모양이야. 빨리 다녀오는 게 좋지 않겠어?”

“다녀올게.”

쓰루는 어떻게 된 건지 영문을 알 수 없었다. 자신이 아직도 세상과 이어질 수 있는 건가. 순간 꿈을 꾸는 게 아닌가 싶었지만 당황해서 그걸 부정했다. 자신은 인류의 적이다. 살인마다.

이미 인간이 아니다. 세상 사람 모두가 온 힘을 다해 이 악마를 쫓고 있다. 어디를 가든 자신을 잡으려는 그물이 거미줄처럼 쳐져 있을 거다. 하지만 아직 돈이 있다. 돈만 있으면 잠시나마 공포를 잊고 놀 수 있다. 도망칠 수 있는 데까지는 도망치고 싶다. 그러다 도저히 어떻게도 할 수 없을 때는 자살하는 거다.

쓰루는 세면대에서 거칠게 이를 닦고 칫솔을 입에 문 채 식당으로 가서 식탁에 놓여 있는 신문들을 살기 가득한 눈으로 살폈다. 없다. 모든 신문이 쓰루에 대해서 침묵하고 있다. 불안. 스파이가 말없이 자신의 등 뒤에 서 있는 것 같은 불안. 눈에 보이지 않는 홍수가 어둠 아래로 금방이라도 밀려들 것 같은 불안. 지금이라도 '쾅' 하고 치명적인 폭발이 일어날 것만 같은 그런 불안함이다.

쓰루는 세면대에서 입을 헹구고 얼굴도 씻지 않은 채 방으로 돌아왔다. 벽장을 열고 자신의 물건이 든 상자에서 여름옷, 셔츠, 도톰한 기모노, 평상복용 오비, 운동화, 마른오징어 세 마리, 은피리, 앨범 등 팔 수 있을 것 같은 물건은 전부 꺼내서 배낭에 쑤셔 넣었다. 책상 위에 있던 탁상시계까지 점퍼 주머니에 집어넣었다. 아침도 안 먹고 미타카에 다녀오겠다며 갈라진 목소리로 중얼거리듯 내뱉고 배낭을 짊어진 채 허둥거리며 기숙사를 나왔다.

일단 이노가시라선을 타고 시부야로 나가 시부야에서 물건을 전부 팔아 치웠다. 배낭까지 팔아 버렸다. 오천 엔 넘는 돈이 생겼다.

시부야에서 지하철을 타고 신바시에서 내렸다. 긴자 쪽으로 걷다 말고 강 근처 약국에서 200정짜리 수면제 한 통을 샀다. 신바시역으로 돌아가 오사카행 차표와 급행권을 손에 넣었다. 오사카에 가서 어쩌겠다는 목적은 없었지만, 기차를 타니 불안도 조금은 사라지는 듯했다. 더구나 쓰루는 지금까지 한 번도 간사이에 가 본 적이 없다. 이 세상의 마지막 추억으로 간사이에서 놀아 보는 것도 나쁘지 않을 것 같았다. 간사이 여자는 괜찮다고들 한다. 나한테는 돈이 있다. 만 엔 가까이 있다.

역 근처 시장에서 식료품을 잔뜩 산 뒤, 점심시간이 조금 지나 기차를 탔다. 급행열차는 생각보다 비어 있어서 자리에 앉을 수 있었다.

기차가 달린다. 쓰루는 문득 시를 지어 보고 싶다는 생각이 들었다. 취미가 없는 쓰루에게 있어 그건 기괴할 정도로 당혹스러운 충동이었다. 태어나서 처음으로 느끼는 이상한 유혹이었다. 죽을 때가 다가오면 아무리 천한 무지렁이라도 '시'라는 것에 마음이 끌리는 모양이다. 고리대금업자든 장관이든 세상과 작별하는 시나 하이쿠* 같은 게 읊고 싶어지는가 보다.

쓰루는 심각한 표정으로 고개를 저으며 윗주머니에서 수첩을 꺼낸 뒤 연필을 핥았다.

'잘 되면 모리짱에게 보내자. 유품이다.'

쓰루는 천천히 수첩에 적기 시작했다.

수면제 200알이 있다.

먹으면 죽는다.

생명

딱 세 줄 쓰고 나니 막혀 버렸다. 더 이상 쓸 게 없다. 다시 읽어 봐도 너무 한심하다. 형편없다. 쓰루는 쓴 음식을 삼킨 것처럼 기분 나쁘다는 듯이 얼굴을 찌푸렸다. 수첩의 그 페이지를 찢어 버렸다. 시는 포기하고 이번에는 미타카의 매형 앞으로 유서를 쓰기 시작했다.

저는 죽습니다.

다음 생엔 개나 고양이로 태어나겠습니다.

---

* 일본의 전통 정형시.

역시나 더 이상 쓸 게 없다. 잠시 수첩에 쓴 내용을 들여다보다 문득 창 쪽으로 얼굴을 돌리니 곯아 버린 감 같은 추한 얼굴이 울상을 짓고 있었다.

기차는 이미 시즈오카현으로 들어가고 있었다.

가까운 친척들이 여러 방면으로 그를 찾았지만, 그 후로는 쓰루의 소식을 전혀 알 수 없었다.

닷새 정도 지난 이른 아침, 쓰루가 교토시 사교구의 어떤 회사에 갑자기 나타났다. 거기서 예전에 전우였다는 '기타가와'라는 사원을 찾아 만났다. 두 사람은 함께 교토 거리를 걸었다. 헌 옷 가게의 포렴을 경쾌하게 젖히고 들어간 쓰루는 농담을 하면서 걸치고 있던 점퍼, 와이셔츠, 스웨터, 바지를 전부 팔아 치우고 낡은 군복을 샀다. 남은 돈으로 둘이 대낮부터 술을 마셨다. 기타가와와 기분 좋게 헤어진 뒤, 쓰루는 혼자 게이한시조역에서 오쓰로 향하는 기차를 탔다. 어째서 오쓰에 간 건지는 알 수 없다.

초저녁의 오쓰를 그저 어슬렁거리고 돌아다니며 여기저기서 술을 마셨다. 그날 밤 8시쯤 오쓰역 앞에 있는 아키즈키 여관 현관 앞에 만취한 쓰루가 나타났다.

도쿄 사투리로 하룻밤 묵을 곳을 청한 뒤 방에 들어가

자마자 천장을 보고 누워서 몸부림을 쳤다. 그나마 다행인 건 여관 지배인이 가져간 숙박 기록에는 주소와 이름을 제대로 기록했다는 거다. 술을 깨려고 부탁한 물을 양껏 들이켠 뒤 수면제 200알을 단숨에 삼킨 모양이다.

쓰루의 시체 맡에는 여러 종류의 신문과 50전짜리 지폐 두 장, 10전짜리 지폐 한 장만 흩어져 있을 뿐 다른 소지품은 없었다.

쓰루의 살인 기사는 결국 어떤 신문에도 실리지 않았지만, 쓰루의 자살 기사는 ≪간사이신문≫의 한쪽 구석에 작게 실렸다.

교토의 모 회사에 근무하던 기타가와라는 청년이 놀라서 다급히 오쓰로 향했다. 여관의 주인과 상의한 끝에 일단은 쓰루의 도쿄 기숙사로 전보를 쳤고 기숙사 사람이 미타카의 매형에게 연락을 했다. 누나는 아직 봉합실이 제거되지 않은 왼팔을 목에 건 흰 천에 걸치고 있었다. 매형은 여전히 취해 있었다.

"사람들이 알까 봐 여기저기 짚이는 데만 찾아 다녔는데…… 잘못한 것 같네."

누나는 눈물만 흘리며 젊은이의 어리석은 연애도 그저 허투루 볼 것만은 아니라는 걸 깨닫게 되었다.

벚꽃이 만발한 숲에서

사카구치 안고 지음
안영신 옮김

사카구치 안고(坂口安吾 1906~1955)

일본 니가타현에서 태어난 사카구치 안고는 도요대학 인도철학윤리학과를 졸업하고 동인지 《말》을 창간하였다. 1931년 「초겨울 찬바람 부는 술창고에서」로 데뷔하였고, 같은 해 발표한 「바람박사」가 마키노 신이치의 격찬을 받으면서 신진 작가로 주목받게 된다. 1946년 《신초》에 패전 후의 혼란스러운 상황을 예리하게 통찰한 「타락론」과 「백치」를 발표하여 큰 반향을 일으키며 인기 작가의 반열에 오른다. 다자이 오사무, 이시가와 준 등과 함께 '무뢰파'로 불리면서 전후 문단의 대표 작가로 각광받는다. 설화 소설, 역사 소설, 추리 소설 등 다양한 장르로 범위를 넓혀 가며 원고와 씨름하다가, 각성제와 수면제 과다 복용으로 1949년 도쿄대학 부속병원에 입원한다. 1955년, 역사 소설 「광인유서」를 남기고 49세의 나이에 뇌출혈로 갑작스럽게 생을 마감하였다.

●●●

벚꽃이 피면 사람들은 술병을 들고 다니며 경단을 먹기도 하고 꽃나무 아래를 걷기도 합니다. 경치가 좋네, 봄기운이 완연하네, 감탄하면서 한껏 기분이 들뜨게 되는데 원래부터 그랬던 건 아닙니다. 벚꽃 아래로 사람들이 모여들어 술에 취해 토하고 싸우고 하는 건 에도 시대에 와서야 생겨난 풍습입니다. 아주 먼 옛날에는 벚꽃나무 아래를 섬뜩한 곳으로만 여겼지 경치가 좋다고 생각하는 사람은 없었습니다. 요즘엔 꽃구경하는 사람들로 벚꽃나무 아래가 시끌벅적하지만, 그곳에서 인간의 모습만 지우면 아주 무서운 풍경으로 변해 버립니다.

노[*]에도 벚꽃나무 숲에서 광기를 일으키는 어머니의 이야기가 나옵니다. 납치된 아이를 찾아 헤매던 어머니가 숲으로 들어갔다가 꽃그늘에 아이의 환영이 나타나자 미쳐서 꽃잎 속에 파묻혀 죽는(이 부분은 소생의 사족입니다) 내용이지요. 사람이 없는 벚꽃나무 아래는 공포를 불러일으키는 공간이었던 겁니다.

아주 오래전 '스즈카 고개'라고 불리는 곳이 있었습니다. 거기엔 벚꽃나무 숲을 꼭 통과해야만 하는 길이 있었지요. 그런데 벚꽃이 피는 계절만 되면 이 숲을 지나는 사람들은 하나같이 정신이 이상해졌습니다. 그래서 한시라도 빨리 꽃나무 밑에서 벗어나야겠다 싶어 푸른 나무나 마른 나무가 있는 쪽으로 쏜살같이 달아나곤 했습니다. 혼자일 땐 그나마 괜찮았습니다. 꽃나무 밑에서 정신없이 도망쳐 다른 나무로 가서 안도의 한숨을 내쉬면 그만이었으니까요. 그런데 누군가와 함께 있을 때가 문제였습니다. 뛰는 속도가 다르기 때문에 뒤처지는 사람이 생기기 마련이지요. 같이 가자고 뒤에서 필사적으로 외쳐도 다들 제정신이 아니라서 친구도 버리고 도망

---

[*] 일본의 전통적인 가면 음악극.

쳐 버렸습니다. 그래서 스즈카 고개의 벚꽃나무 숲을 지나는 순간, 좋았던 친구 사이도 어그러져서 서로의 우정을 믿지 못하게 되곤 했습니다. 그러다 보니 다들 자연스레 그 숲을 지나가지 않고 일부러 다른 산길로 멀리 돌아가게 되었지요. 결국 벚꽃나무 숲은 사람 한 명 얼씬거리지 않는 외진 곳이 되어 고요함 속으로 묻혀 버리고 말았습니다.

그 후 몇 년이 지나 이 산에 산적 한 명이 살게 되었습니다. 그는 인정사정없이 지나가는 사람들의 물건을 빼앗고 죽였습니다. 그런데 이렇게 무자비한 그 역시 벚꽃나무 숲에만 오면 겁에 질려 정신이 이상해졌습니다. 그래서 꽃을 싫어하게 되었습니다.

'꽃이란 이상한 거야. 왠지 찜찜해.'

이렇게 마음속으로 중얼거리곤 했습니다.

벚꽃나무 아래에 서 있으면 바람도 없는데 으스스한 바람 소리가 들리는 것 같았습니다. 하지만 바람은 전혀 불지 않았고 아무런 소리도 나지 않았습니다. 자신의 그림자와 발소리뿐이었는데 그것마저 고요하고 차가운 바람 속에 묻혀 버렸습니다. 꽃잎이 지듯이 영혼도 스러지고 목숨이 점점 쇠해지는 것 같았습니다. 그래서 눈을 감고 소리 지르며 도망치고 싶었지만, 눈을 감으면 벚꽃나무에 부딪치니 그럴 수도 없어서 정신이 더욱 혼미해지는 것이었습니다.

산적은 우직하고 후회라는 걸 모르는 사내였지만 이런 현상이 이상하다고 생각했습니다.

'왜 이런 건지는 내년에 생각해 보자.'

그는 올해에는 생각하고 싶지 않았던 겁니다. 내년에 꽃이 피면 그때 곰곰이 생각해 보기로 마음먹었습니다. 그런 생각을 해마다 반복하다가 벌써 십수 년이 흘렀고, 올해도 역시 '내년에 생각해야지.' 하다가 한 해가 다 저물어 버렸습니다.

그러는 사이에 한 명이던 마누라가 일곱 명이나 되었습니다. 그리고 또다시 길에서 여덟 번째 마누라를 데리고 왔습니다. 여자의 남편은 그 자리에서 죽여 버렸습니다.

산적은 여자의 남편을 죽일 때부터 뭔가 이상했습니다. 평소와는 느낌이 달랐던 겁니다. 하지만 그는 그런 걸 하나하나 따져 가며 생각한 적이 없었기 때문에 마음에 깊이 담아 두진 않았습니다.

산적도 처음엔 남자를 죽일 생각이 없었기에 늘 그랬

듯이 돈과 옷가지만 빼앗고 얼른 쫓아 버리려고 했습니다. 하지만 여자가 너무 아름다워서 자신도 모르게 그만 남자를 죽이고 만 것입니다. 본인도 예상치 못했던 일이었고 여자에게도 뜻밖의 사건이었습니다. 산적이 뒤돌아보자 여자는 털썩 주저앉아 그의 얼굴을 멍하니 바라보고만 있었습니다.

"오늘부터 넌 내 마누라다."

그가 말하자 여자는 고개를 끄덕였습니다. 손을 잡고 여자를 일으켰는데 여자는 못 걷겠다며 업어 달라고 했습니다. 산적은 알았다면서 여자를 가볍게 업고 걷기 시작했습니다. 험한 언덕길에 이르자 여긴 위험하니 내려서 걸으라고 했습니다. 하지만 여자는 싫다면서 등에 매달린 채 내리지 않았습니다.

"산속에 사는 당신 같은 남자도 힘들어하는 언덕길을 나보고 어떻게 걸으라는 거야. 생각해 봐."

"그래그래, 알았다 알았어."

남자는 피곤하고 힘들었지만 기분이 좋았습니다.

"그래도 한 번만 내려 봐. 나는 강한 남자라고. 힘들어서 쉬려는 게 아냐. 눈알이 뒤통수에 달려 있는 게 아니라서 답답해 견딜 수가 없다고. 한 번만 내려서 너의 예쁜 얼굴을 좀 보여 줘.”

“싫어, 싫어.”

여자는 목덜미에 더욱 달라붙었습니다.

“이런 한적한 곳에는 잠시도 있을 수 없단 말이야. 당신 집이 있는 데까지 빨리 데려다줘. 그렇지 않으면 당신의 마누라가 되지 않을 거야. 나를 이런 적막한 곳에 두면 혀를 깨물고 죽어 버릴 거라고!”

“그래그래, 알았어. 네가 원하는 건 뭐든 다 들어줄게.”

산적은 이렇게 아름다운 마누라와 함께 살 생각을 하니 온몸이 녹아내리는 것처럼 행복했습니다. 그는 으스대며 어깨를 쫙 펴고, 앞산과 뒷산 그리고 오른쪽과 왼쪽에 있는 산을 한 바퀴 빙 돌아 여자에게 보여 주면서 말했습니다.

“여기 있는 산이란 산은 전부 다 내 거야.”

여자는 그런 얘기에 전혀 아랑곳하지 않았습니다. 뜻밖의 냉담한 반응에 기분이 상한 그는 다시 말했습니다.

“알겠어? 네 눈에 보이는 산이면 산, 나무면 나무, 골짜기면 골짜기, 그 골짜기에서 피어나는 구름까지 모조리 내 거라고.”

“빨리 걸어. 난 이런 울퉁불퉁한 바위투성이 벼랑 아

래 있고 싶지 않단 말이야."

"그래그래, 조금 있다가 집에 도착하면 진수성찬을 먹게 해주지."

"더 빨리 못 가? 뛰어가."

"이 언덕길은 험해서 혼자서도 뛰기 힘들어."

"당신도 겉보기와는 달리 약골이네. 내가 어쩌다가 이렇게 나약한 사람의 마누라가 된 거지? 아아, 이제 뭘 믿고 살아야 하나."

"말도 안 되는 소리. 이 정도 언덕쯤이야."

"아이, 답답해. 벌써 지친 거야?"

"무슨 소리. 이 언덕길만 빠져나가면 사슴도 못 당할 정도로 뛰어갈 거야."

"하지만 당신 숨차 보이는데? 안색도 창백하잖아."

"무슨 일이든 시작할 땐 다 그런 거야. 이제 속도가 붙으면 네가 등에서 눈이 돌아갈 정도로 빨리 달릴 테니까 두고 봐."

그러나 산적은 온몸 마디마디가 떨어져 나갈 것 같이 지쳐 버렸습니다. 간신히 집 앞에 이르렀을 때는 눈앞이 캄캄하고 귀도 먹먹하고 목소리까지 쉬어서 말 한마디 쥐어 짜낼 힘도 없었습니다. 집 안에 있던 일곱 명의 마누라가 남편을 맞이하러 나왔고 산적은 돌처럼 굳어진 몸을 풀면서 등에 업은 여자를 간신히 내려놓았습니다.

일곱 명의 마누라는 지금껏 한 번도 본 적 없는 아름다운 여자의 모습에 놀라워했지만 여자는 꾀죄죄한 그녀들을 보고 눈살을 찌푸렸습니다. 그중에는 예전엔 상당히 예뻤던 여자도 있었지만 지금은 그 모습을 찾아볼 수 없었습니다. 여자는 끔찍하다는 듯 남자의 등 뒤로 숨으며 말했습니다.

"이것들은 다 뭐야?"

"내 옛날 마누라들이야."

난처해진 남자가 '옛날'이라는 단어를 생각해 내서 덧붙인 건 엉겁결에 한 대답치고는 그럴듯했지만 여자는 가차 없이 말했습니다.

"어머, 이런 촌것들이 마누라였다고?"

"그야, 너처럼 예쁜 여자가 있는 줄 몰랐으니까."

"저기 저년을 칼로 베어 죽여!"

여자는 얼굴 생김새가 제일 반듯한 한 명을 가리키며 소리쳤습니다.

"하지만 말이야, 죽이지 말고 그냥 하녀로 쓰면 되잖아."

"내 남편을 죽여 놓고 네 마누라는 못 죽이겠다는 거

야? 그러면서 나보고 당신 마누라가 되라고?"

굳게 다문 남자의 입에서 신음이 새어 나왔습니다. 남자는 단숨에 여자가 가리킨 마누라를 베어 넘어뜨렸습니다. 하지만 숨을 돌릴 틈도 없었습니다.

"이번엔 이년이야."

잠시 머뭇거리던 남자는 거침없이 걸어가 또 다른 마누라의 목을 댕강 잘라 버렸습니다. 데굴데굴 굴러가던 목이 멈추기도 전에 다음 사람을 가리키는 여자의 맑은 목소리가 아름답게 울려 퍼졌습니다.

"이번엔 여기야."

지목을 당한 여자는 양손으로 얼굴을 가리며 악 하고 비명을 질렀습니다. 동시에 남자의 칼이 번뜩이며 허공으로 날아올랐습니다. 남은 여자들은 순식간에 사방으로 흩어졌습니다.

"하나라도 놓치면 가만 안 둘 거야. 덤불 속에도 있어. 저기 위쪽으로도 도망가고 있다고!"

남자는 피 묻은 칼을 휘두르며 숲속을 미친 듯이 뛰어다녔습니다. 한 명이 미처 피하지 못하고 주저앉아 있었습니다. 제일 못생긴 데다 절름발이였습니다. 도망친 여자들을 쫓아가 남김없이 베어 버리고 돌아온 남자가 절름발이 여자를 향해 칼을 치켜들자 여자가 말했습니다.

"그만둬. 내가 하녀로 쓸 거니까."

"내친김에 그냥 해치워야겠어."

"못 알아들어? 죽이지 말라니까?"

"휴, 그래. 알았어."

남자는 피 묻은 칼을 내던지고 털썩 주저앉았습니다. 피로가 확 몰려오면서 눈앞이 아찔하고 엉덩이가 땅에 박힌 것처럼 무겁게 느껴졌습니다. 문득 너무 조용하다는 생각이 들었습니다. 솟구쳐 오르는 공포감에 흠칫 뒤돌아보니, 조금 처량한 모습의 여자가 우두커니 서 있었습니다. 남자는 악몽에서 깨어난 것 같은 기분이었습니다. 그리고 눈도 영혼도 자연스레 여자의 아름다움에 빨려들어 꼼짝도 할 수 없었습니다. 하지만 남자는 불안했습니다. 왜 불안한 건지, 무엇이 불안한 건지 알 수 없었습니다. 아름다운 여자에게 넋이 나가 있었기 때문에 마음속에 일렁이는 불안에는 그다지 신경이 쓰이지 않았습니다.

'이런 느낌이 처음은 아닌데.......'

그는 생각했습니다.

'언젠가 비슷한 일이 있었던 거 같은데 그게...... 아, 맞

다. 그거야.'

기억이 나자 그는 깜짝 놀랐습니다.

벚꽃이 만발한 숲이었습니다. 그곳을 지날 때와 비슷했습니다. 어디가 어떻게 비슷한지는 알 수 없지만 뭔가 비슷한 것만은 분명했습니다. 하지만 그의 생각은 늘 거기에서 멈췄습니다. 더 이상 진척되지 않아도 별로 신경쓰지 않는 그런 성격의 사내였던 겁니다.

산속의 기나긴 겨울도 다 지나고 이윽고 꽃피는 계절이 다가오고 있었습니다. 산꼭대기와 계곡의 그늘진 곳엔 드문드문 눈이 남아 있었지만, 봄을 알리는 징조가 하늘 가득히 빛나고 있었습니다.

'올해 벚꽃이 피면......'

그는 그때를 떠올렸습니다. 벚꽃나무 쪽으로 갈 때까진 별 느낌이 없었습니다. 그래서 과감하게 그 아래로 걸어 들어갔습니다. 앞뒤 좌우 어느 쪽을 둘러봐도 전부 다 꽃들로 뒤덮여 있어서 점점 기분이 이상해졌습니다. 숲 한가운데로 들어가자 무서워서 견딜 수 없었습니다.

'벚꽃이 활짝 피면 올해는 숲 한가운데로 들어가서 가만히...... 아니, 과감히 땅바닥에 한번 앉아 봐야겠다. 그때 이 여자도 데려갈까?'

문득 이런 생각이 들어 여자의 얼굴을 힐끗 쳐다봤는데 가슴이 두근거려 황급히 눈길을 돌렸습니다. 왠지 자신의 속마음을 여자가 알아차리면 안 될 것 같았습니다.

* * *

　여자는 정말이지 제멋대로였습니다. 아무리 정성들여 진수성찬을 차려 줘도 항상 불만을 쏟아 냈습니다. 그는 새나 사슴을 잡으러 산속을 뛰어다녔습니다. 멧돼지와 곰도 잡았습니다. 절름발이 여자는 나무순이나 풀뿌리를 찾아 온종일 숲속을 헤매고 다녔습니다. 하지만 그녀는 만족스러워하지 않았습니다.

　"나더러 이런 걸 매일 먹으라는 거야?"

　"그래도 특별히 차린 음식인데...... 네가 오기 전까지는 열흘에 한 번밖에 먹지 못했던 거라고."

　"당신은 산에서 사니까 이런 걸 먹어도 괜찮겠지만 나는 도저히 목구멍으로 안 넘어간단 말이야. 이런 적막한 산속에 살면서 기나긴 밤에 들리는 거라곤 올빼미 울음소리뿐이라고. 그러면 음식만이라도 도시 못지않게 맛있는 걸 먹어야 할 거 아냐. 도시의 바람이 얼마나 좋은데. 그걸 느낄 수 없는 내 마음이 얼마나 괴로운지 당신이 알기나 해? 나한테서 도시의 바람을 빼앗아 놓고 당신이 해준 게 뭔데? 까마귀와 올빼미 울음소리뿐이잖아. 그게 부끄럽지도 않아? 내가 가엾지도 않은 거냐고!"

여자가 원망의 말을 쏟아 냈지만 남자는 그 말을 이해할 수 없었습니다. 왜냐하면 남자는 도시의 바람이 어떤 건지 몰랐기 때문입니다. 짐작도 가지 않았습니다. 이런 생활, 이런 행복에 부족함이 있다는 사실에 공감할 수가 없었습니다. 애처로운 여자의 모습에 당황한 그는 어찌할 바를 몰라 그저 답답하고 괴로웠습니다.

지금까지 도시에서 온 사람을 몇 명이나 죽였는지 모릅니다. 그들은 돈도 많았고 값비싼 물건을 지니고 있어서 그에게 좋은 먹잇감이었습니다. 기껏 소지품을 빼앗았는데 내용물이 별 볼 일 없으면 '쳇, 이런 촌놈.'이라든가 '촌뜨기 같으니.'라고 욕을 했습니다. 사치스러운 물건을 지닌 사람들이 사는 곳. 그가 도시에 대해 알고 있는 지식이라고는 그게 전부였습니다. 그 물건을 빼앗아야겠다는 생각밖에는 해본 적이 없었습니다. 도시의 하늘이 어느 쪽 방향인지조차도 생각할 필요가 없었던 겁니다.

여자는 빗이나 머리에 꽂는 장식품, 비녀, 입술연지 같은 걸 소중히 여겼습니다. 그가 흙 묻은 손, 산짐승 피가 묻은 손으로 여자의 옷을 살짝 건드리기라도 하면 호되게 나무랐습니다. 마치 옷이 여자의 생명이라도 되는 것처럼, 그리고 그걸 지키는 게 자신의 임무라도 되는 것처럼 말입니다. 그리고 자신의 주변을 깨끗이 치우게 했고 집을 고치라고 명령했습니다. 옷은 통소매 평상복 한 벌에 얇은 끈을 매는 것만으로는 만족하지 못하고 여러 벌을 겹쳐 입고 끈을 몇 개나 달았습니다. 끈을 기묘하게 묶거나 치렁치렁 늘어뜨리고 장식물을 추가해서 아름다운 자태를 완성시켰습니다. 남자는 눈이 휘둥그레져서 탄성을 질렀습니다. 그는 깨닫게 된 겁니다. 이렇게 하나의 미가 완성되고 그 아름다움으로 자신이 충만해진다는 사실은 의심할 여지가 없었습니다. 각각 따로 있을 땐 아무 의미가 없는 불완전한 단편들이 모여서 하나의 양식을 완성한다는 것, 그 양식을 분해하면 무의미한 단편으로 되돌아간다는 것. 이 원리를 자기 나름의 방식으로 이해했습니다. 그건 신기한 마술이었습니다.

　남자는 나무를 베어 와서 여자가 시키는 대로 물건을

만들었습니다. 만들면서도 그게 무엇인지, 어디에 쓰려는 건지 전혀 알 수 없었습니다. 그가 완성한 건 호상과 팔걸이였습니다. 호상은 의자를 말합니다. 여자는 날씨가 좋은 날에는 그걸 양지바른 곳이나 나무 그늘 아래 내놓고 앉아서 눈을 감았습니다. 그리고 방 안에서는 팔걸이에 기대어 생각에 잠기기도 했습니다. 남자의 눈에는 그 모든 게 예사롭지 않았으며 요염하고 관능적으로 비쳤습니다. 마술이 현실 속에서 이루어지고 있었던 겁니다. 남자는 마술의 조수 역할을 하면서도 그 결과가 항상 신기하고 감탄스러웠습니다.

절름발이 여자는 아침마다 여자의 검은 긴 머리를 빗겨 주었습니다. 이를 위해 남자는 특별히 멀리 있는 계곡의 맑은 물을 길어 왔고 그렇게 각별히 신경 쓰는 자신이 자랑스러웠습니다. 마술에 힘을 보태는 게 남자의 바람이었습니다. 윤기 나는 여자의 검은 머리카락을 자기 손으로 직접 빗겨 보고 싶었습니다.

"안 돼! 그런 손으로 어딜 만져?"

여자가 뿌리치며 꾸짖자 남자는 아이처럼 손을 움츠리며 겸연쩍어했습니다. 검은 머리를 윤기가 흐르게 빗어서 하나로 묶고 얼굴이 드러나고...... 이렇게 아름다움을 완성해 가는 걸 이룰 수 없는 꿈으로 여겼습니다.

"이런 게 다 있네."

그는 무늬가 새겨진 빗과 장식이 달린 비녀를 만지작거렸습니다. 이제까지 그가 아무런 의미와 가치를 발견할 수 없었던 물건들입니다. 지금도 물건과 물건의 조화나 관계, 장식의 의미에 대해서는 알지 못합니다. 하지만 마력은 알고 있습니다. 마력은 물건의 생명입니다. 물건 속에도 생명이 있습니다.

"만지지 말라고 했잖아. 왜 맨날 손을 대는 거야?"

"참 신기해."

"뭐가 신기한데?"

"그게 뭔지는 잘 모르겠어."

남자는 쑥스러워했습니다. 그는 놀라워하면서도 뭐가 놀라운지는 몰랐던 겁니다.

그리고 남자에겐 도시를 두려워하는 마음이 생겼습니다. 그 두려움은 공포가 아니라 알지 못한다는 것에 대한 수치심과 불안이었습니다. 박식한 사람이 미지의 세계에 대해 느끼는 불안이나 수치심도 이와 다르지 않을 겁니다. 여자가 '도시'라고 말할 때마다 그는 겁이 나고 떨렸습니다. 하지만 눈앞에 보이는 것에 대해선 두려움을 느껴 본 적이 없기 때문에 두려움이 낯설었고 수치심에도 익숙하지 않았습니다. 그래서 그는 도시에 대해 적대심만 품고 있었습니다.

도시에서 온 몇백, 몇천 명의 사람들을 덮쳤지만 자신의 적수가 될 만한 자가 없었다는 사실에 그는 만족스러웠습니다. 과거를 아무리 떠올려 봐도 배신당하거나 상처받을까 봐 불안한 기억은 없었습니다. 그걸 깨닫고는 기분이 좋아졌고 긍지를 느꼈습니다. 그는 여자의 아름다움에 자신의 강인함을 대비시켰습니다. 그러면서도 조금 마음에 걸리는 건 멧돼지였습니다. 사실 멧돼지도 그다지 두려워할 만한 상대가 아니라서 그는 여유가 있었습니다.

"도시에는 날카로운 송곳니를 가진 사람이 있어?"

"활을 든 무사가 있지."

"하하하, 활이라면 난 계곡 건너편의 새끼 참새도 맞출 수 있다고! 도시에는 칼이 부러질 정도로 가죽이 단단한 인간은 없겠지?"

"갑옷 입은 무사가 있지."

"갑옷은 칼도 부러뜨리나?"

"부러지지."

"나는 곰이랑 멧돼지도 맨손으로 때려눕힐 수 있어."

"당신이 정말로 강한 남자라면 날 도시에 데려다줘. 내가 갖고 싶은 거, 도시에서 가장 멋진 걸로 내 몸을 장식해 달란 말이야. 정말로 나를 기쁘게 해준다면 당신이 진짜 강한 남자란 걸 인정해 줄게."

"그까짓 거쯤이야."

남자는 도시에 가기로 마음먹었습니다. 그는 도시에 있는 온갖 빗과 비녀, 장신구와 옷, 거울, 입술연지를 사흘 안에 장만하여 여자 앞에 쌓아 줄 생각이었습니다. 걱정할 건 아무것도 없었습니다. 한 가지 마음에 걸리는 건 도시와 전혀 관계없는 일이었습니다.

그건 바로 벚꽃나무 숲이었습니다.

이삼일 후면 숲에 벚꽃이 활짝 필 것 같았습니다. 올해는 꼭 해보겠다고 마음먹은 일이 있습니다. 바로 벚꽃이 만발한 숲 한가운데에 가만히 앉아 있는 일이었습니다. 그는 매일 벚꽃나무 숲에 몰래 가서 꽃봉오리 상태를 확인했습니다.

"앞으로 사흘만 더......"

그는 출발을 서두르는 여자에게 말했습니다.

"당신이 준비할 게 뭐가 있다고?"

여자는 눈살을 찌푸렸습니다.

"더 이상 내 속을 태우지 마. 도시가 나를 부르고 있단 말이야."

"약속이 있어서 어쩔 수 없어."

"당신이? 이런 산속에 약속할 사람이 어디 있다고?"

"그야 아무도 없긴 하지만...... 그래도 약속이 있어."

"참, 별일도 다 있네. 아무도 없는데 누구랑 약속을 했다는 거야?"

남자는 거짓말을 할 수 없게 되었습니다.

"곧 벚꽃이 필 것 같아서 그래."

"벚꽃이랑 약속했다는 거야?"

"벚꽃이 핀 다음에 떠나야 해."

"왜?"

"벚꽃나무 숲에 가봐야 하니까."

"그러니까 왜 가봐야 하냐고?"

"꽃이 피기 때문이야."

"꽃이 피는 게 뭐?"

"꽃나무 밑에는 차가운 바람이 가득 차 있으니까."

"꽃나무 밑에?"

"꽃나무 아래는 끝이 없으니까."

"꽃나무 아래가?"

남자는 자신이 무슨 말을 하는 건지 알 수 없게 되어 답답했습니다.

"나도 꽃나무 아래에 데려다줘."

"그건 안 돼."

남자는 단호하게 말했습니다.

"혼자가 아니면 안 된다고."

여자는 쓴웃음을 지었습니다.

남자는 쓴웃음이라는 걸 처음 봤습니다. 그렇게 심술 궂은 웃음이 있는 줄 지금껏 몰랐던 겁니다. 그런데 그 걸 '심술궂다'라고 생각하지 않고 '칼로 베어 내려고 해 도 벨 수 없는 것'이라고 판단했습니다. 쓴웃음이 그의 머리에 도장을 찍은 것처럼 새겨져 버린 게 그 증거입니 다. 떠오를 때마다 칼날처럼 머리를 찌르는 그걸 베어 낼 수가 없었습니다.

사흘째가 되었습니다.

그는 몰래 나갔습니다. 숲에는 벚꽃이 만발해 있었습니 다. 한 걸음을 내딛는 순간 여자의 쓴웃음이 떠올랐습니 다. 그것은 지금까지 한 번도 느껴 보지 못한 날카로 움으로 그의 머리를 찔렀습니다. 그것만으로도 이미 그는 혼란스러웠습니다. 꽃나무 아래의 냉기가 사방에서 한꺼번에 밀려왔습니다. 그의 몸은 바람에 감싸여 순식간에 투명해졌습니다. 바람이 세차게 휘몰아쳐 그의 몸은 이미 바람으로 가득 차 있었던 겁니다. 공포에 떠는 그의 울부짖음만 울려 퍼졌습니다. 그는 내달렸습니다. 이런 허공이 또 어디에 있을까요. 그는 울면서 애원하고 몸부림치며 그저 도망치려고 했습니다. 그러다가 꽃나무 아래에서 벗어났다는 걸 알게 되었을 때 마치 꿈에서 깬 듯한 느낌이었습니다. 꿈과 다른 점이 있다면 정말로 숨이 끊어질 것처럼 고통스럽다는 것이었습니다.

* * *

남자와 여자 그리고 절름발이 여자는 도시에 와서 살게 되었습니다.

남자는 밤마다 여자가 가리키는 저택에 몰래 숨어들어 갔습니다. 옷이나 보석, 장신구를 훔쳐왔지만 그것만으로는 여자의 마음을 충족시킬 수 없었습니다. 여자가 무엇보다 갖고 싶어 하는 건 그 집에 사는 사람의 머리였습니다.

그들이 사는 집에는 이미 수많은 저택에서 베어 온 머리가 잔뜩 있었습니다. 방 안에 사방으로 칸막이를 치고 머리를 늘어놓았고, 그중에는 매달려 있는 머리도 있었습니다. 머리가 너무 많아서 구별하기가 쉽지 않았지만 여자는 하나하나 기억하고 있었습니다. 이미 머리털이 빠지고 살이 썩어 백골이 되었어도 어느 집에서 가져온 누구의 머리인지 죄다 기억하고 있었습니다. 남자나 절름발이 여자가 머리의 위치를 바꾸어 놓기라도 하면 화를 냈습니다. 그러면서 여긴 누구네 가족이고 저긴 누구네 가족이라며 까다롭게 잔소리를 했습니다.

여자는 매일 머리를 갖고 놀았습니다. 머리가 하인을 데리고 산책을 나갑니다. 어떤 머리의 가족에게 다른 머리의 가족이 놀러 옵니다. 머리가 사랑을 합니다. 여자 머리가 남자 머리를 퇴짜 놓기도 하고 남자 머리에게 차인 여자 머리가 울기도 합니다.

공주님 머리는 고위 관리 머리한테 속아 넘어갔습니다. 고위 관리 머리는 달이 없는 밤에 공주님 머리의 연인인 척하면서 몰래 숨어들어 하룻밤 인연을 맺었습니다. 밤을 보내고 공주님 머리는 그 사실을 알게 되었습니다. 공주님 머리는 고위 관리 머리를 미워하지 못하고 자신의 처지를 서러워하며 울다가 비구니가 되었습니다. 그러자 고위 관리 머리는 절까지 찾아가 비구니가 된 공주님 머리를 범했습니다. 목숨을 끊으려고 했던 공주님 머리는 고위 관리 머리의 속삭임에 넘어가 절에서 도망쳤습니다. 야마시나 마을로 숨어들어 고위 관리 머리의 첩이 되어 다시 머리카락을 길렀습니다. 공주님 머리도 고위 관리 머리도 이젠 머리카락이 다 빠지고 살이 썩어서 구더기가 들끓고 뼈가 들여다보였습니다. 이들 머리는 술잔을 기울이며 사랑을 속삭였습니다. 이빨과 이빨이 서로 부딪쳐 딱딱 소리가 나고, 썩은 살점이 들러붙어 코도 뭉개지고 눈알도 빠져 버렸습니다.

서로 쩍쩍 들러붙으며 두 머리가 뭉개질 때마다 여자는 아주 즐거워하며 요란하게 웃었습니다.

"자, 볼살을 먹어 봐. 아아, 맛있어. 공주님 목도 먹어 드리죠. 눈알도 씹어 볼까요? 호로록 빨아 주세요. 쪽쪽. 어머, 맛있어. 정말 못 참겠어. 그렇지? 자, 크게 물어뜯어 봐요."

여자는 깔깔대며 웃었습니다. 얇은 도자기가 울리는 듯한 청명한 웃음소리였습니다. 중의 머리도 있었는데 여자한테 미움을 받았습니다. 항상 나쁜 역을 맡아서 괴

롭힘을 당하다 죽거나 처형되었습니다. 중의 머리는 목이 잘리고 난 후 오히려 머리카락이 자라났는데 마침내 그 머리카락도 다 빠지고 썩어서 백골이 되었습니다. 백골이 되자 여자는 남자에게 다른 중의 머리를 가져오라고 했습니다. 새로운 중의 머리는 아직 앳되고 풋풋한 어린아이의 아름다움이 남아 있었습니다. 여자는 기뻐하며 상 위에 올려놓고 입안에 술을 집어넣거나 볼을 비비고 핥기도 하고 간지럼을 태우기도 했습니다. 하지만 이내 싫증을 냈습니다.

"더 뚱뚱하고 못생긴 머리를 가져와."

여자가 명령했습니다. 귀찮아진 남자는 다섯 개를 한꺼번에 갖고 왔습니다. 다 늙어빠진 노승의 머리도 있었고 굵은 눈썹에 두툼한 볼, 개구리가 달라붙어 있는 듯한 코를 가진 머리도 있었습니다. 귀가 말처럼 뾰족하게 생긴 머리도 있었고, 아주 점잖아 보이는 머리도 있었습니다. 하지만 여자의 마음에 든 건 딱 하나였습니다. 그건 쉰 살 정도로 보이는 못생긴 주지승 머리였는데, 눈꼬리가 처지고 볼도 늘어진 데다 두꺼운 입술 무게 때문에 입이 벌어진 것처럼 보였습니다.

여자는 처진 눈꼬리 양쪽 가장자리를 손끝으로 잡고

빙빙 돌리기도 하고 들창코 양쪽 구멍에 막대기를 꽂기도 했습니다. 거꾸로 세워 굴리거나 머리를 껴안고 두툼한 입술 사이로 자신의 젖가슴을 밀어 넣어 빨게 하면서 크게 웃었습니다. 하지만 그것도 곧 싫증이 났습니다.

아름다운 소녀의 머리도 있었습니다. 청순하고 조용해 보이는 고상한 머리였습니다. 앳되어 보이긴 했지만 죽은 얼굴이라 묘하게 어른스러운 우수를 띠고 있었습니다. 감긴 눈꺼풀 안에 즐거운 기억, 슬픈 기억, 어른스러운 기억까지 뒤범벅되어 있는 듯했습니다. 여자는 그 머리를 자신의 딸이나 여동생처럼 귀여워했습니다. 검은 머리카락을 빗겨 주고, 얼굴에 화장을 해주었습니다. 이러쿵저러쿵 중얼거리면서 공을 들여 꽃향기가 감도는 듯한 고운 얼굴로 꾸몄습니다.

소녀 머리를 위해서 젊은 귀공자 머리가 필요했습니다. 귀공자 머리까지 정성들여 화장을 마치자 두 젊은이 머리는 미친 듯이 불타오르는 사랑에 빠졌습니다. 토라지거나 화를 내고 미워하기도 하고 거짓말을 하고 속이거나 슬픈 표정을 짓기도 했습니다. 하지만 두 사람의 정열이 일시에 솟아오를 때는 한 사람의 불이 다른 사람에게 불을 붙여 불꽃이 활활 타올랐습니다. 하지만 얼마

지나지 않아 악한 무사와 호색에 빠진 어른, 못된 중 같은 지저분한 머리들이 훼방을 놓기 시작했습니다. 귀공자 머리는 걷어차이고 두들겨 맞다가 결국 죽임을 당했습니다. 여기저기서 더러운 머리들이 소녀에게 마구 달려들었습니다. 소녀 머리에 더러운 머리의 썩은 살점이 들러붙었고 뾰족한 이빨에 물어 뜯겨 코끝이 떨어져 나가고 머리카락이 뜯겼습니다. 그러자 여자는 소녀 머리를 바늘로 찔러 구멍을 냈고 창칼로 자르고 도려냈습니다. 그 어떤 머리보다도 추한 모습으로 차마 눈 뜨고 볼 수 없게 만들어서 내던져 버렸습니다.

　　남자는 도시가 싫었습니다. 처음엔 신기했던 도시의 모습에 익숙해지자 자신과 어울리지 않는 곳이라는 생각만 들었습니다. 도시에서는 그도 남들처럼 평상복을 입었지만 종아리는 드러내 놓고 다녔습니다. 대낮에는 칼을 차고 다닐 수도 없었습니다. 장을 보러 시장에 가야 했고 매춘부가 있는 술집에서 술을 마셔도 돈을 내야만 했습니다. 시장 상인들은 물론이고 채소를 팔러 나온 시골 여자, 심지어 어린아이까지 그를 업신여겼습니다. 매춘부도 그를 비웃었습니다. 귀족들은 소가 끄는 수레를 타고 길 한가운데를 지나갔습니다. 평상복에 맨발인

하인들은 대부분 주인이 하사한 술을 마시고 얼굴이 벌게져서 거들먹거리며 그 옆을 따라갔습니다. 그는 시장에서도, 길거리에서도, 절 안의 뜰에서까지 멍청이, 바보, 얼간이 취급을 당했습니다. 그래서 이제 그 정도 갖고는 화가 나지 않았습니다.

　남자는 무엇보다도 심심해서 죽을 지경이었습니다.

　'인간은 정말 지겨운 존재야.'

　그는 절실하게 느꼈습니다. 결국 그는 인간이 귀찮고 성가셨던 겁니다. 큰 개가 걸어가고 있으면 작은 개들이 짖어 대기 마련인데 남자는 큰 개와 같은 존재였습니다. 그는 삐치고 시기하고 토라지거나 생각하는 게 싫었습니다.

　'산 짐승들이나 나무, 시냇물과 새들은 귀찮지 않았는데…….'

　"도시는 정말 따분한 곳이야."

　그는 절름발이 여자에게 말했습니다.

　"너는 산으로 돌아가고 싶지 않아?"

　"저는 도시가 지루하지 않아요."

　절름발이 여자가 대답했습니다. 그녀는 온종일 음식을 장만하고 빨래를 하고 동네 사람들과 노닥거렸습니다.

"도시에선 수다를 떨 수 있어서 심심하지 않아요. 산은 심심해서 싫은데."

"너는 떠드는 게 지겹지 않아?"

"당연하죠. 누구든 떠들다 보면 지루할 틈이 없는 법이니까요."

"나는 말을 하면 할수록 지겨워지던데."

"당신은 말을 하지 않으니까 지겨운 거예요."

"그럴 리가 없어. 말을 하면 지겨우니까 안 하는 거야."

"그래도 말을 좀 해보세요. 분명 지루함을 잊게 될 테니까."

"무슨 말?"

"뭐든지 하고 싶은 말을 하면 되죠."

"하고 싶은 말이 뭐가 있다고."

남자는 진저리를 치면서 하품을 했습니다.

도시에도 산이 있었습니다. 하지만 산 위에는 절이나 암자가 있고 오히려 그곳에 많은 사람의 발길이 이어지고 있었습니다. 산에서는 도시가 한눈에 내려다보였습니다.

'세상에, 집이 이렇게 많다니. 아니, 저렇게 풍경이 지저분할 수도 있나?'

이런 생각을 했습니다.

그는 자신이 매일 밤 사람을 죽이고 있다는 사실을 낮에는 거의 잊고 있었습니다. 왜냐하면 사람을 죽이는 일도 따분해졌기 때문입니다. 아무런 흥미를 느낄 수 없었습니다. 칼로 치면 머리가 툭 떨어져 굴러갈 뿐이었습니다. 목은 부드러웠습니다. 뼈에 걸리는 느낌이 전혀 없기 때문에 무를 베는 것 같았습니다. 그 머리가 무겁다는 사실이 오히려 좀 뜻밖이었습니다.

그는 여자의 마음을 알 것 같았습니다. 종각에서는 중한 명이 악에 받쳐서 종을 치고 있었습니다.

'왜 저렇게 어리석은 짓을 하는 걸까.'

그는 생각했습니다.

'어떤 짓을 저지를지 알 수 없는 이런 놈들과 얼굴을 맞대고 살아야 한다면 나 같아도 놈들의 머리만 잘라서 함께 사는 쪽을 선택하겠어.'

하지만 끝도 없는 여자의 욕망이 이젠 지겨워졌습니다. 여자의 욕망은 말하자면 끝없이 하늘을 날아가는 새와 같았습니다. 쉬지 않고 계속 직선을 그리며 날고 있었습니다. 그 새는 지칠 줄을 몰랐습니다. 항상 상쾌하게 바람을 가르며 기분 좋게 훨훨 끝없이 날아갈 뿐입니다.

하지만 그는 그냥 새였습니다. 가지에서 가지로 날아다니다가 간혹 계곡을 건너는 정도가 고작이었고, 나뭇가지에 앉아 졸고 있는 올빼미와 비슷했습니다. 그는 민첩했습니다. 몸놀림이 유연했고 걸음도 빨랐으며 동작엔 생기가 넘쳤습니다. 하지만 그의 마음은 엉덩이가 무거운 새 같았습니다. 끝없이 직선으로 날아가는 건 엄두도 못 낼 일이었습니다.

남자는 산 위에서 도시의 하늘을 바라보았습니다. 새한 마리가 직선으로 날아갑니다. 하늘은 낮에서 밤으로, 밤에서 낮으로 밝음과 어둠을 끝없이 반복하고 있습니다. 그저 무한한 명암만 있을 뿐입니다. 남자는 무한의의미를 제대로 이해할 수가 없었습니다. 다음 날, 그다음 날, 또 다음 날, 명암의 무한한 반복에 대해 생각했습니다. 그는 머리가 깨질 것 같았습니다. 생각에 지쳐서가 아니라 생각하는 게 괴로웠기 때문입니다.

집에 돌아와 보니 여자는 여느 때처럼 머리를 갖고 노는 데 빠져 있었습니다. 남자를 보더니 여자는 기다렸다는 듯이 말했습니다.

"오늘 밤에는 기녀의 머리를 갖다줘. 아주 아름다운 기녀로 말이야. 춤을 추게 하고 내가 유행가를 불러 줄

거야."

남자는 아까 산 위에서 바라보았던 무한한 명암을 떠올리려고 했습니다. 말하자면 이 방이 무한한 명암이 반복되는 하늘인 셈인데 그게 잘 떠오르지 않았습니다. 그리고 여자는 그가 생각했던 새가 아니라 평상시의 아름다운 모습 그대로였습니다. 하지만 그가 대답했습니다.

"싫어."

여자는 깜짝 놀랐습니다. 그러더니 웃기 시작했습니다.

"어머, 겁이 나는 거야? 당신도 그냥 겁쟁이였구나."

"겁이 나서 그런 게 아니야."

"그럼 왜?"

"끝이 없으니까 하기 싫어진 거야."

"어머, 웃기네. 뭐든지 끝이 없는 거잖아. 매일매일 밥 먹는 것도 끝이 없고 매일매일 잠자는 것도 끝이 없잖아."

"그거하고는 달라."

"어떻게 다른데?"

남자는 말문이 막혔습니다. 하지만 다르다고 생각했습니다. 그래서 잔소리를 피해 밖으로 나왔습니다.

"기녀의 머리를 가져오라고!"

여자의 목소리가 등 뒤에서 들려왔지만 그는 대답하지 않았습니다.

그는 왜 다른지, 뭐가 다른지 생각해 봤지만 알 수 없었습니다. 점점 날이 어두워졌습니다. 그는 다시 산으로 올라갔습니다. 이젠 하늘도 보이지 않았습니다.

정신을 차리고 보니 하늘이 무너져 내리는 생각에 빠져 있었습니다. 하늘이 무너져 내리고 그는 목이 졸리는 것처럼 괴로워하고 있었습니다. 그건 여자를 죽이는 행위였던 겁니다.

무한한 명암 속의 하늘을 계속 날아가는 건 여자를 죽여야 끝이 납니다. 그리고 하늘이 무너져 내려야만 그는 안심할 수 있습니다. 하지만 그렇게 되면 그의 심장에 구멍이 뚫려 버립니다. 그의 가슴에서 새가 날아올라 어디론가 멀리 사라져 버릴 겁니다.

'저 여자가 나일까? 하늘을 끝없이 직선으로 날아가는 새가 나 자신이었던 건가?'

그는 의문이 들었습니다.

'여자를 죽이는 게 나를 죽이는 걸까? 나는 도대체 무슨 생각을 하고 있는 걸까?'

왜 하늘을 무너뜨리지 않으면 안 되는 건지 그것조차

알 수 없게 되었습니다. 모든 게 도무지 이해되지 않았습니다. 그리고 그런 생각들이 빠져나간 후에 남는 건 고통뿐이었습니다. 날이 밝았습니다. 그는 여자가 있는 집으로 돌아갈 용기가 나지 않았습니다. 그래서 며칠 동안 산속을 헤매고 다녔습니다.

어느 날 아침, 눈을 떠보니 그는 벚꽃나무 아래에 누워 있었습니다. 벚꽃나무에는 꽃이 활짝 피어 있었습니다. 깜짝 놀라 벌떡 일어났지만 그렇다고 도망칠 생각은 없었습니다. 단 한 그루만 있었기 때문입니다. 그는 문득 스즈카산의 벚꽃나무 숲을 떠올렸습니다. 그 숲에도 지금쯤 꽃이 활짝 피었을 겁니다. 밀려드는 그리움에 그는 깊은 생각에 잠겼습니다.

'산으로 돌아가자. 산으로 돌아가는 거야. 왜 이런 생각을 하지 못하고 하늘을 무너뜨릴 생각만 하고 있었던 걸까?'

그는 악몽에서 깨어난 것 같았습니다. 구원을 받은 느낌이었습니다. 지금까지 까맣게 잊고 있던 산속 이른 봄의 찬 기운과 그 냄새가 강렬하게 되살아났습니다.

남자는 집으로 돌아갔고 여자는 그를 반갑게 맞이했습니다.

"어디 갔었던 거야. 억지를 부리고 당신을 힘들게 해서 미안해. 당신이 없어서 얼마나 외로웠는지 몰라."

여자가 이렇게 부드럽게 대해 주는 건 처음이었습니다. 남자는 가슴이 아팠습니다. 결심이 금방이라도 녹아내릴 것만 같았습니다. 하지만 그는 마음을 굳게 먹었습니다.

"나는 산으로 돌아가기로 했어."

"나를 두고 가겠다고? 어떻게 그런 잔인한 생각을 할 수 있어?"

여자의 눈은 분노로 타올랐습니다. 배신을 당했다는 노여움으로 가득했습니다.

"원래 그렇게 매정한 사람이었던 거야?"

"그런 게 아니라...... 나는 도시가 싫어."

"내가 여기 있는 데도?"

"난 그냥 도시에 살고 싶지 않을 뿐이야."

"하지만 내가 있잖아. 당신은 내가 싫어진 거야? 나는 당신이 없는 동안에도 당신 생각만 하고 있었는데."

여자의 눈에 눈물이 맺혔습니다. 이런 모습은 처음이었습니다. 여자의 얼굴에서 분노는 이미 사라지고 매정함을 원망하는 서글픔만 가득했습니다.

"하지만 너는 도시에 살아야 하잖아. 나는 산에서 살아야 하고."

"나는 당신이 없으면 살 수 없단 말이야. 정말 내 마음을 모르겠어?"

"하지만 나는 산이 아니면 살 수 없어."

"그러니까 당신이 산으로 돌아가겠다면 나도 같이 갈 거야. 단 하루도 당신과 떨어져 살 수 없으니까."

여자는 남자의 가슴에 얼굴을 묻고 뜨거운 눈물을 흘렸고 그 온기가 남자의 가슴으로 스며들었습니다.

정말 여자는 남자 없이는 살 수 없게 되었습니다. 새로운 머리는 여자의 생명이었고 그 머리를 가져올 사람은 이 남자밖에 없었던 겁니다. 자신의 일부가 되어 버린 남자를 여자는 놓칠 수 없었습니다. 여자는 남자의 향수를 충족시켜 준 후에 다시 도시로 데려올 자신이 있었습니다.

"하지만 산에서 살 수 있겠어?"

"당신과 함께라면 어디에서든 살 수 있어."

"산에는 네가 갖고 싶어 하는 머리도 없어."

"당신과 머리 중에서 하나를 선택하라면 난 머리를 포기할 거야."

남자는 꿈이 아닐까 생각했습니다. 너무 기뻐서 믿기지 않을 정도였습니다. 이렇게 감격스러운 일은 꿈에서도 생각하지 못했습니다.

그의 가슴은 새로운 희망으로 가득 차올랐습니다. 갑작스레 불쑥 찾아온 희망은 조금 전까지의 괴로운 생각을 말끔히 씻어 냈습니다. 그는 이제 상냥하지 않았던 이전의 여자는 잊어버렸습니다. 지금 이 순간과 내일이 있을 뿐이었습니다.

두 사람은 곧바로 출발했습니다. 절름발이 여자는 남겨 두기로 했습니다. 그리고 여자는 출발할 때 절름발이 여자에게 몰래 말해 두었습니다.

"곧 돌아올 테니까 기다리고 있어."

* * *

예전의 산들이 눈앞에 모습을 드러냈습니다. 부르면 대답할 것만 같았습니다. 옛길을 따라갔습니다. 다니는 사람이 없어서 그 길은 이제 사라져 버리고 흔한 숲, 평범한 산비탈이 되어 있었습니다. 그 길로 가면 벚꽃나무 숲을 지나게 됩니다.

"업어 줘. 길도 없는 이런 산비탈은 도저히 못 걷겠어."

"그래, 알았어."

남자는 가볍게 여자를 등에 업었습니다.

남자는 처음 여자를 데려왔던 날을 떠올렸습니다. 그 날도 여자를 업고 고개 저편 산길을 올라갔습니다. 그때도 행복에 겨웠지만 오늘 느끼는 행복은 그보다 훨씬 컸습니다.

"처음 당신을 만났던 날에도 날 업어 줬지."

여자도 기억을 떠올리며 말했습니다.

"나도 그 생각을 하고 있던 참이야."

남자는 즐겁게 웃었습니다.

"저기 보이지? 저게 다 내 산이야. 계곡도 나무도 새와 구름까지 전부 내 거라고. 산은 정말 좋아. 달려 보고 싶지 않아? 도시에서는 그런 적이 없었잖아."

"처음 만난 날엔 당신보고 날 업은 채로 뛰라고 했었는데."

"맞아, 그땐 너무 힘들어서 눈이 핑핑 돌 정도였어."

벚꽃나무 숲에 꽃이 만발해 있을 거라는 사실을 남자는 잊지 않고 있었습니다. 하지만 이렇게 행복한 날에 꽃이 활짝 피었다 한들 뭐 그리 대단한 일일까요. 그는 두렵지 않았습니다.

드디어 벚꽃나무 숲이 눈앞에 나타났습니다. 정말로 온통 꽃이 만발해 있었습니다. 바람에 날려 꽃잎들이 하늘하늘 떨어지고 있었고, 땅은 온통 꽃잎으로 뒤덮여 있었습니다.

'이 꽃잎들은 대체 어디서 떨어진 거지?'

활짝 핀 꽃들이 머리 위로 빼곡하게 끝도 없이 펼쳐져 있어서 꽃잎이 떨어졌을 것 같지 않았습니다.

남자는 활짝 핀 꽃나무 밑으로 걸어 들어갔습니다. 주위는 고요했고 점점 서늘해지는 것 같았습니다. 그는 문득 여자의 손이 차가워졌다는 걸 깨달았습니다. 갑자기 불안해졌습니다. 순간 그는 알게 되었습니다. 여자가 귀신이라는 걸. 갑자기 사방에서 차가운 바람이 꽃나무 아래로 밀려들었습니다.

남자의 등에는 온몸이 보라색인 커다란 얼굴의 노파가 매달려 있었습니다. 입은 귀까지 찢어져 있고 구불구불한 머리는 초록색이었습니다. 남자는 달렸습니다. 몸을 흔들어 떨쳐 버리려 했습니다. 귀신은 손에 힘을 주고 그의 목을 졸랐습니다. 앞이 보이지 않을 지경이었습니다. 그는 제정신이 아니었습니다. 온 힘을 다해 귀신의 손을 풀었습니다. 양손이 벌어진 틈새로 목을 빼내자 귀신은 등에서 미끄러져 털썩 떨어졌습니다. 이번에는 그가 귀신에게 달려들 차례였습니다. 귀신의 목을 졸랐습니다. 그러다 문득 정신을 차리고 보니 그는 온 힘을 다해 여자의 목을 조르고 있었습니다. 여자는 이미 숨이 끊어진 상태였습니다.

눈이 침침했습니다. 눈을 크게 떠봐도 시력은 돌아오지 않은 것 같았습니다. 왜냐하면 그가 목을 졸랐던 건 여자임이 분명했고 여자의 시체가 거기에 있었기 때문입니다.

그의 호흡이 멈췄습니다. 힘도 생각도 모든 게 동시에 멈춰 버렸습니다. 여자의 몸에는 이미 여러 개의 벚꽃 잎이 떨어져 있었습니다. 그는 여자를 흔들었습니다. 이름을 부르며 끌어안았습니다. 소용이 없었습니다. 엎드려 울었습니다. 이 산에 들어오고 지금까지 그는 한 번도 운 적이 없었습니다. 정신을 차렸을 때 그의 등에는 하얀 꽃잎이 수북이 쌓여 있었습니다.

벚꽃나무 숲의 거의 한가운데였습니다. 꽃에 가려서 끝이 보이지 않았습니다. 두려움이나 불안은 사라지고 없었습니다. 벚꽃 숲 끝에서 불어오는 차가운 바람도 없었습니다. 그저 조용히 그리고 사뿐사뿐 꽃잎이 계속 떨어지고 있을 뿐이었습니다. 그는 처음으로 벚꽃이 만발한 숲속에 앉아 있었습니다. 언제까지나 거기에 앉아 있을 수 있었습니다. 그에겐 이제 돌아갈 곳이 없었으니까요.

벚꽃이 만발한 숲의 비밀은 아직 아무도 모릅니다. 어쩌면 그건 '고독'이었는지도 모릅니다. 왜냐하면 남자는 이제 고독을 두려워할 필요가 없었기 때문입니다. 자신이 고독 그 자체였던 겁니다.

그는 처음으로 사방을 둘러보았습니다. 머리 위에 꽃이 있고 그 아래는 고요하고 끝없는 허공이 가득 차 있었습니다. 하늘하늘 꽃이 내립니다. 그게 전부였고 다른 어떤 비밀도 없었습니다.

얼마 후 뭔가 따뜻한 게 느껴지기 시작했습니다. 그는 꽃과 냉기에 감싸여 따뜻하게 부풀어 있는 그것이 자신의 가슴속 슬픔이라는 걸 알게 되었습니다.

그가 여자의 얼굴 위에 떨어진 꽃잎을 치워 주려고 손을 대는 순간 뭔가 이상한 일이 일어났습니다. 그곳엔 꽃잎만 쌓여 있을 뿐 여자의 모습은 보이지 않았습니다. 여자는 몇 장의 꽃잎이 되어 있었습니다. 그리고 그 꽃잎에 손을 뻗었을 땐 그의 손도, 그의 몸도 이미 사라지고 없었습니다. 그 자리는 꽃잎과 차가운 허공으로 덮여 있었습니다.

일본문학 컬렉션
03

불길한 소리

나쓰메 소세키 지음
안영신 옮김

나쓰메 소세키(夏目漱石 1867~1916)

일본 도쿄에서 출생한 나쓰메 소세키는 근대 일본을 대표하는 국민 작가이다. 도쿄제국대학 영문과를 졸업하고 영어 교사를 거쳐 1900년 영국 유학길에 오른 그는 귀국 후 모교의 강단에 서기도 했다. 1905년 「나는 고양이로소이다」를 발표하여 호평을 얻으며 작가의 길로 들어선다. 1907년 ≪도쿄아사히신문≫에 전속 작가로 입사하여 「우미인초」 연재를 시작으로 창작에 전념한다. 세속에서 벗어나 인생을 느긋하게 바라보려는 요소가 강한 그의 작풍은, 당시 주류를 이루던 자연주의와 대립하는 위치를 점하게 된다. 근대적 지성에 기반한 윤리적 주제를 추구하는 많은 작품을 남겼다. 신경 쇠약과 위궤양을 앓다가 1916년 「명암」을 집필하던 중 사망하였으며, 대표작으로는 전기 삼부작 「산시로」, 「그 후」, 「문」과 후기 삼부작 「피안이 지나기까지」, 「행인」, 「마음」 등이 있다.

●●●●

"별일이군, 한동안 발걸음도 안 하더니."

쓰다가 램프의 심지를 낮추면서 말했다.

그의 말을 듣고 나는 낡아서 금방이라도 무릎이 드러날 것 같은 바지 위에 놓인 소마야키* 찻잔 밑부분을 손끝으로 돌리면서 생각했다.

'그런 말을 들을 만도 하지. 이번 설에 얼굴을 본 뒤로 꽃이 한창인 오늘까지 쓰다의 하숙집을 찾아온 적이 없으니.'

_____

* 후쿠오카현 소마 지방에서 구워 내는 도자기.

"와야지 와야지 하면서도 너무 바빠서 그만......."

"하긴 바쁘겠지. 아무래도 학교에 다닐 때와는 다를 테니까. 요즘도 여전히 저녁 6시까지 근무하나?"

"뭐, 대부분 그렇지. 집에 가서 밥 먹고 나면 그대로 곯아떨어진다니까. 공부는커녕 목욕도 제대로 못 할 정도라네."

나는 찻잔을 다다미 위에 내려놓고 졸업한 게 불만스럽다는 표정을 지어 보였다.

"그러고 보니 조금 야윈 것 같은데? 꽤 힘든가 보군."

내 대답에 조금 안쓰러운 마음이 들었는지 쓰다가 말했다.

기분 탓인지는 모르겠지만 정작 쓰다는 살이 좀 올라 보여 은근히 약이 올랐다. 책상 위에는 흥미로워 보이는 책이 펼쳐져 있었고, 오른쪽 페이지 위쪽에 연필로 쓴 주석이 달려 있었다. 이렇게 한가한 모습을 보니 부러우면서도 짜증이 났고, 한편으로는 내 신세가 한스럽기도 했다.

"자네는 여전히 공부만 하면 되는군. 읽고 있는 그 책은 뭔가? 메모까지 하면서 꽤나 열심히 연구하는 거 같은데."

"이거 말인가? 귀신에 관한 책이라네."

쓰다는 아주 태연한 얼굴로 말했다. 이렇게 바쁜 세상에 남들은 관심도 갖지 않는 귀신에 관한 책을 태평스럽게 읽고 있는 건 한가로움을 넘어 사치라는 생각이 들었다.

"나도 속 편하게 귀신이나 연구하고 싶은데...... 매일같이 시바에서 고이시가와 구석까지 출퇴근하다 보니 연구는커녕 내가 귀신이 될 지경일세. 생각할수록 한심한 일이야."

"아, 그랬지. 깜박 잊고 있었군. 그래, 좀 어떤가. 새살림을 꾸린 기분이? 내 집이 생기니까 이제 집주인이라는 기분이 절로 들던가?"

쓰다는 귀신을 연구하고 있어서 그런지 심리를 파악하는 질문을 했다.

"주인이라는 생각은 별로 안 들어. 역시 하숙하는 게 훨씬 맘 편하고 좋은 거 같아. 살림살이라도 제대로 갖춰져 있으면 몰라도 놋쇠 주전자에 물을 끓이고 양철 대야로 세수하고 있는데 번듯한 주인이라는 생각이 들 리가 있겠나."

나는 속내를 털어놓았다.

"그래도 주인은 주인이지. 이게 내 집이다 생각하면 왠지 기분 좋지 않은가? 소유한다는 건 모름지기 애착을 동반하는 법이니까."

쓰다는 심리학적으로 인간의 마음을 설명해 주었다. 학자라는 자들은 물어보지 않아도 하나하나 설명해 주는 족속이다.

"내 집이라고 생각하면 어떨지 모르지만 도통 그렇게 생각하고 싶지 않다는 게 문제야. 하기야 명목상으로는 주인이긴 하지. 그래서 대문에도 내 문패를 달아 놓긴 했어. 7엔 50전짜리 집세를 내는 주인이니 완벽한 주인이라고 할 순 없지. 벼슬아치로 치자면 사무관 정도나 되려나. 적어도 칙임관*이나 주임관**은 되어야 제대로 된 주인이라 할 수 있지 않겠나? 그냥 하숙할 때보다 귀찮은 일만 많아질 뿐이라네."

별생각 없이 이렇게 시답잖은 불평만 늘어놓고는 상대의 눈치를 살폈다. 그가 조금이라도 동의하면 곧바로 그다음 불평으로 이어 갈 작정이었다.

---

* 천황의 명령으로 임명되던 관리로 1등과 2등에 해당한다.
** 3등부터 9등까지의 고등관.

"하긴 진리는 그런 데 있는 건지도 모르지. 여전히 하숙생 신세인 나하고 새롭게 집을 장만한 자네는 서로 입장이 다르니까."

말은 상당히 어려웠지만 어쨌든 내 의견에 찬성을 해 주었다. 이런 분위기라면 불평을 좀 더 이어 가도 문제없을 것 같았다.

"일단 집에 돌아가면 할멈이 끈으로 묶은 장부를 들고 나한테 온다네. 그리고 오늘은 된장 3전어치, 무 두 개, 강낭콩을 1전 5리어치 샀다고 세세하게 보고를 하는 거야. 귀찮아 죽겠다니까."

"그렇게 귀찮으면 하지 말라고 하면 되지."

하숙생인 쓰다는 별일 아니라는 듯 말했다.

"나도 그랬으면 좋겠는데 할멈하고 말이 통해야 말이지. 그런 건 일일이 얘기 안 해도 되니까 적당히 알아서 하라고 해도 '그럴 순 없죠. 사모님도 안 계신 집에서 부엌일을 맡고 있는 이상 단 한 푼이라도 계산이 틀리면 안 됩니다.' 이러면서 고집만 부리고 도통 주인 말을 안 듣는다니까."

"그럼 그냥 듣는 척하면서 대충 대답만 하면 되잖아."

쓰다는 마음이라는 게 외부의 자극에 개의치 않고 자

유롭게 움직일 수 있다고 생각하는 모양이다. 심리학자답지 않은 생각이었다.

"그런데 그뿐만이 아니라니까? 세세한 회계 보고가 끝난 다음에는 다음 날 어떤 반찬을 준비할지 자세히 지시해 달라고 하니 정말 난처하다네."

"적당히 재료를 골라서 만들라고 하면 되잖아."

"하지만 본인이 알아서 할 만큼 반찬에 관한 분명한 개념이 없으니 문제지."

"그럼 자네가 지시하면 되겠네. 반찬거리쯤이야 별거 아니잖아."

"그게 그리 쉬우면 왜 힘들다고 하겠나. 나도 반찬거리에 대해서 뭐 아는 게 있어야지. '내일 오미오쓰케는 무얼 넣고 끓일까요?' 하고 물으면 곧바로 대답을 할 수 없는 사람이라서......."

"오미오쓰케라는 게 도대체 뭔데?"

"미소시루 말이야. 도쿄에서 온 할멈이라 도쿄식으로 오미오쓰케라고 하는 거야. '무얼 넣고 끓일까요?' 하고 물으면 건더기로 쓸 만한 재료를 차례차례 나열한 다음에 선택을 해야 하잖아. 우선 하나하나 생각해 내는 게 만만치 않고 그중에서 고르는 것도 정말 쉽지 않다네."

"참 힘들게 먹고사는군. 자네가 특별히 좋아하는 게 없기 때문에 힘든 거라네. 원래 두 가지 이상의 물건을 비슷한 강도로 좋아하거나 싫어할 경우엔 결단력이 느려지는 법이거든."

또다시 다 아는 얘기를 굳이 어렵게 말했다.

"미소시루 건더기까지 의논하는가 하면 별걸 다 참견한다니까."

"허어, 또 먹는 건가?"

"응, 매일 아침 우메보시*에 흰 설탕을 뿌려서 하나씩 꼭 먹으라는 거야. 그걸 안 먹으면 할멈 심기가 아주 불편해져서 말이야."

"그걸 왜 먹으라는 건데?"

"모든 병을 막을 수 있다나 뭐라나. 그런데 할멈이 그렇게 주장하는 이유가 아주 웃겨. 일본에선 어떤 여관에 묵더라도 아침 식사엔 항상 우메보시가 나온다, 그게 효험이 없다면 이렇게 일반적인 습관이 되었을 리가 없다, 이러면서 아주 잘난 체하며 먹인다고."

"하긴 그것도 일리가 있군. 습관이라는 건 어느 정도

---

* 매화 열매를 소금에 절여 말린 음식.

효력이 있어야 유지되는 법이니까 우메보시라고 해서 무조건 무시할 건 아니지."

"자네까지 할멈 편을 들긴가? 그럼 내가 점점 더 주인 같지 않다는 기분이 들지 않겠나."

나는 피우던 담배를 화로의 재 속으로 내던져 버렸다. 타다 남은 성냥들 사이로 굴러가더니 비스듬한 일(一)자를 만들었다.

"어쨌든 완고한 할멈이로군."

"완고한 걸 넘어서 아주 미신에 빠져 있는 할멈이라니까. 아마도 한 달에 두세 번은 덴즈인* 근처에 있는 어떤 중한테 가서 조언을 듣나 봐."

"친척 가운데 중이 있는 건가?"

"용돈벌이로 중이 점을 봐주는 모양이야. 그 중이 자꾸 쓸데없는 소리를 해대서 골치가 아프다네. 이번에 내가 집을 장만할 때도 어느 방향을 피해야 한다느니, 팔방으로 운수가 꽉 막혔느니 하는 바람에 얼마나 난처하던지."

"하긴, 자네가 집을 마련하고 나서 그 할멈이 들어온

---

* 도쿄에 있는 정토종 사찰.

거였지?"

"일하기 시작한 건 이사할 때부터지만 약속은 미리 해놨거든. 실은 요쓰야의 처가에서 소개해 준 할멈인데 그 정도면 믿고 집을 맡겨도 될 거라고 장모님이 말씀하셔서 결정한 거야."

"자네와 결혼할 분의 어머니께서 신경 써서 골라 주신 할멈이니 사람은 확실하겠군."

"사람은 믿을 만하지만 미신을 너무 떠받들어서 놀랐다니까. 여하튼 이사하기 사흘 전에 그 중한테 가서 물어본 모양이야. 그랬더니 지금 살고 있는 고이시카와 쪽으로 옮기면 안 된다면서 집안에 불행한 일이 생길 거라고 했다는 거야. 정말 어처구니없지 않은가? 중 주제에 알지도 못하면서 그런 헛소리나 떠들고 말이야."

"하지만 그게 장사니까 어쩔 수 없지."

"그래, 장사하는 거라 치면 돈만 받고 적당히 좋은 말을 해주면 되잖아."

"내가 그런 것도 아닌데 여기서 화를 내봤자 무슨 소용이 있겠나."

"게다가 젊은 여자가 화를 입을 거라는 말을 덧붙였다는 거야. 그러니 할멈이 얼마나 놀랐겠냐고. 우리 집에 있는 젊은 여자라면 곧 시집올 우노 집안의 딸이 틀림없다고 굳게 믿고 저렇게 혼자 걱정하고 있다니까?"

"하지만 아직 자네 집으로 들어온 건 아니잖아."

"오기도 전에 저러고 있으니까 쓸데없는 걱정이라는 거야."

"우스갯소리인지 진지한 얘긴지 알 수가 없군."

"아주 말도 안 되는 얘기지. 그나저나 요즘 들어 우리 집 근처에서 들개들이 짖기 시작했어."

"개들이 짖는 거랑 할멈이 무슨 관계라도 있나? 나는 전혀 연상이 안 되는데."

쓰다는 아무리 심리학에 자신이 있어도 이건 설명하기 어렵다며 눈살을 조금 찌푸렸다. 나는 일부러 침착하게 차 한 잔을 더 달라고 했다. 소마야키 찻잔은 싸구려다. 원래는 가난한 무사가 부업으로 만들었다는 얘기까지 전해지고 있다. 쓰다는 녹차를 새로 끓이지 않고 그대로 재탕해서 싸구려 찻잔에 가득 따라 주었다. 나는 왠지 꺼림칙한 느낌이 들어 마시고 싶지 않아졌다. 찻잔의 밑바닥을 보니 가노 모토노부*풍의 말이 기세 좋게

---

* 무로마치 시대(1336~1573)의 화가.

달리고 있었다. 싸구려 잔과는 어울리지 않는 활기 넘치는 말 그림을 보고 감탄하긴 했지만, 그렇다고 해서 마시고 싶지 않은 차를 마셔야 할 의무는 없기에 찻잔에 손을 대지 않았다.

"자, 마시게."

쓰다가 권했다.

"이 말은 꽤 힘이 좋아 보이는데. 꼬리를 흔들며 갈기를 휘날리는 걸 보니 야생마로군."

차는 마시지 않고 말만 칭찬하고 있었다.

"왜 이러나. 할멈에서 갑자기 개 이야기로 바뀌더니 이번엔 또 개가 말로 변한 건가? 그래서 어떻다는 건데?"

그러면서 계속 묻는 바람에 차는 마시지 않아도 됐다.

"할멈 말로는 저건 단순한 울음소리가 아니라는 거야. 이 동네에 변이 생길 징조가 틀림없으니 조심하라고 하더군. 하지만 조심하라고 한들 딱히 방법이 없으니 그냥 내버려 두고 있는데 시끄러워 죽겠어."

"그렇게 시끄럽게 짖어?"

"사실 개가 짖는 거야 뭐 상관없다네. 난 금방 깊이 잠들어 버려서 언제 어떻게 짖는지도 모를 정도니까. 그런데 할멈의 잔소리는 내가 깨어 있을 때만 골라서 시작되니까 그게 귀찮다는 거지."

"하긴 제아무리 할멈이라도 자네가 자고 있는 데까지 와서 조심하라고 하진 않겠지."

"그러던 차에 내 아내 될 사람이 감기에 걸렸다는 거야. 할멈의 예상대로 안 좋은 일이 생기고 있으니 문제지."

"그래도 우노 집안의 따님은 아직 요쓰야에 있으니 걱정 안 해도 될 거 같은데."

"그런 걸 걱정하니까 미신에 빠진 할망구라는 거야. 내가 집을 옮기지 않으면 약혼녀의 병이 빨리 완쾌되지 않는다고 이번 달 안으로 방향이 좋은 곳으로 이사를 하라는 거야. 엉터리 점쟁이 말만 믿고 그러니까 아주 곤혹스럽다네."

"옮기는 게 좋을지도 모르지."

"그런 말은 하지도 말게나. 이사한 지 얼마나 됐다고. 그렇게 자주 이사를 하다간 파산하고 말 걸세."

"그나저나 아픈 사람은 괜찮은가?"

"자네까지 왜 그러나? 설마 그 중이 하는 말을 믿는 건가? 사람을 그렇게 겁주면 안 되지."

"겁주려는 게 아니라 괜찮냐고 묻는 걸세. 자네 아내 될 사람이 걱정돼서 하는 말이야."

"당연히 괜찮지. 기침은 좀 하지만 그냥 독감이니까 뭐."

"독감?"

쓰다가 갑자기 큰 소리를 내는 바람에 나는 깜짝 놀랐다. 이번엔 정말로 놀라서 말없이 그의 얼굴을 쳐다보았다.

"조심해야 하네."

이번엔 낮은 소리로 말했다. 조금 전의 큰 소리와는 달리 나지막한 목소리가 귓속을 지나 머릿속까지 스며드는 것 같았다. 왠지 알 수 없었다. 가느다란 바늘이 뿌리까지 깊이 들어가듯 낮게 배어드는 목소리는 뼛속까지 울리는 모양이다. 푸른 유리같이 드넓은 하늘에 눈동자만 한 검은 점 하나가 딱 박힌 기분이었다. 그 점은 사라져 버리거나 녹아서 흘러가거나 산바람이 될 수도 있다. 이 눈동자만 한 점의 운명은 지금부터 쓰다가 하는 설명으로 결정될 것이다. 나도 모르게 소마야키 찻잔을 집어 들고는 차갑게 식은 차를 단숨에 들이켰다.

"조심해야 하네."

쓰다는 다시 같은 말을 같은 어조로 반복했다. 눈동자만 한 점의 검은 빛이 한층 짙어졌다. 하지만 흐르거나 번지지는 않았다.

"자네까지 불길하게 왜 그러나. 사람 놀라게 하긴가! 하하하."

억지로 큰소리를 내며 웃어 보였지만 얼빠진 듯 기운 없는 목소리가 무의미하게 울리는 걸 깨닫고 중간에 뚝 멈췄다. 하지만 멈추는 게 더 부자연스러워서 그냥 끝까지 웃을 걸 그랬다고 생각했다. 쓰다는 이 웃음소리를 어떻게 들었는지 모르겠다. 다시 입을 열었을 때는 여전히 평소와 같았다.

"아니, 실은 이런 일이 있었다네. 바로 얼마 전인데 내 친척도 독감에 걸렸었지. 별일 아니라고 생각해서 그냥 내버려 뒀더니 일주일 뒤에 폐렴으로 번졌고 결국 한 달도 못 돼 죽고 말았어. 그때 의사 얘기가 요즘 독감은 아주 고약해서 곧바로 폐렴이 되니까 조심해야 한다는 거야. 정말 믿어지지가 않아. 너무 불쌍해서 말이야."

그렇게 말하고는 표정이 싸늘하게 굳어졌다.

"저런, 웬 날벼락인가. 어쩌다가 폐렴까지 간 거야?"

걱정이 돼서 좀 더 얘길 들어 보고 싶었다.

"모르겠네. 특별한 원인도 없는데...... 그러니까 조심해야 한단 말일세."

"정말 그래야겠군."

나는 진심을 담아 대답을 하면서 쓰다의 눈을 골똘히 들여다보았다. 그는 아직도 싸늘하게 굳은 표정이었다.

　"아, 정말 싫다. 생각하고 싶지도 않군. 스물두셋밖에 안 되는 나이에 죽다니 너무 허무하지 않은가. 더군다나 남편은 전쟁터에 나가 있는데."

　"흠, 여자였나? 그것참 안됐군. 남편이 군인인가 보지?"

　"응, 남편은 육군 중위라네. 결혼한 지 1년도 채 안 됐지. 상갓집에서 밤샘도 하고 장례식에도 참석했는데 그 친정어머니가 어찌나 슬피 울던지......"

　"당연히 그렇겠지. 얼마나 슬프겠나."

　"마침 장례식 날은 눈발이 흩날리는 추운 날이었다네. 염불이 끝나고 관을 묻으려고 하자 어머니가 구덩이 옆에 쭈그리고 앉아 꼼짝도 하지 않는 거야. 눈 때문에 머리가 젖을까 봐 내가 우산을 씌워 드렸지."

　"잘했네. 자네답지 않은 자상한 모습이군."

　"너무 딱해서 보고만 있을 순 없었다네."

　"그랬을 거 같군."

　나는 다시 가노 모토노부의 말을 쳐다보았다. 싸늘한 쓰다의 표정이 지금 나에게도 전염되었을 것 같다는 생각이 들었다. 갑자기 죽은 여자의 남편이 궁금해졌다.

"그런데 그 남편은 무사한 건가?"

"남편은 구로키 부대에 있는데 다행히 부상도 입지 않은 모양이더군."

"아내가 죽었다는 소식을 듣고 얼마나 놀랐을까."

"거기에 대해선 믿기 어려운 얘기가 있다네. 일본에서 보낸 편지가 도착하기도 전에 부인이 남편한테 가 있었다는 거야."

"가 있었다니?"

"만나러 간 거지."

"어떻게?"

"어떻게 간 건지는 모르겠지만 아무튼 만나러 갔다는 거야."

"만나러 가다니. 죽은 사람이 말인가?"

"죽고 나서 만나러 간 거지."

"말도 안 되는 소리. 아무리 남편이 그리워도 그렇지, 어떻게 그런 재주를 부릴 수 있단 말인가? 옛날이야기에 나오는 귀신도 아니고."

"아니, 실제로 간 걸 어쩌겠나."

쓰다는 지식인답지 않게 말도 안 되는 주장을 계속 고집했다.

"어쩌겠냐고? 뭔가 직접 본 사람처럼 말을 하는군. 이상하네. 자네 진심으로 하는 말인가?"

"물론 진심이지."

"이거 놀랄 일이군. 꼭 우리 집 할멈 같아."

"할멈이고 할아범이고 간에 사실인데 어쩌겠는가."

쓰다는 점점 더 강력하게 주장했다. 아무래도 나를 놀리려고 하는 말 같지는 않았다. 그렇게 진지하게 말하는덴 뭔가 이유가 있을 것이다. 쓰다와 나는 대학에 들어가면서 전공이 달라졌지만 고등학교 때는 같은 반이었던 적도 있다. 나는 마흔 명 중에서 꼴찌였는데 그는 항상 이삼 등을 벗어나지 않았던 걸 보면 나보다 서른대여섯 등만큼 머리가 명석한 게 틀림없다. 그런 쓰다가 저렇게 강하게 주장하는 걸 보면 아주 터무니없는 말은 아닐 것이다. 나는 법학사라 사건을 있는 그대로 보고 상식적으로 판단한다. 깊이 생각하면서 이것저것 따져 볼수도 있지만 그런 건 성격에 맞지 않는다. 귀신이니 재앙이니 운명이니 하는 뜬구름 잡는 생각을 제일 싫어한다. 하지만 쓰다의 두뇌는 이런 걸 받아들이고 있다. 그러면서 진지하게 귀신 이야기를 하는 걸 보니 의리 때문이라도 이 문제에 대한 태도를 바꾸고 싶어졌다. 사실 귀신이랑 떠돌이 가마꾼은 메이지유신 이후 영원히 사라졌다고 믿고 있었다. 그런데 조금 전 쓰다의 모습을 보면 왠지 귀신이라는 게 내가 모르는 사이에 부활한 것도 같았다. 세상일이라는 게 어디 내 생각대로만 움직이겠는가. 그러고 보니 아까 책상 위에 있던 책들에 대해 물어봤을 때도 귀신에 관한 책이라고 대답했었다. 어쨌든 손해 볼 건 없다. 바쁜 나로서는 이런 기회가 다시는 없을 것이다. 후학을 위해 이야기라도 듣고 가야겠다고 결심했다. 보아하니 쓰다도 계속 이야기를 하고 싶은 눈치였다. 말하고 싶은 사람이 있고 듣고 싶은 사람이 있는데 뭐가 문제겠는가.

"알고 봤더니 그 아내가 남편이 전쟁터로 떠나기 전에 맹세를 했다는 거야."

"무슨 맹세?"

"만일 남편이 집을 비운 사이에 자기가 병으로 죽게 되더라도 그냥 죽지는 않겠다고."

"허어."

"반드시 영혼만이라도 남편 곁으로 가서 만날 거라고 했다는군. 그랬더니 군인인 데다 호탕한 성격의 남편이 웃으면서 알겠으니 언제든지 오라고, 전쟁터 구경을 시켜 주겠다고 대답했다는 거야. 그러고는 만주로 건너갔지. 이후 그 일은 완전히 잊어버렸고 신경도 쓰지 않았다고 하더군."

"그럴 테지. 나 같으면 전쟁터에 가지 않았어도 잊어버렸을 걸세."

"그런데 그 남자가 떠날 때 부인이 이것저것 짐을 챙겨 주면서 호주머니 속에 조그만 손거울을 넣어 뒀다는 거야."

"흠, 자네 아주 자세히도 알고 있군."

"뭐, 나중에 전쟁터에서 편지를 보내왔기 때문에 그 전말이 밝혀진 거지. 남편이 그 거울을 항상 품속에 지니고 있었다는군."

"그렇군."

"어느 날 아침 평소처럼 거울을 꺼내 무심코 봤다는 거야. 항상 그랬듯이 그 거울에 지저분한 수염투성이 얼굴이 비칠 줄 알았던 거지. 그런데...... 희한하지. 정말 신기한 일도 다 있어."

"뭐가 말인가?"

"병으로 수척해진 부인의 창백한 모습이 쓱 나타났다는 거야. 그건 좀 믿기 힘든 얘기지. 누가 들어도 거짓말이라고 할 거야. 나도 그 편지를 실제로 보기 전까지는 믿지 못했던 사람 중 하나였으니까. 하지만 그쪽에서 편지를 보내온 날짜를 보니까 이쪽에서 사망 소식을 전하기 3주나 전이었단 말이지. 속일 만한 얘깃거리가 바닥났다면 몰라도 그런 거짓말을 할 이유가 뭐가 있겠나? 죽느냐 사느냐 하는 전쟁 중에 한가로이 소설 같은 허풍이나 떨면서 고향에 편지를 보낼 사람이 있겠냐고."

"당연히 없지."

말은 그렇게 했지만 사실은 아직 반신반의했다. 그러면서도 뭔가 섬뜩하고 기분 나쁜, 한마디로 말하자면 법학사에게 어울리지 않는 느낌이었다.

"말은 전혀 없었다고 하더군. 거울 속에서 남편의 얼굴을 가만히 바라보고만 있었는데, 그때 남편의 머릿속에 전쟁터로 떠나올 때 아내가 했던 말이 갑자기 소용돌이치듯 떠올랐다는 거야. 그도 그럴 테지. 인두로 머릿속을 푹 지진 것 같은 느낌이었다고 편지에 적혀 있더라고."

"정말 신기한 일도 다 있네."

편지의 글귀까지 그대로 전해 들으니 이젠 믿지 않을 수 없었다. 왠지 마음이 뒤숭숭했다. 이때 쓰다가 '왁!'

하고 소리쳤다면 분명히 난 기겁해서 펄쩍 뛰어올랐을 것이다.

"그래서 시간을 따져 봤더니 아내가 숨을 거둔 시간과 남편이 거울을 쳐다본 시간이 일치하는 게 아닌가."

"점점 더 신기해지는군."

이쯤 되자 정말로 신기하다는 생각이 들었다.

"하지만 그게 있을 수 있는 일인가?"

확인을 위해 쓰다에게 물어보았다.

"이 책에도 그런 얘기가 적혀 있는데⋯⋯"

쓰다는 아까 책상 위에 펼쳐 놓았던 책을 꺼내면서 침착하게 대답했다.

"요즘은 그런 일이 생길 수도 있다고 증명되는 거 같더군."

법학사가 모르는 사이에 심리학자 쪽에서 귀신을 부활시키고 있다고 생각하니 이젠 귀신을 우습게 여길 수도 없었다. 잘 모르는 일에 대해선 함부로 나설 수가 없다. 모르는 건 무능력한 것이다. 귀신에 대해서만큼은 법학사가 문학사에게 복종할 수밖에 없다고 생각했다.

"어떤 사람의 뇌세포가 멀리 떨어져 있는 다른 사람의 뇌세포를 느껴서 일종의 화학적 변화를 일으킨다면......"

"나는 법학사라 그런 얘긴 아무리 들어도 모르겠네. 요컨대 이론상 그런 일이 있을 수도 있단 말이지?"

나처럼 두뇌 회전이 빠르지 못한 사람은 이치를 자세히 설명 듣는 것보단 결론만 간단히 이해하는 게 편하다.

"뭐, 그렇게 결론을 낼 수 있지. 이 책에도 그런 예가 많이 나온다네. 그중에서 로드 브로엄이 귀신을 봤다는 얘기는 이 경우와 같다고 볼 수 있지. 제법 재미있다네. 자네 브로엄은 알고 있지?"

"브로엄? 브로엄이 뭔데?"

"영국의 문학자 말이야."

"어쩐지 생소하다 했네. 자랑은 아니지만 난 문학자라고는 셰익스피어와 밀턴 빼고는 두세 명밖에 모른다네."

쓰다는 이런 인간과 학문을 논하는 건 시간 낭비라고 생각했는지 아까 하던 이야기로 다시 화제를 돌렸다.

"어쨌든, 그러니까 자네 약혼자도 조심하라는 거야."

"알겠네. 주의는 시키겠네. 하지만 만일 무슨 일이 생기면 꼭 만나러 가겠다는 맹세 같은 건 하지 않았으니 그 사람은 괜찮을 걸세."

이렇게 익살을 부려 보았지만 왠지 마음이 개운하지

않았다. 시계를 꺼내 보니 밤 11시가 다 되어 가고 있었다.

'큰일이군. 집에 있는 할멈이 개 짖는 소리 때문에 힘들어하고 있을 텐데.'

이런 생각이 들면서 한시라도 빨리 집으로 돌아가고 싶어졌다.

"조만간 할멈 보러 한번 가겠네."

"대접할 테니 꼭 오게나."

이렇게 말하고 하쿠산고텐초의 하숙집을 나왔다.

앞다투어 활짝 핀 벚꽃을 보고 '이제 드디어 봄이구나.' 하며 마음이 들뜬 게 불과 이삼일 전이었다. 이제는 벚꽃도 스스로 너무 빨리 피었다고 후회하고 있을 것이다. 모자를 스치는 미지근한 바람에 이마 언저리에서 번져 나오는 기름기와 끈적거리는 모래 먼지를 닦아 내던 게 엊그제인데 마치 작년 일처럼 느껴졌다. 그 정도로 어제부터 날씨가 추워진 것이다. 오늘 밤은 한층 더 추웠다. 추위가 기승을 부리는 계절도 아닌데 날씨가 참 이상하다며 외투 깃을 세우고 맹아학교 앞에서 식물원 옆쪽으로 내려갔다. 그때 어디서 치는 건지 종소리가 어둠 속에서 물결치며 고요한 하늘에 넘실거렸다.

'11시군.'

시간을 알리는 종은 누가 발명한 건지 모르겠다. 지금까진 깨닫지 못했지만 집중해서 들어 보면 묘한 울림을 주었다. 하나의 음이 끈적끈적 달라붙는 찰떡을 잡아 뜨는 것처럼 몇 가닥으로 갈라진다. 갈라져 끊어졌나 싶으면 그다음 소리로 가늘게 이어지고 소리가 굵어졌나 싶으면 다시 붓끝처럼 자연스럽게 가늘어진다.

'저 소리는 유별나게 늘었다 줄었다 하는군.'

이런 생각을 하며 걷다 보니 내 심장 박동도 넘실거리며 파도치는 종소리와 함께 늘었다 줄었다 하는 것처럼 느껴졌다. 나중에는 종소리에 내 호흡을 맞추고 싶어졌다. 오늘 밤은 자신이 아무래도 법학사답지 않다고 생각하며 잰걸음으로 파출소 모퉁이를 돌자 찬바람이 몰고 온 굵은 빗방울이 얼굴로 툭 떨어졌다.

고쿠라쿠미즈는 상당히 음침한 곳이다. 요즘은 길 양쪽으로 연립주택이 들어서서 예전만큼 쓸쓸하진 않지만, 그 공동주택이 쥐 죽은 듯 고요해서 빈집처럼 보이는 건 그다지 기분 좋은 일이 아니었다. 빈민에게 활동은 필수적이다. 일하지 않는 빈민은 빈민의 본성을 잃어버렸기 때문에 살아 있다고 볼 수 없다. 내가 지나가는 고쿠라쿠미즈의 빈민은 두들겨도 깨어날 기미가 보이지 않을 만큼 조용했다. 진짜로 죽은 게 아닐까 싶을 정도였다. 툭툭 떨어지던 빗방울이 이제 가랑비가 되었다. 우산을 안 가져왔으니 집에 도착할 때쯤이면 흠뻑 젖을 텐데 어쩌나 하면서 하늘을 올려다봤다. 비는 깊은 어둠의 끝에서부터 쓸쓸히 내리고 있어서 쉽사리 갤 것 같지 않았다.

10여 미터 앞에 갑자기 흰 물체가 나타났다. 길 한복판에 멈춰 서서 고개를 쑥 내밀고 그걸 쳐다보고 있는데 순식간에 내 앞으로 다가왔다. 30초도 안 되어 내 오른쪽을 스치듯 지나가는 건 검은 옷을 입은 두 남자였다. 그들은 흰 천에 덮인 귤 상자 같은 걸 막대기에 걸어 앞뒤 양쪽에서 메고 있었다. 아마도 장례식장이나 화장터로 가는 모양이었다. 상자 안에 있는 건 젖먹이가 틀림없다. 검은 복장의 사내들은 말없이 관을 메고 가고 있었다. 한밤중에 관을 메고 걷는 것만큼 자연스러운 일이 세상에 어디 있냐는 듯 거침없이 저벅저벅 걸어갔다. 어둠 속으로 사라지는 모습을 한참 동안 신기한 듯 쳐다보다가 돌아서는데 이번엔 사람 목소리가 들려왔다. 높지도 낮지도 않은 목소리였지만 깊은 밤이라 그런지 의외로 크게 울렸다.

"어제 태어나서 오늘 죽는 놈도 있으니."

한 사람이 말하자 다른 사람이 대답했다.

"운명이지 뭐, 타고난 운명을 어쩌겠어."

두 사람의 검은 그림자가 다시 내 옆을 지나치더니 어둠 속으로 파고들었다. 관을 메고 가는 사람들의 뒤를 따라 빠르게 걷는 발소리만 빗속에 울려 퍼졌다.

'어제 태어나서 오늘 죽는 놈도 있으니.'

나는 마음속으로 되뇌어 보았다. 어제 태어나서 오늘 죽는 사람이 있다면 어제 병에 걸려 오늘 죽는 자도 물론 있을 것이다. 스물여섯 해나 속세의 공기를 마신 자는 병에 걸리지 않고도 충분히 죽을 자격을 갖추고 있다. 이렇게 고쿠라쿠미즈를 4월 3일 밤 11시에 오르는 건 어쩌면 죽으러 가는 것인지도 모른다. 왠지 오르고 싶지 않았다. 언덕 중간에 잠시 서 있었다. 하지만 서 있는 것도 어쩌면 죽으려고 서 있는 건지도 모른다. 다시 걷기 시작했다. 죽는다는 사실이 이토록 사람의 마음을 흔들 줄은 몰랐다. 정신을 차리고 보니 서 있으나 걷고 있으나 계속 걱정이 되었다. 이대로 가다가는 집에 도착해서 이불 속에 들어가도 여전히 걱정하고 있을 거 같았다. 어떻게 지금까지 아무렇지도 않게 살 수 있었을까?

돌이켜 보니 학교에 다닐 때는 시험과 야구 때문에 죽는다는 걸 생각할 틈이 없었다. 졸업하고 나서는 펜과 잉크 그리고 쥐꼬리만 한 월급과 할멈의 잔소리 때문에 역시 죽음을 생각할 겨를이 없었다. 내가 태평한 성격이긴 해도 인간은 결국 죽을 수밖에 없다는 건 알고 있었다. 하지만 실제로 내가 죽을 거라고 느낀 건 태어나서 오늘 밤이 처음이었다. 길을 걸어도 서 있어도 밤이라는 거대한 검은 존재가 나를 가둬 놓고 내 형체를 완전히 녹여 버리고야 말겠다며 바싹 다가오는 것처럼 느껴졌다. 솔직히 말해 나는 워낙 욕심이 없는 사람이라 공명심에는 관심도 없다. 죽는다고 해도 특별히 미련이 남지도 않는다. 미련은 없지만 죽는 건 정말 싫다. 죽고 싶지 않다. 죽는다는 게 이토록 싫은 건지 처음 깨달은 것 같다. 비는 점점 세차게 내렸고 외투가 물을 머금어서 누르면 젖은 솜처럼 물이 새어 나올 정도로 질척거렸다.

다케하야초를 가로질러 기리시탄* 언덕에 이르렀다. 어째서 그런 이름으로 불리는지 모르겠지만 언덕 자체도 이름 못지않게 괴이한 곳이다. 언덕 위에 이르렀을

---

* 16세기 일본에 들어온 가톨릭교와 그 신자를 일컫는 말이다.

때, 문득 얼마 전 이곳을 지나다가 '일본에서 가장 가파른 언덕. 목숨을 보전하고 싶은 자는 조심하고 조심할 것.'이라고 적힌 팻말이 길 쪽으로 비스듬히 튀어나와 있는 걸 보고 웃었던 일이 생각났다. 오늘 밤은 웃을 처지가 못 되었다. 목숨을 보전하고 싶은 자는 조심하라는 문구가 성경에 나오는 격언이나 되는 것처럼 가슴에 새겨졌다. 언덕길은 어두웠다. 함부로 내려갔다간 미끄러져 엉덩방아를 찧게 된다. 위험하다는 생각에 중간부터는 아래쪽을 보고 내디딜 곳을 확인했다. 어두워서 잘 보이지 않았다. 왼쪽 제방에서 뻗어 나온 팽나무 가지가 햇빛도 통과하지 못할 정도로 언덕을 덮고 있어서, 낮에도 이 언덕을 내려갈 때면 계곡 밑바닥으로 떨어질 것 같아 기분이 좋지 않았다. 팽나무가 보일까 싶어 고개를 들자 팽나무가 맞는지 분간이 안 가는 시커먼 무언가에 비가 퍼붓는 소리가 계속 들렸다. 이 캄캄한 언덕을 내려가 좁은 골짜기 길을 따라 묘가다니 건너편으로 올라가서 좀 더 가면 고비나타다이마치에 있는 우리 집에 도착한다. 그런데 건너편으로 올라가는 길이 좀 으슥하다.

묘가다니의 언덕 중간쯤에 이르자 붉은 불빛이 선명하게 보였다. 아까부터 보이던 건지 고개를 든 순간 보이기 시작했는지 모르겠지만 아무튼 빗속에서도 잘 보였다. 처음엔 어느 집 문간에 세워져 있는 가스등인가 싶었는데 그 불이 흔들흔들 춤을 추는 것이었다. 가을바람에 등롱이 흔들리듯 움직이고 있었다. 가스등은 아니었다. '저게 뭐지?' 하면서 쳐다보고 있는데 이번에는 그 불이 움직이면서 비와 어둠 속을 파도처럼 누비며 다가왔다. 그리고 초롱불이라는 걸 겨우 알아차렸을 때 갑자기 사라져 버렸다.

이 불을 보자 문득 쓰유코가 떠올랐다. 쓰유코는 내 아내가 될 사람이다. 이 불이 미래의 아내와 어떤 관계가 있는지는 심리학자인 쓰다도 설명하지 못할 것이다. 하지만 심리학자가 설명할 수 없다고 해서 떠오르지 말라는 법도 없다. 이 붉고 선명한, 끝부분이 풀린 밧줄 모양의 불이 그 순간 분명히 미래의 아내를 떠올리게 했던 것이다. 그리고 불이 꺼진 순간, 저절로 쓰유코의 죽음이 연상되었다. 이마를 만져 보니 식은땀과 빗물로 끈적거렸다. 나는 정신없이 걸었다.

언덕을 다 내려가면 좁은 골짜기 길이 나오고 그 길이 끝났나 싶은 곳에서 다시 방향을 바꾸면 서쪽으로 비스듬히 올라가는 새로운 골짜기 길이 이어진다. 이 일대는

지대가 높고 적토로 이루어져 있어서 비가 조금만 내려도 게다의 굽이 떨어져 나갈 정도로 질퍽거렸다. 주변이 어두운 데다 신발 뒤축이 땅에 깊이 박혀서 걷기가 쉽지 않았다. 꼬불꼬불한 길을 무작정 걷다가 구기자나무 울타리 같은 게 급하게 꺾어지는 모퉁이에서 또다시 붉은 불빛과 딱 마주쳤다. 알고 보니 순경이었다.

"험한 길이니까 조심하세요."

순경은 그 불을 얼굴이 델 정도로 가까이 대고는 이렇게 내뱉고 지나쳐 갔다. 조심하라던 쓰다의 말과 험하니까 조심하라고 일러 준 순경의 말이 비슷하다는 생각에 갑자기 가슴이 납덩이처럼 무거워졌다.

'저 불이야, 저 불빛.'

나는 숨을 헐떡이면서 뛰어 올라갔다.

어디를 어떻게 걸었는지도 알지 못한 채 별똥별 떨어지듯이 집으로 뛰어든 건 자정이 다 되었을 때였다. 희미한 램프를 한 손에 들고 할멈이 안쪽에서 급하게 나오며 날카롭게 소리쳤다.

"나리! 무슨 일이에요?"

할멈의 얼굴은 창백했다.

"할멈! 무슨 일이야?"

나도 큰 소리를 물었다. 할멈도 나도 상대방한테 무언가 얘기를 듣는 게 두려워 무슨 일이냐고 묻기만 할 뿐 대답도 없이 한동안 서로 쳐다보고만 있었다.

"물....... 옷에서 물이 떨어져요."

할멈이 주의를 딴 데로 돌렸다. 흠뻑 비를 머금은 외투 자락과 중절모 챙에서 차가운 물방울이 사정없이 다다미 위로 떨어지고 있었다. 모자 윗부분을 잡아 집어던지자 흰 공단으로 된 안감을 드러내며 할멈 무릎 근처까지 굴러갔다. 잿빛 코트를 벗어 한바탕 털고 내던졌는데, 어느 때보다 무겁게 느껴졌다. 옷을 갈아입고 몸을 부르르 떨고서야 겨우 정신을 차린 나에게 할멈이 다시 물었다.

"무슨 일 있으셨나요?"

할멈도 좀 진정이 되어 있었다.

"무슨 일이라니, 별일 없어. 그냥 비에 젖어서 그런 거야."

나는 되도록 약한 모습을 보이지 않으려고 했다.

"아뇨, 조금 전엔 안색이 예사롭지 않았다고요."

덴즈인의 중한테 빠져 있는 사람답게 용케 관상까지 본다.

"할멈이야말로 뭔 일 있는 거 아냐? 아까 보니까 덜덜 떠는 거 같던데."

"나리가 뭐라 놀려도 저는 괜찮습니다. 하지만 나리, 이건 농담으로 넘겨선 안 돼요."

"어?"

나도 모르게 심장이 오그라들었다.

"무슨 말이야? 내가 없는 동안 무슨 일이 있었어? 요쓰야에서 무슨 연락이라도 온 거야?"

"그것 보세요. 그렇게 아가씨를 걱정하시면서."

"무슨 연락인데? 편지가 온 거야? 아님 누가 왔다 간 건가?"

"편지도, 사람도 오지 않았어요."

"그럼 전보가 왔나?"

"전보 같은 건 안 왔어요."

"그럼 무슨 일인데? 어서 말해 보라고."

"오늘 밤은 짖는 소리가 달랐어요."

"뭐가?"

"뭐가라뇨, 나리. 초저녁부터 얼마나 걱정했는지 모릅니다. 아무래도 예삿일이 아니에요."

"뭐가 말이야? 빨리 좀 말해 보라니까."

"전부터 계속 말씀드렸던 개 말입니다."

"개?"

"네, 개 짖는 소리 말입니다. 제가 말씀드린 대로만 하셨으면 이런 일이 일어나지 않았을 텐데 나리가 미신이네 뭐네 하면서 제 말을 우습게 여기시는 바람에......."

"아무튼 아직 아무 일도 안 일어났잖아."

"아뇨, 그렇지 않습니다. 나리도 집에 오시면서 아가씨가 아프신 게 신경이 쓰였잖습니까?"

할멈은 정곡을 찔렀다. 차가운 칼날이 어둠 속에 번뜩이며 가슴팍을 내리친 것 같은 느낌이었다.

"걱정하면서 온 건 맞지만......."

"그것 보세요. 역시 그런 예감이 들었던 거죠."

"할멈, 예감이라는 게 정말 맞는 걸까? 할멈도 그런 경험이 있었어?"

"제 경험 같은 건 중요하지 않습니다. 옛날부터 까마귀가 울면 안 좋은 일이 생긴다고 하잖아요."

"그야 까마귀 우는 얘기는 들어봤지만 개 짖는 소릴 갖고 뭐라 하는 건 할멈뿐인 것 같아서."

"아닙니다, 나리."

할멈은 무시하는 투로 나의 의심을 부정했다.

"똑같은 겁니다. 저는 개 짖는 소리로도 잘 알 수 있답니다. 말보다는 증거라는 말이 있죠. 이거 뭔가 있겠구나 싶으면 틀림없습니다."

　"그래?"

　"늙은이가 하는 말을 우습게 여기시면 안 됩니다."

　"물론 우습게 여길 순 없지. 무시할 수 없다는 건 나도 잘 알아. 그러니까 할멈을 의심하는 건 아니고...... 그런데 개 짖는 소리가 정말 그렇게 잘 맞나?"

　"아직도 제 말을 의심하시는군요. 아무튼 내일 아침 요쓰야에 가보세요. 틀림없이 무슨 일이 있을 거예요. 제가 보증합니다."

　"틀림없이 무슨 일이 생기면 안 되는데...... 어떻게 방법이 없을까?"

　"그러니까 빨리 이사를 하시라고 말씀드렸잖아요. 나리가 하도 고집을 부리시니까."

　"이제 고집 안 부릴게. 어쨌든 내일 일찌감치 요쓰야에 가봐야겠어. 오늘 밤에 당장 가도 되지만......."

　"오늘은 안 돼요. 저 혼자서는 집을 지킬 수 없습니다."

　"왜?"

　"왜라뇨, 무서워서 견딜 수가 없으니까요."

"그래도 할멈은 쓰유코를 걱정하고 있는 거잖아."

"걱정이야 되지만 저도 무서우니까요."

때마침 어디선가 무언가 땅을 기어 다니며 으르렁거리는 듯한 소리가 처마를 때리는 빗소리에 섞여 들려왔다.

"아, 저 소리예요."

할멈이 한곳을 응시하면서 작은 소리로 말했다. 정말로 음침한 소리였다. 오늘 밤엔 그냥 여기서 자기로 했다.

여느 때처럼 이불 속으로 파고들었는데 으르렁거리는 소리가 신경 쓰여 눈을 감을 수조차 없었다.

일반적인 개 짖는 소리는 도끼로 자른 장작을 길게 이어 놓은 듯한 직선적인 소리다. 하지만 지금 들리는 건 그렇게 단순한 구조가 아니다. 소리의 폭이 계속 달라지면서 구부러지기도 하고 둥그스름해지기도 했다. 촛불처럼 가늘게 시작되어 점차 부드럽게 퍼지다가 다시 기름이 바닥난 등불 심지처럼 서서히 사라져 갔다. 어디서 짖는 건지 알 수가 없었다. 100리 떨어진 곳에서 바람에 실려 희미하게 울리는가 싶다가도, 가까이 들릴 땐 처마 끝을 비집고 베개로 막혀 있는 귀까지 바싹 다가왔다. '우우우우' 하는 소리가 둥그런 마디를 줄지어 늘어놓으며 집 주위를 두세 번 돌더니, 어느새 '와와와와'로 박자가 달라졌다가 거센 바람에 휩쓸려 아득히 먼 곳에 '웅웅웅' 꼬리를 남기며 어둠의 세계로 들어갔다.

밝은 소리를 억지로 억눌러서 음울하게 만든 소리였다. 미친 듯이 날뛰는 소리를 우격다짐으로 침통하게 만든 소리였다. 자유롭지 못했다. 억압을 받아 어쩔 수 없이 내는 소리라서 본래의 음울한 소리, 자연스러운 침통한 소리보다 더 듣기 힘들었다. 이불 속에 귀를 파묻었지만 그 속에서도 들렸다. 귀를 내놓고 있을 때보다 더 버티기 힘들었다. 다시 얼굴을 내밀었다.

한참 있으니 어느 순간 개 짖는 소리가 뚝 그쳤다. 이 한밤중에 개 짖는 소리가 사라지자 아무 소리도 들리지 않았다. 우리 집이 바다 밑으로 가라앉았나 싶을 정도로 조용해졌다. 가라앉지 않은 건 내 마음뿐이다. 이 고요함 속에서도 마음만은 무슨 일이 닥쳐올 걸 예감하고 있었다. 하지만 그게 뭔지 전혀 알 수 없었다. 알 수 없는 존재가 이 어둠 속에서 얼굴을 내밀지 않을까 하는 염려가 맹렬히 신경을 날카롭게 할 뿐이었다. 이제나저제나 하고 기다리면서 그 생각만 하고 있었다. 머리카락 사이로 다섯 손가락을 찔러 넣고 마구 긁어 보았다. 일주일 정도 머리를 감지 않아서 손가락에 기름기가 잔뜩 묻어

났다. 이 조용한 세계가 변한다면...... 아무래도 변할 것 같았다. 오늘 밤 안에, 날이 새기 전에 틀림없이 무슨 일이 일어날 것이다. 1초 동안 기다렸다. 또다시 1초를 기다리며 보냈다. 무엇을 기다리고 있냐고 묻는다면 대답하기 곤란하다. 그걸 모르기 때문에 더 고통스러웠다. 머리에서 빼낸 손을 아무 생각 없이 쳐다보았다. 손톱 밑에 때가 껴서 거무스름한 초승달 모양으로 보였다. 동시에 위장이 운동을 멈췄고, 햇볕에 말려 뻣뻣해진 비맞은 사슴 가죽처럼 속이 거북해졌다. 개가 짖었으면 좋겠다는 생각이 들었다. 짖을 땐 듣기 싫긴 해도 어느 정도 싫은지는 알 수 있었다. 하지만 이렇게 조용해지면 어떤 안 좋은 일이 일어나고 있는지, 나도 모르는 사이에 어떤 일이 벌어지고 있는지 짐작할 수가 없다. 개 짖는 소리라면 참을 수 있다. 제발 짖어 줬으면 좋겠다고 생각하며 천장을 향해 돌아누웠다. 천장에 둥그런 램프 그림자가 희미하게 비쳤다. 자세히 보니 그림자가 움직이는 것 같았다. 자꾸 이상한 일이 생긴다는 생각이 들자 몸이 이불 속에서 힘없이 축 늘어지는 것 같았다. 그저 눈만 크게 뜨고 정말로 움직이고 있는지 확인했다. 확실히 움직이고 있었다. 평상시에도 움직였는데 지금까지 깨닫지 못했던 건지, 아니면 오늘 밤만 움직이는 건지 알 수 없었다. 만약 오늘 밤만 움직이는 거라면 예삿일이 아니다. 하지만 뱃속이 불편한 탓에 그렇게 느끼는 건지도 모른다. 오늘 퇴근길에 이케노하타에 있는 서양 식당에서 새우튀김을 먹었는데 어쩌면 그게 탈이 났을 수도 있다. 변변찮은 걸 먹고 돈만 버리는 어리석은 짓은 하지 말았어야 했다. 아무튼 이럴 때는 마음을 가라앉히고 자는 게 최고라는 생각에 눈을 꼭 감아 보았다. 그러자 무지개를 가루로 만들어 흩뿌린 것처럼 눈앞이 오색 반점으로 어른거렸다. 이거 안 되겠다 싶어 눈을 떴더니 다시 램프의 그림자가 신경 쓰였다. 하는 수 없이 다시 옆으로 누워 중환자처럼 가만히 날이 밝기를 기다리기로 마음먹었다.

옆으로 돌아눕자 문득 눈에 들어온 건 장지문 옆에 할멈이 반듯하게 개어 놓은 명주로 된 평상복이었다. 얼마 전 요쓰야에 갔을 때가 생각났다. 쓰유코의 머리맡에서 여느 때처럼 이런저런 이야기를 주고받았다. 그때 소맷부리가 벌어져 솜이 미어 나오려는 것을 본 쓰유코는 괜찮다는데도 굳이 일어나서 소맷부리를 꿰매 주었다. 그때는 얼굴빛이 좀 안 좋긴 해도 웃음소리는 평소와 다르지 않았는데...... 본인도 이제 한결 좋아졌으니 내일쯤 이면 자리에서 일어나야겠다는 말까지 했었는데...... 지금 눈앞에 쓰유코의 모습을 떠올려 보니(떠올리는 게 아니라 저절로 떠오르는 것이지만), 머리에 얼음주머니를 얹고 긴 머리가 반쯤 젖은 상태로 끙끙 신음을 내는 베개 위의 모습이 다가왔다. 정말 폐렴에 걸린 걸까 하는 생각이 들었다. 그랬으면 벌써 연락이 왔을 것이다. 사람도 편지도 오지 않은 걸 보면 이제 병이 다 나은 게 틀림없다고 판단하고 잠을 청했다. 눈을 감으니 쓰유코의 창백하게 야윈 볼과 쓸쓸해 보이는 푹 꺼진 눈이 생생하게 떠올랐다. 아무래도 병이 낫지 않은 모양이다. 아직 소식은 오지 않았지만 그렇다고 안심할 순 없었다. 곧 올지도 모른다. 어차피 올 거라면 빨리 왔으면 좋겠다. 언제 오나 생각하면서 몸을 뒤척였다. 날씨가 춥긴 해도 4월이라 두꺼운 이불을 두 장이나 덮고 있으면 잠들기 힘들 만큼 덥기 마련이다. 그런데도 손발과 가슴속은 피가 전혀 통하지 않는 것처럼 차갑고 무거웠다. 손으로 몸을 더듬어 보니 기름기와 땀으로 축축했다. 살갗 위에 차가운 손가락이 닿자 구렁이라도 기어가는 것처럼 오싹한 느낌이 들었다. 어쩌면 오늘 밤 안에 소식을 전하러 누군가 올지도 모른다.

그때 갑자기 누가 덧문을 부서져라 두드려 댔다.

'아, 드디어 왔구나.'

심장이 벌떡 뛰어오르더니 네 번째 갈비뼈를 걷어찼다. 뭐라고 소리치는 것 같았지만 두드리는 소리에 섞여서 잘 들리지 않았다.

"할멈, 누가 왔어."

내 말에 할멈이 대답했다.

"나리, 누가 왔어요."

나와 할멈이 동시에 출입구 쪽으로 나가 덧문을 열었다. 순경이 붉은 불을 들고 서 있었다.

"방금 무슨 일이 있지 않았나요?"

순경은 의심스럽다는 표정으로 인사도 하기 전에 다급하게 물었다. 나와 할멈은 약속이나 한 듯이 서로 얼굴을 마주 보았다. 둘 다 아무 대답도 하지 않았다.

"실은 지금 이 근처를 순찰 중인데 뭔가 검은 그림자 같은 게 이 댁에서 나오기에······"

할멈의 얼굴은 흙빛이 되었다. 뭐라고 말하려 하는데 숨이 가빠서 말이 나오지 않았다. 순경은 나를 쳐다보면서 대답을 기다렸다. 나는 화석처럼 멍하니 서 있었다.

"이거 참 한밤중에 실례가 많습니다. 실은 요즘 들어 이 근방에 사건이 좀 잦아서 경찰에서도 아주 삼엄한 경계를 하고 있는 터라....... 마침 대문이 열려 있고 뭔가 나간 것 같기에 무슨 일이 있나 싶어서 온 겁니다."

나는 그제야 휴우 하고 숨을 내쉬었다. 목구멍에 걸려 있던 구슬이 쑥 내려간 것 같은 기분이었다.

"신경 써주셔서 감사합니다. 딱히 도난당한 물건은 없는 것 같습니다."

"그렇다면 다행이군요. 밤마다 개가 짖어 대서 시끄러우시죠? 어찌 된 일인지 도둑들이 이 부근에만 어슬렁거려서요."

"정말 고생이 많으십니다."

개 짖는 소리가 도둑 때문이라는 걸 알게 되자 대답이 기운차게 나왔다. 순경은 돌아갔다. 나는 날이 밝는 대로 요쓰야에 갈 생각으로 6시 종이 울릴 때까지 뜬눈으로 밤을 새웠다.

비는 겨우 그쳤지만 길은 엉망이었다. 게다를 신으려고 했더니 굽이 망가져서 할멈이 수선 가게에 맡겼다고 했다. 구두는 어젯밤에 빗속을 걸어서 도저히 신을 수 없는 상태였다. 이것도 괜찮겠다 싶어 삼나무로 만든 낮은 게다를 신고 요쓰야까지 전속력으로 달렸다. 대문은 열려 있는데 현관문은 아직 잠겨 있었다. 집사는 아직 안 일어났나 생각하면서 부엌문 쪽으로 돌아서 들어갔다. 시모우사 출신의 볼이 빨간 하녀 기요가 된장에 절인 무를 도마 위에 올려놓고 썰고 있었다.

"잘 잤나? 별일은 없고?"

내 말에 놀란 하녀는 소매를 걷어 올린 끈을 반쯤 풀면서 대답했다.

"네."

'네'만으로는 상황을 알 수 없었다. 거리낌 없이 거실로 성큼성큼 들어갔다. 장모님이 방금 일어난 얼굴로 느티나무로 된 네모난 화로를 정성껏 닦고 있었다.

"어머, 자네!"

걸레를 든 채로 어리둥절한 표정을 지었다. '어머, 자네!'만으로도 상황을 알 수 없었다.

"어떻습니까? 많이 안 좋은가요?"

다급하게 물었다.

개 짖는 소리가 도둑 때문이라는 게 밝혀졌으니 어쩌면 병도 다 나았을지 모른다. 제발 그랬으면 좋겠다고 생각하면서 숨을 죽이고 장모님 얼굴을 쳐다보았다.

"그야 안 좋을 테지. 어제는 비가 워낙 많이 왔으니까. 오느라고 힘들었지?"

이건 예상과 어긋나는 대답이었다. 장모님 표정을 보니 좀 놀란 것 같긴 하지만 별로 걱정스러워 보이진 않았다. 나도 조금 침착해졌다.

"길이 상당히 안 좋았습니다."

이렇게 대답하며 손수건을 꺼내 땀을 닦았다. 그래도 걱정이 되어 물어보았다.

"저어, 쓰유코는……"

"지금 씻고 있을 텐데. 어젯밤 중앙회당에서 열린 자선 음악회인가 거기 갔다가 늦게 오는 바람에 늦잠을 잔 모양이네."

"독감은?"

"아, 걱정해 줘서 고맙네. 이제 완전히……"

"이젠 괜찮은 건가요?"

"그럼, 감기는 한참 전에 다 나았지."

따스한 봄바람에 안개비가 걷히면서 푸른 하늘이 활짝 열리는 것 같은 기분이었다.

'일본 최고의 기분이오.'

이런 문구가 어딘가에 적혀 있었던 거 같은데 그게 바

로 이런 기분 아닐까. 어젯밤의 섬뜩했던 기분은 사라지고 지금은 마음이 한층 편해졌다. 왜 그렇게 걱정을 했을까. 너무도 어리석고 바보 같다는 생각이 들었다. 막상 정신을 차리고 보니 아무리 친한 사이라 해도 특별한 일도 없는데 이른 아침부터 남의 집에 뛰어든 게 민망해졌다.

"웬일인가? 이렇게 이른 시간에...... 무슨 일이 있는 건가?"

장모님이 진지하게 물었다. 어떻게 대답해야 할지 망설여졌다. 거짓말을 하려고 해도 그럴듯한 핑계가 떠오르지 않아 할 수 없이 "네." 하고 대답했다.

그렇게 대답하고는 곧바로 '그냥 솔직하게 털어놓을걸.' 하는 생각이 들었다. 하지만 일단 '네.'라고 내뱉었으니 어쩔 도리가 없었다. '네'를 다시 주워 담을 수 없다면 어떻게든 살려야 한다. '네'라는 건 아주 간단한 말이지만 함부로 쓰면 안 된다. 이걸 살리려면 꽤나 힘이 든다.

"무슨 급한 일이라도 있는 건가?"

장모님이 바싹 다가왔다. 딱히 할 말이 떠오르지 않아서 다시 "네."라고 대답하고 욕실 쪽을 향해 외쳤다.

"쓰유코! 쓰유코!"

"어머, 누구신가 했네요. 이 시간에 어쩐 일이세요?"

쓰유코는 남의 속도 모르고 또 같은 질문을 해서 나를 곤혹스럽게 만들었다.

"아, 무슨 급한 볼일이 생겼다는구나."

장모님이 대신 대답을 했다.

"그래요? 무슨 일인데요?"

쓰유코는 천진난만하게 물었다.

"아 그게, 볼일이 좀 있어서 근처에 온 김에……"

간신히 한쪽으로 활로를 뚫고는 꽤나 힘들게 열었다고 혼자서 생각했다.

"그럼 나한테 볼일이 있는 게 아닌가?"

장모님은 좀 미심쩍어하는 표정이었다.

"네."

"벌써 볼일을 다 보고 온 거예요? 일찌감치 서둘렀나 봐요."

쓰유코가 감탄하면서 말했다.

"아니, 뭐…… 이제 가려고."

그녀가 너무 감탄을 해도 곤란하기에 겸손하게 말했다. 하지만 어느 쪽이든 별 차이가 없다는 생각이 들자 내가 한 말이 너무 바보같이 느껴졌다. 이럴 땐 가능한

한 빨리 자리를 뜨는 게 상책이다. 오래 있으면 있을수록 일을 그르칠 뿐이다. 그래서 슬슬 일어나려고 하는데 장모님이 오히려 역공을 해왔다.

"자네, 안색이 몹시 안 좋은데 어디 아픈 건 아닌가?"

"머리를 좀 자르시면 좋을 텐데. 수염이 너무 많이 나서 아픈 사람처럼 보이는 거예요. 어머, 머리카락에 흙탕물이 튀었네요. 얼마나 정신없이 걸어오셨으면......."

쓰유코의 말에 나는 등을 돌려 보여 주며 말했다.

"낮은 게다를 신고 와서 꽤 많이 튀었을 거요."

"어머나!"

장모님과 쓰유코는 서로 약속이나 한 듯이 놀라서 소리쳤다.

겉옷은 햇볕에 말려 달라고 맡겨 놓고 게다를 빌렸다. 안에서 주무시고 계신 장인어른께는 인사도 하지 않은 채 대문을 나섰다. 화창한 날씨에다 일요일이었다. 조금 겸연쩍긴 했지만 간밤의 걱정은 눈 녹듯 사라지고 내 앞에는 버드나무와 벚꽃이 가득한 봄만 있는 것처럼 기뻤다. 가구라자카까지 와서 이발소에 들어갔다. 아내 될 사람의 환심을 사려고 애쓴다고 뭐라 해도 상관없다. 사실 나는 무슨 일이든 쓰유코가 좋아하는 걸 하고 싶었다.

"손님, 수염은 남길까요?"

흰옷을 입은 이발사가 물었다. 쓰유코가 수염을 깎으면 좋겠다고 말했지만 수염 전체를 말하는 건지 턱수염만 깎으라는 건지 알 수 없었다. 그냥 콧수염만 남겨야겠다고 혼자 결정했다. 이발사가 물어볼 정도면 남겨 둔다 해도 별로 눈에 거슬리진 않을 것이다.

"세상에 참 멍청한 놈도 다 있네. 그렇지 않아, 겐?"

이발사는 내 턱을 잡고 면도칼을 거꾸로 쥐더니 화로 쪽을 쳐다보며 말했다.

겐이라는 남자는 화로 옆에 자리를 잡고 장기판 위에서 말 두 개를 들고 계속 탁탁 소리를 내고 있었다.

"그러게, 귀신이니 영혼이니 하는 것도 다 옛날 말이지. 전깃불이 들어오는 요즘 세상에 그런 터무니없는 얘기가 말이 되냐고."

그는 왕(王) 위에 차(車)를 얹으며 말했다.

"이봐, 요시. 이렇게 장기 말을 열 개 쌓을 수 있나? 다 쌓는다면 내가 초밥을 10전어치 사주지."

"초밥은 싫은데요. 귀신을 보여 주면 쌓아 보죠."

굽이 하나인 높은 게다를 신은 보조 이발사가 세탁한 수건을 개면서 웃으며 대답했다.

"요시한테까지 바보 취급을 당할 정도니 귀신 체면이 말이 아니군."

이렇게 말하며 이발사는 내 귀밑털을 관자놀이 부근부터 싹 깎아 버렸다.

"너무 짧은 거 아닌가?"

"요즘엔 다들 이렇게 해요. 귀밑털이 너무 길면 곱상해 보여서 좀 그래요."

이발사는 면도날에 붙은 털을 검지와 엄지로 닦아 내면서 다시 겐에게 말을 걸었다.

"그게 다 신경을 쓰기 때문이야. 마음속으로 두려움을 느끼니까 자연스레 귀신도 우쭐해져서 나오고 싶어 하지."

"맞아, 신경을 쓰는 게 문제야."

겐이 담배 연기를 내뿜으며 맞장구를 쳤다.

"신경이란 건 어디에 있는 걸까?"

요시는 램프의 갓을 닦으면서 진지하게 물었다.

"신경 말인가. 그건 자네들 각자에게 있지."

겐의 대답은 조금 막연했다.

흰색 포렴이 걸린 방 입구에 걸터앉아 아까부터 손때가 묻은 얄팍한 책을 보고 있던 마쓰가 재미있다면서 갑자기 큰소리로 웃기 시작했다.

"뭔데? 소설인가? 『식도락』[*] 아닌가?"

겐이 묻자 마쓰는 겉표지를 보았다. 제목에 '세상 심리 강의록 유야무야 도인 저'라고 적혀 있었다.

"뭐야, 무슨 제목이 이렇게 길어. 어쨌든 『식도락』은 아니네. 가마, 도대체 이게 무슨 책이야?"

겐은 내 귀 쪽에서 면도날을 빙빙 돌리고 있는 이발사에게 물었다.

"뭐랄까, 당최 이해가 안 되는 이상한 얘기만 있는 책이라네."

"혼자서만 웃지 말고 조금 읽어 줘봐."

겐이 마쓰에게 요구하자 그는 큰 소리로 한 구절을 읽어 주었다.

"너구리가 사람을 홀린다고 하는데 어찌 너구리가 그럴 수 있겠어요. 그건 모두 최면술이죠......."

"정말 이상한 책이군."

겐은 어리둥절한 표정을 지었다.

"한 번은 제가 오래된 팽나무로 변신한 적이 있습니

---

[*] 요리에 관한 이야기가 담긴 장편 소설.

다. 거기에 겐베에 마을의 사쿠조라는 젊은이가 목을 매러 왔습니다......"

"뭐야, 너구리가 말을 하는 건가?"

"아무래도 그런 모양일세."

"그럼 너구리가 남긴 책이잖아. 뭐야, 사람을 놀리는 것도 아니고...... 그래서?"

"제가 팔을 쭉 뻗고 있는데 거기에다 낡은 훈도시*를 걸었어요. 상당히 냄새가 났어요."

"너구리 주제에 분수도 모르고."

"거름통을 디디고 올라가 목을 매달려고 하는 순간 제가 일부러 팔을 흐늘흐늘하게 내렸더니 사쿠조는 목을 매지 못해 어쩔 줄 몰라 했습니다. 이때다 싶어서 갑자기 팽나무의 모습을 감춰 버리고는 '아하하하하' 하고 마을 전체가 울릴 정도로 큰 소리로 웃어 댔습니다. 그러자 사쿠조는 기겁을 하고 '살려 주세요, 살려 주세요.' 하면서 훈도시를 그대로 둔 채 정신없이 도망쳐 버렸습니다......"

"그거참 재미있군. 그런데 너구리가 훈도시를 갖다가

---

* 남성의 음부를 가리기 위한 좁고 긴 천.

어디에 쓸까?"

"아마 그걸로 고환이라도 감싸고 다니겠지."

"하하하하."

다들 함께 웃었다. 나도 웃음이 터지려고 해서 이발사가 면도날을 얼굴에서 조금 뗐다.

"재미있네. 그다음도 읽어 봐."

겐은 매우 관심을 보였다.

"세상 사람들은 제가 사쿠조를 홀렸다고 하는데 그건 좀 잘못된 얘기입니다. 사쿠조가 홀리고 싶어서 겐베에 마을을 어슬렁거리고 있었던 겁니다. 그런 사쿠조의 주문에 따라 제가 살짝 홀려 준 것뿐입니다. 우리 너구리 일파가 쓰는 수법은 오늘날 의사들이 사용하는 최면술 같은 건데, 옛날부터 이 방법으로 아주 많은 사람을 속여 왔던 겁니다. 그런데 사람들은 서양 너구리한테 배워 온 술법을 가지고 최면법이니 뭐니 하면서 이걸 응용하는 자들을 선생님으로 떠받듭니다. 그건 너무나도 서양에 심취해 있기 때문인데 이런 풍조에 대해 저는 개탄을 금할 수 없습니다. 일본 고유의 기묘한 술법도 지금껏 전해지고 있는데도 그저 서양의 것만 최고라고 야단법석입니다. 요즘 일본인들은 우리 너구리들을 너무 업신

여기는 것 같아서 전국의 너구리들을 대신하여 제가 여러분에게 반성을 요구하는 바입니다."

"어지간히 이치를 따지는 너구리군."

겐이 말했다.

"너구리 말이 다 맞구먼. 옛날이나 지금이나 정신만 똑바로 차리고 있으면 홀리는 일은 없을 테니까."

마쓰는 책을 덮으며 계속 너구리를 두둔했다.

'그럼 나도 어젯밤엔 너구리한테 홀렸던 걸까.'

스스로에게 정나미가 떨어지는 느낌을 받으며 이발소를 나왔다.

집에 도착한 건 아침 10시쯤이었을 것이다. 문 앞에 검은색 자동차가 대기하고 있었고, 좁은 격자문 틈으로 여자의 웃음소리가 새어 나왔다. 초인종을 누르고 현관에 들어서자 쓰유코의 목소리가 들렸다.

"어머, 이제 오셨나 보다."

장지문이 스윽 열리더니 쓰유코가 따뜻한 봄날 같은 얼굴로 나를 맞이했다.

"뭐야, 집에 와 있었던 거야?"

"네, 당신이 가신 다음에 아무래도 좀 이상하다는 생각이 들어서 곧바로 와봤어요. 그리고 할멈한테 어젯밤 있었던 일을 전부 다 들었어요."

그녀는 할멈을 쳐다보며 쓰러질 듯이 웃었다. 할멈도 환하게 웃었다. 은쟁반에 옥구슬이 굴러가는 듯한 쓰유코의 웃음소리와 놋쇠 같은 할멈의 웃음소리, 구리 같은 내 웃음소리가 함께 어우러졌다. 온 세상의 봄을 7엔 50전짜리 월세 집에 모아 놓은 것처럼 밝은 기운이 넘쳤다. 제아무리 겐베에 마을의 너구리라고 해도 이렇게 큰 소리는 못 내겠지 싶을 정도였다.

기분 탓인지 모르겠지만 그 후 쓰유코는 예전보다 훨씬 더 나를 사랑하는 것처럼 느껴졌다. 쓰다를 만났을 때, 그날 밤의 일들을 빠짐없이 얘기했더니 그가 말했다.

"그거참 좋은 소재군. 내 책에 넣도록 허락해 주게."

문학사 쓰다 마가타가 쓴 『유령론』 72페이지에 있는 K군의 사례가 바로 내 이야기다.

역자 후기

●●●

『비밀이 묻힌 곳』은 탐정 소설과 미스터리 소설로 엮어 낸 <일본문학 컬렉션>의 세 번째 기획이다. 에도가와 란포, 다니자키 준이치로, 다자이 오사무, 사카구치 안고, 나쓰메 소세키. 다섯 작가의 일곱 작품을 실었다.

에도가와 란포는 일본 탐정 소설의 여명기에 등장해 탐정 소설을 하나의 문학 장르로 확립시킨 일본을 대표하는 추리 소설가이다. 일본에서 '명탐정' 하면 떠올리는 '아케치 고고로'가 등장하는 「D언덕의 살인 사건」과 「심리 테스트」는 일본 내에서 진정한 근대적 추리 소설의 등장을 알린 작품으로, 에도가와 란포 작품의 원점을

엿볼 수 있다.

　다니자키 준이치로의 「아내 죽이는 법」과 「비밀」은 전형적인 탐정 소설의 틀을 벗어나는 이색적인 작품이다. 「아내 죽이는 법」은 탐정이 등장해 이야기 전체를 이끌어 가지만, 사건을 따라가며 범죄를 파헤치는 형식은 아니다. 사립 탐정 '안도'와 완전 범죄를 꿈꾼 '유가와'라는 인물이 대화를 통해 자신의 추리가 더 논리적이라는 주장을 펼친다. 마치 추리 토론 배틀을 보는 것 같다. 범죄의 결정적인 증거가 없기 때문에 누구의 추리가 더 논리적인가로 범죄의 유무가 결정되기라도 하듯 둘 사이에서는 치열한 심리전이 펼쳐진다. 팽팽한 심리전을 따라가는 재미가 큰 작품이다. 「비밀」은 탐정도 사건도 등장하지 않지만, '보는 것이 지배하지 않는 탐정 소설이라는 새로운 수법'을 획득한 소설로서 다니자키 준이치로 최초의 탐정 소설로 일컬어지는 작품이다. 국내에서 주로 탐미주의적인 작품으로만 알려진 다니자키 준이치로의 타 장르 작품에도 새롭게 관심을 갖는 계기가 되기를 바란다.

　다자이 오사무의 「범인」은 집 문제로 인해 가족을 살해하는 한 남자의 이야기로, 뒷맛이 씁쓸하지만 백 년 전이나 지금이나 거주 공간으로서의 '집'이 인간에게 어떤 의미인지를 생각해 보게 하는 작품이다.

사카구치 안고의 「벚꽃이 만발한 숲에서」와 나쓰메 소세키의 「불길한 소리」는 미스터리 장르의 소설이다. 「벚꽃이 만발한 숲에서」는 마치 한 편의 잔혹 동화와 같은 인상을 준다. 이 작품을 읽고 나면 그저 아름답게만 보이던 벚꽃나무 숲이 어쩌면 무섭게 느껴질지도 모르겠다. 「불길한 소리」는 읽는 내내 모골이 송연해지는 공포가 느껴지지만, 끝내 공포의 정체는 드러나지 않는다. 공포의 감정을 통해 인간의 내면의 모습을 그린, 나쓰메 소세키의 작품 중에서는 이색적인 작품이다.

탐정 소설의 재미가 탐정의 추리가 얼마나 논리적 인가에 있다면, 미스터리 소설의 재미는 논리로 설명할 수 없다는 데 있다. 두 장르 모두 정체를 알 수 없는 미스터리한 사건으로 시작하지만, 그 차이는 미스터리한 사건을 논리적으로 설명할 수 있느냐와 없느냐에 있을 것이다. 논리적인 해석이 가능한 현실과 논리적으로는 해석할 수 없는 현실이 존재하는 작품을 함께 엮어 놓고 보니, 그 둘이 나란히 존재하는 지금 우리의 현실이 더욱 도드라져 보인다.

올해는 에도가와 란포가 「2전짜리 동전」으로 탐정 소설가로 데뷔한 지 백 년이 되는 해로, 영미권에서는 살짝 일본 탐정 소설 붐이 일고 있는 모양이다. 이에 맞춰 탐정 소설과 미스터리 소설 모음집 『비밀이 묻힌 곳』을 <일본문학 컬렉션> 세 번째 시리즈로 출판할 수 있게 되어 더없이 기쁘다.

끝으로 이 책이 나오기까지 응원하고 지원해 주신 출판사 대표님과 편집자 님께도 감사의 인사를 드린다.

2022년 여름
서 홍